唐朝的

浮光——与掠影

他们每一个人的身后都站着大唐，
他们每一个人的命运共同撑起了大唐。

唐朝的浮光与掠影

青菀 著

人民交通出版社股份有限公司
北京

目录

CONTENTS

第一部

诗人江湖

第三部

唐朝的 10 个瞬间

第二部

李唐王朝的权谋瞬间

唐朝的浮光与掠影

诗人
江湖

第一部

01

杜甫 × 追星往事

很多人说，杜甫不如李白。

杜甫是李白的迷弟，为偶像写过很多诗。但李白只回过两三首，而且情感投入一般，大概意思是：小杜这个人，有才华，不错。

有点敷衍，完全不走心。远没有李白写给孟浩然的诗出彩，你看：孤帆远影碧空尽，唯见长江天际流。多么情真意切。但我得告诉你，李白更惨，因为孟浩然一首诗都没回给他。

孟浩然大李白十几岁，李白大杜甫十几岁，有时候成为一个人的迷弟，是心境决定的。他已经历的，你正在经历；他走过的路，你才踏了五六七八步。

也有一种说法，李白是诗仙，杜甫是诗圣。凡人努努力，还可以够到杜甫的尾巴。但仙就不一样了，是另一种层次。

李白见的世面多。皇帝出门迎接，他一不高兴就拍屁股走人。花钱不计数，对钱花光了这种一般人想想都崩溃的事，他只淡定地说了句：千金散尽还复来。人生最后的目标只剩下得道成仙。

但杜甫不一样。杜甫就如我们普通人一样，过着庸常的日子。

在长安，诗人圈子里没有他，走功名渠道也不成，考了几次试，不是落榜，就是考试平台强行宕机。

杜甫本人只做过几届小吏。早年因为父亲做官，他没有经济负担，游历大江南北，结识许多朋友，包括李白。年轻人把万事看得简单，以为只要他想，参加朝廷考试、做朝廷的官毫无压力。

现实不是那么回事。李林甫当丞相时把持朝政，在各个职位安插自己的人，讲的就是个可控性。唐玄宗说，来一场全国联考吧，我亲自选人才。皇帝发话了，考试必须得组织，但李林甫做了手脚，一个人也没选中。

他对老皇帝这样说：全国的人才都已经被我找来啦，都在朝中当官，没有一个遗漏。我们陛下特别棒，天下归心。

玄宗一听，摸摸胡子回后宫了。不幸的是杜甫，他参加了这次考试，没考上。也因为这件事，后来杜甫在朋友的鼎力推荐下，写了极致吹捧玄宗和李林甫的文章。虽然玄宗很喜欢，让酌情启用，但李林甫并不用他。

我想了想，李林甫位高权重，不会故意为难无名小卒，而且杜甫又在文章里捧他。最有可能的是，他担心皇帝问：爱卿，这人好像参加过那场考试，你不是说没有人才的吗，啥情况？

神仙打架，殃及无辜，杜甫的命运就这样被改变。他为了求官，在长安奔走十年。他曾用夸张的笔法写过这段经历：跟在别人的肥马后面，看人脸色，他们吃得好穿得好，我又瘦又衰。

因为缺钱，小儿子都饿死了，房子更买不起，最后租住到西安南郊少陵，类似北漂住进了房山。别人享受大唐盛世，杜甫在郊外听民谣。

一聊杜甫，起码一半人先走掉了。

因为杜甫不是世俗意义上的成功者。可他的存在就是告诉你，世间不是只有一种评价成功的标准，每个人都有自己的人生。

李叔同作《送别》，也是才华横溢，但生活没有因此改善，而是选择了出家。出家人有什么能量？能量就是徐悲鸿去拜访，也得逢迎他，说：弘一法师您看这树发了新芽，这都是因为您慈悲啊。弘一法师冷冷回应：不是，是因为我每天浇水。

所以成功有许多面目，我们有什么资格评论杜甫值不值得。也许他自己就是觉得很值得呢？就算他也觉得不值得，我们也没必要站在一旁可怜他。对他而言，万事皆过往，下笔即成诗。

在成都杜甫草堂那几年，浣花溪幽美，林木苍翠，坐拥青山绿水，他领着家人开辟菜园、浇水锄草，闲时欣赏美景，还记录了一个场景：妻子在一旁用纸画棋局，年幼的孩子敲针做鱼钩，其乐融融。

更何况，一个人的境遇离不开所处历史的进程。安史之乱，众人都在逃亡，连王维这种大咖都被叛军抓住当作人质，连李龟年这种著名歌唱家也潦倒街头。杜甫不算格外惨，只是没人像他一样写：国破山河在，城春草木深。

由长安回家看妻儿，一路目睹百姓各种惨状，他不再像以前那样，自怨自艾、偶有牢骚、对命运不满，而是把笔调转向了百姓。他写《兵车行》时，尚有为老百姓代言的意味，到此刻，他自己就是老百姓，写自己就是写历史。

历尽千辛万苦回家，妻子一见，手中的盆跌落，当场大哭。孩子们围过来，坐在膝边不肯走。他们的衣服全成了碎布片，难以蔽体。

一家人哭了又哭，他想改变气氛，拿出给老婆买的护肤品。她用了一点，立刻神采焕发。女儿学妈妈画眉，却把眉毛画得很粗。他笑是笑，悲苦却涌上心头。

都是细节，每次看都很锥心。杜甫的诗，是经历了一个痛苦不堪的人生阶段，有了感触，词穷了，语尽了，诗也就来了。

起初他也想“语不惊人死不休”，后来发现还是“读书破万卷，下笔如有神”。也曾理想主义，但被现实砸得狠，所以写下“朱门酒肉臭，路有冻死骨”。因为房子太贵，所以推己及人，吟出“安得广厦千万间，大庇天下寒士俱欢颜”。

在唐朝，很多人靠诗吃饭，有人凭一首诗在长安横着走，有人凭一首诗从地方调到了中央，还有人凭诗赢得众多女粉丝。

在那个时代，诗人并不是单纯的文艺青年，而是全民偶像。所以李白盛誉，而杜甫无名，难道真是杜甫的诗不够好？那恐怕得说唐朝人眼盲了。不论粉丝水平，单说诗人堆里肯定也有明白人。很多人都知道，此人日后必火。但他们就是不说，为什么？

一方面，杜甫是个异类。《金圣叹选批唐诗六百首》，一半以上都是形容大唐的繁荣、万国来朝、美酒佳肴。他们写完之后，还给彼此点赞，如果交情好，还会新发一篇文章，细说到底哪里好。跟娱乐圈一样，没啥作品，但多参加点综艺，混点圈子，也能出名。

而杜甫是个什么鬼？不混圈子，还浑身负能量。什么“纨袴不饿死，儒冠多误身”，什么“残杯与冷炙，到处潜悲辛”。这对当时的诗人是一种冒犯，诗写得还行，但为什么不按套路出牌？

另一方面，别人的诗越作越华丽，杜甫的诗却越作越朴素。他二十多岁已经写出“会当凌绝顶，一览众山小”，但后来却大巧不工，有些诗就跟大白话似的。比如有一天，客人来了，于是他作诗一首：群鸡正乱叫，客至鸡斗争，驱鸡上树木，始闻扣柴荆。

这感觉像什么？别人都在用单反拍照，沙漠落日，星辰大海。但有一个人却拿着廉价手机拍日常，客人也拍、鸡也拍，拍老翁、拍寡妇，能见到的都拍一拍。他拿渣像素手机随手拍，却比单反拍得还好，这就很气人了。

所以，活该他潦倒，没有功名，辗转一生。唐朝都快完了，他也没正经出本书。

后来杜甫想开了。二十岁的他，只想见天大地大。三十岁的他，看见了盛唐背后的隐患。四十岁的他，相比于见天地，更愿意了解民间疾苦。五十岁的他，“无边落木萧萧下”，不提也罢。

晚年杜甫依然在漂泊，时局有变，草堂也待不下去了，于是投奔亲戚家。中途遇到洪水，被困在耒阳县，一困十来天，没有吃的。耒阳县令知道了，亲自给杜甫带来牛肉和白酒，但杜甫多吃了点，把自己胀死了。

也有人说，杜甫被胀死是谣言，事实上他已经回到衡阳。杜甫晚年想回家乡，向亲友求助，写了一首《风疾舟中伏枕书怀三十六韵奉呈湖南亲友》，只是他还没等到那一天，五十九岁就死了。

这是北漂青年漫长艰苦又没有好结果的一生。

四十多年后，一个叫元稹的诗人重温杜甫，成了他的铁粉，逢人就说：跟你讲，杜甫特别好。元稹的好朋友白居易也附和说：是的是的，某些领域比李白还强。

到了宋朝就更夸张。谈到唐诗，简单粗暴，分为杜诗与非杜诗，杜甫成了独当。宋词阵营里，半壁江山都是杜甫的人，堪称宋词界的“全民偶像”。

世人爱论长短、拼高低，同时又谈境界、谈诗意，简直打脸。

而想要看清杜甫和李白，还是得回到他们相遇的地方，开封单县。

三十岁的杜甫，遇见四十多岁的李白。他们处于不同的人生阶段，李白即将向左，杜甫向右。杜甫并不理解李白为什么爱喝酒，不屑功名，四处漫游，也没有一份稳定工作。杜甫写过一首《赠李白》，“痛饮狂歌空度日，飞扬跋扈为谁雄。”你感受一下，这是夸吗?

只因当时杜甫正要去往长安，理想在长安，他想规劝好友走正确的人生路。但他当时不理解李白，也不知道迎接自己的将是理想的全部破灭。多年后他从长安离开，看尽炎凉，辗转动荡，自己的人生也是四处漂泊，兜了个圈。

他写下更多赠李白的诗，一方面怀念老友，另一方面是想说：那时我还不懂，你能不能等等我，等我幡然醒悟，等我明辨是非，等我痛彻心扉，等我历经沧桑。只是很遗憾，如今我懂了，身边却没有你。

世人讨论李白与杜甫谁更牛毫无意义。他们殊途同归，惺惺相惜，只剩下粉丝互相看不顺眼。

杜甫写过一首《梦李白》，最后一句词：“千秋万岁名，寂寞身后事。”是写李白，也是写他自己。

02

李白·他的理想从来不是当诗仙

唐朝有个诗人叫李白，这一点无人不知。他的人生非常精彩，和前宰相孙女成亲，最有权势的太监给他捧过鞋，唐明皇亲自接见，还为杨贵妃作过诗。

唐朝另一个大诗人杜甫是他的铁粉。杜甫没事就梦李白，赠李白，春天忆李白，冬天怀李白。基本上春夏秋冬，日里夜里，想起来就为偶像赋诗一首。

这几乎是成功人士的标配。论才气，上千年掰着指头数，李白也是名列前茅。论金钱，他也是有些钱的人，挥金如土。论婚姻，他相当于被高配女版王思聪倒追。论见识，他见过的大场面没几个人能比得过，与皇帝谈笑风生，所有诗人都是弟弟。

但世事很复杂，人生不会总如愿。有时我们羡慕别人家的孩子，却不了解那孩子的苦恼。我们羡慕别人的人生，却不懂得对方的困境。才子未必是幸福的，聪明人往往过早成熟，他们甚至痛苦更多。所以我们看一个人的故事，要从他的成长轨迹来看。

李白出生那一年，唐朝的王是武则天。他五岁时，武则天死了。唐朝内部经过了一些斗争，到了唐明皇李隆基继位，李白十三岁了。唐明皇传位给李亨时，李白五十五岁。再过七年，李白就死了。李白一生有四十年是在唐明皇的治下。

唐明皇时期，史学家称为盛唐。最初是很好的，经济欣欣向荣，人民生活富足。文学艺术也发达，有和李白同年出生的诗人王维，有比李白小十二岁的杜甫。画家吴道子、书法家颜真卿，都是当时社会活跃人士，俗称“大V”。

李白出生的地方是个历史疑问，有人说在甘肃，有人说在四川，更有人说在碎叶城（位于今吉尔吉斯斯坦境内）。但根据靠谱记载，他五岁时是在四川青莲乡度过的。

二十岁之前，李白属于隐居状态，也不进城。平常喜欢遛鸟，养了很多珍禽，没事就训练它们，跟如今的公园老大爷志趣相投。

隐居的时候，除了读书，就是学习武术。这种隐居在古人中很常见，那时没有互联网，很多人就这么绷着，不出来。有的人等别人来寻觅，比如诸葛亮；有的人一辈子不出来，这叫不出世。

我们读一些武侠小说，经常看到主人公隐居几年，练就一身绝学。袁承志如此，张无忌如此，李白也是如此，不过李白没有等人来寻，自己先跑了出来了。

二十五岁时，李白离开四川，心中怀揣梦想，有文如是：故知大丈夫必有四方之志。乃仗剑去国，辞亲远游。

至此，李白开始“旅游人生”。如今人们喜欢自驾游，几千公里说走就走，但一般就是小长假透透气，回来该工作工作，该生活生活。李白不是，李白不仅旅游，简直就是漫游，二十五到二十七岁一直在路上。

有一次他和一个四川朋友一起旅游，途中朋友病死了。古代旅游很辛苦，朋友死了怎么办？也没有电话，走到荒山野岭，连个鬼都看不见。他就在旁边守着尸体，连中途来了一只老虎也没离开。但这么着不是办法，于是他把朋友埋在湖边，自己先走了。

过了一段日子，他回来找朋友尸首，发现尸首没有完全腐烂，亲自拿刀把尸体腐烂的部分削掉，洗刷干净，自己背着尸骨埋葬在了现在的武昌。这种对兄弟的态度恐怕没几个人能做到，像极了赵本山的电影《落叶归根》，只是略显重口味。

漫游了两年，大概在二十七岁的时候，他定居安陆。这大概是他待得最长久的地方，一住就是十年。最关键是他结婚了，妻子是前宰相的孙女，从此踏上另一段人生旅途。

他积极参加一些社会活动。结交不少名人、官员，大家都是文化人，平常聚在一起就是读读诗、写写诗，互相切磋。时间长了，李白的才华显露出来，很多人都知道有这一号人物，名气越来越大。不过，这时期李白还是小咖，真遇见大咖也得跪。

孟浩然就是大咖，比李白大十一岁。两人见面了，惺惺相惜。离别的时候，李白去送，百感交集，作了一首非常著名的送别诗：

故人西辞黄鹤楼，烟花三月下扬州；孤帆远影碧空尽，唯见长江天际流。

为什么李白如此深情，因为孟浩然代表了他的一部分理想人格：人到中年，很文艺地隐退了。李白这时正值青年，还有另一部分理想，就是入世。

隐退还是入世，一直是李白内心纠结的点。一方面，他想从政，一展抱负，治理天下。另一方面，他还想归隐，想学道，想当神仙。他的一生，基本是在这种矛盾中度过的。

李白有个朋友，叫吴筠，被唐明皇宣召入京。在长安，吴筠极力推荐李白。据考证，是三次邀请，约他入京。李白高兴地写下《南陵别儿童入京》，其中有很桀骜的一句："仰天大笑出门去，我辈岂是蓬蒿人。"当时他还满怀理想，不知前路险恶。

李白四十二岁时，终于到了长安。唐明皇亲自出来相迎，说了很多客气话，意思是虽然您是个老百姓，但我也早听过您的大名。

后世觉得这是一件排面很大的事情。其实唐明皇没有什么爱才的想法，而是已经被美女迷住，只不过觉得这个事情可能挺好玩。

有一天唐明皇和杨贵妃在宫里赏花听戏，戏听腻了，就把李白请来现场作几首诗。"云想衣裳花想容"就出自这里，只不过唐明皇和杨贵妃也没那么惊诧，他们并不是出于爱才惜才，仅仅为逗一乐。

这时的李白过着最稀里糊涂的日子，在长安他的工作仅仅是帮闲，因为文笔好，偶尔写写文件，相当于一个秘书。跟翰林院的官员在一块，没事喝喝酒、吹吹牛，得意归得意，时间长了他有点醒悟过来：原本自己是一个无拘无束的人，如今怎么变成这副模样？

李白觉得游山玩水才是生活，读书作诗才是做自己。在官场，皇帝每天稀里糊涂，自己看似名气不少，粉丝不少，但不要说什么实现抱负了，就连别人每天玩什么把戏都不知道，完全是个边缘人。

失意的时候，李白就想学道。他跟唐明皇说，你还是放我走吧，唐明皇也没挽留。他在长安待了多久？有诗云"离居在咸阳，三见秦草绿"，不过也就三年时间。我老家咸阳，有幸得杜甫写《兵车行》，有幸得李白居三年，简直了，想想就想大笑。

第二次踏上旅途，他已不是怀揣抱负的少年了。这一次他四十四岁。

上一次旅游还有固定地方——安陆。这一次就没有固定场所了，也是在这一次旅游中，他见证了唐朝由盛转衰，李白的思想开始发生转变。

到河南开封时，他写下《将进酒》，因为政治梦想难圆，他觉得"钟鼓馔玉不足贵，但愿长醉不复醒"。如美玉般的美好生活也不过如此，还不如与朋友喝酒喝到长醉。经历过，说起这话更可信。我信他彼时是真心。

这一时期，李白很潦倒，没有固定工作，没有固定居所，时常与社会中的流民混在一起，带着一身江湖气。也是在开封，他遇到杜甫，两个诗人首次会面，可惜当时并没有什么排面，估计就是小酒馆喝了一顿。李白四十四五岁，杜甫刚三十，杜甫是作为一名粉丝见到李白的，心情很澎湃，无奈两人都穷。

他们一起在开封旅游，杜甫作诗说："醉眠秋共被，携手日同行。"好基友，一"被"子。快乐的日子总是短暂，最后两人还是分别了。

分别的原因是大家心境不同，所面临的事也不同。杜甫见到偶像，听了偶像的故事，向往长安繁华。杜甫向往的，李白已经经历过，李白想的是要旅游、学道、成仙。

李白去了山东，又辗转去了山西、陕西，似乎还去了北京。后来在北方待着不舒服，他又去了南方。

在他旅游到五十岁的时候，唐朝发生安史之乱，唐明皇逃到四川。为此，李白写了《蜀道难》，其中写道："锦城虽云乐，不如早还家。"隐晦地告诫唐明皇，你不要在四川玩了，赶紧回家吧。

"安史之乱"后很长一段时间，社会动荡，百姓颠沛流离。后来，唐肃宗李亨收复长安，杜甫也辗转回到长安。没有了李白的消息，杜甫以为李白死了，在《梦李白》中杜甫说："浮云终日行，游子久不至。""千秋万岁名，寂寞身后事。"开始给李白写挽联了。

李白并没有死，从五十九岁到死，还有三四年时间，这是他最后的旅途。

这回是从湖南、湖北到了江苏、安徽。他看透一切，觉得一切都是虚无，同时也憎恨一切。“头陀云月多僧气，山水何曾称人意”，连最热爱的山水也不可爱了。

他所寻找的成仙成道之路也破灭了——神仙不可靠。在学道与从政这一生的纠结之路上，他认为自己都失败了。于是作诗：“富贵与神仙，蹉跎成两失。”

他晚年的生活越来越差，依然在旅游，但似乎更像流浪。在路过的人家吃点东西，休息休息，继续赶路。在远方亲戚家借宿时，李白病倒了，从此再也没起来过。后世说李白是病死，还是捞月溺死，其实无关紧要了。

李白一生喜欢大鹏，小时候觉得自己是大鹏，总要展翅。他一生漂泊四方，不是在远方，就是在去往远方的路上。他自己认为，大鹏的翅膀一直没有展开过。在人生的最后，他写了《临终歌》：

大鹏飞兮振八裔，中天摧兮力不济。

李白的一生，看彻繁华，尽失初妆，金迷纸醉，历尽沧桑。他写了最好的诗歌，同时也认为自己是一个失败者。他最初的梦想——从政与学道，后来都渐行渐远。

他一生未完成自己的抱负，反而在别的领域成了仙，被千古传诵。这或许是命运开的一个玩笑，而我对此心存感激。痛苦是他的，快乐与爽是我们的。这样说有些没心没肺，然而我并不想自寻伤感。好的诗是我们这个民族共同的语言，好的诗歌是民族认同最重要的契机之一。

李白所得非所求，这是他一个人的人生悲剧，但对我们而言，有他的人生显然是幸运的。

03

刘禹锡 × 人走桃花运，他应桃花劫

公元 800 年，二十九岁的考试型选手白居易中了科举，这一年大唐帝国一共录取了十七个考生。

按规矩新科进士要去大雁塔题名，皇帝允许他们在人生巅峰上多回味一小会儿。在这里，白居易喜滋滋地发现，这一届考生中他年龄最小，一嘚瑟，忍不住念了两句诗：慈恩塔下题名处，十七人中最少年。

做人一定要谦虚，白居易同学显然忘了这一点。有一个人就轻轻咳嗽一下，说：小白啊，我们俩是同一年出生的，我二十二岁就考上进士了，我叫刘禹锡。

然后又有一个人呵呵一笑，说：小白啊，我比你们俩还小一岁，跟刘禹锡同一年考上的，我叫柳宗元。

第三个人出场了，他心里甩过一句国骂，说：小白啊，别灰心，好好干，我叫韩愈——是个考了四届的复读生。

就这样，中唐诗歌江湖，最耀眼的几颗星凑在了一起。此时白居易还只是一个九品小文官，人生梦想是买套离单位近点的房子，早上睡个囫囵觉。他和几位大咖暂时还玩不到一块。

这是属于刘禹锡的时代。五年后，三十四岁的他与三十三岁的柳宗元被视为帝国双璧。你看他后来失意了，住在陋室里，还能“谈笑有鸿儒，往来无白丁”，此刻却是风头正盛。随手在朋友圈发首新诗，带头点赞的就是大唐皇帝。

但唐代的诗人个个都是要建功立业的。“男儿何不带吴钩，收取关山五十州。”写诗好不算本事，又能写诗又能做官又能为万世开太平，才是男儿本色。

当时最大的不太平是宦官当政，藩镇割据，大唐皇帝的尊严就比汉献帝强一点。当时新上台的革新派领袖王叔文找到刘禹锡和柳宗元，大家一合计，热血涌上头，千秋万载，复兴大唐，上吧！

鲁迅先生以前说过，中国太难改变了，即使搬动一张桌子几乎也要流血。

刘禹锡和他的小伙伴们想要打倒的，可不是一张桌子，而是中国历史上最强大的太监党，整个政府军几乎都在太监手里。而刘禹锡们的依靠，是一个瘫痪在床话也说不清的皇帝，比一千多年后的光绪还不如。

仅仅一百四十六天，刘禹锡复兴大唐的理想就破灭了。宫廷太监联手藩镇军阀，直接换了一个新皇帝唐宪宗上台。新皇帝用手指摸索着大唐版图，随手一按，秦岭以南这边够远够荒，把这些不安定分子送去改造吧。

这就是唐代赫赫有名的“永贞革新”。刘禹锡、柳宗元、老大哥王叔文还有其他小伙伴一起，被发配到人迹罕至的南方州郡做司马。司马是个早就被废除的官职，专门被当权派拿出来恶心他们，实际就是领工资的囚徒。

后来刚刚在长安城买了房的白居易，也被贬为江州司马。你看他听天涯歌女弹琵琶，听着听着一下就哭得稀里哗啦。“座中泣下谁最多？江州司马青衫湿。”就知道被流放者内心有多苦。

刘禹锡只会更难受。从人生巅峰突然摔下来，成为被喊打喊杀的阶下囚。明明自己拼了命为国除贼，结果被贼喊捉贼，前途和名誉都失去了。他不服气，要怼。

在唐诗江湖，有起错的名字，没有叫错的绰号。刘禹锡人称诗豪，就是够硬气，爱犯轴。认为对的，全世界反对都没用，谁嚷嚷他就怼谁。

他怼人，首先怼皇帝。

在流放地朗州（今湖南省常德市），当他听到被迫退位的老皇帝离奇暴毙，老大哥王叔文被赐死，一下就炸了。

公开悼念自然是寻死，但刘禹锡有办法，他写《华佗论》，借曹操杀华佗来抨击宪宗杀王叔文。还不过瘾，就再写一首《武陵书怀五十韵（并引）》，用楚怀王被项羽冤杀，来影射宪宗杀害自己的老父亲顺宗：“俗尚东皇祀，谣传义帝冤。桃花迷隐迹，楝叶慰忠魂。”

他不仅怼人，还怼天气。

柳宗元是他少年结交的生死之交，两个人多年来出双入对，一起做官，一起被贬，关系实在太好了，世称“刘柳”，和白居易元稹的“元白”组合并称大唐两大 CP。

柳宗元是个有家族包袱的人，总愧疚自己获罪连累家人受苦。在流放地柳州的日子过得很压抑。他写了首《江雪》：“千山鸟飞绝，万径人踪灭。孤舟蓑笠翁，独钓寒江雪。”四句诗头个字联起来，就是“千万孤独”。

刘禹锡说，小柳啊，你这样谈天气是不行的，来来，我给你展示下谈天气的正确方式。他给柳宗元寄了一首秋词。全天下人不都喜欢伤春悲秋吗，我刘禹锡就偏不。

自古逢秋悲寂寥，我言秋日胜春朝。晴空一鹤排云上，便引诗情到碧霄。

光看诗，你就能想见他当时有多得意，有句鸡汤特别适合他：凡是杀不死你的，最终只会让你变得更强。柳宗元收到诗后一下就乐了，两个好朋友就这么互相扶持着、鼓励着，度过了人生最黑暗的十年。

时间来到了唐宪宗元和九年，公元 814 年，皇帝觉得刘禹锡和柳宗元们应该打熬改造得差不多了，大才子们不被降服使用也是可惜，不能凸显帝王之术，就把他们召回长安城。

但刘禹锡一回来脾气就发作，这一次他要怼桃花。

此时的长安城，权贵和市民最爱去的网红景点是玄都观，那里有百亩桃花林，游人如织。原来的老朋友拉刘禹锡和柳宗元也来见见世面，就像今天谁去了西安，都会被本地朋友带到大雁塔看喷泉。

朋友当然是好心，刘禹锡却没有压得住脾气。他看着眼前这群在他贬官后红起来的当朝新贵，很生气，想到十年前自己与小伙伴们为大唐复兴孤军奋战的一百四十六天，想到屈死的老皇帝和老大哥王叔文，想到自己被流放十年壮志尽毁后无数个夜晚的激愤与绝望，他决定——

一个都不原谅！

拿起笔，蘸饱墨，冷眼盯着桃花林里踩着他们这些老人上位的当朝新贵，刘禹锡怼出一首桃花诗：

紫陌红尘拂面来，无人不道看花回。玄都观里桃千树，尽是刘郎去后栽。

看啊，你们这些小丑，就像俗艳的桃花一样，都是我们这些牛人走后才冒出头的。这首诗很快放在了宪宗的案头，皇帝气得啊，如果你刘禹锡说当朝新贵是你离京后才提拔的，那我这个被宦官扶上台，逼死老爹的皇帝，又算啥？

皇帝一拍桌子，贬，往远地贬。柳宗元从永州司马改迁做柳州刺史。刘禹锡不是不服软吗，去播州做刺史吧。那地方又远瘴气又毒，去待着等死好了。

刘禹锡和柳宗元默默离开了长安城。柳宗元没有责怪朋友，他知道老伙计内心的坚守与执着。那人生里如火一样炙热的一百四十六天，值得他们用一生去守护。

柳宗元还向皇帝恳求，让有老母在堂的刘禹锡和自己调换下发配地，如果必须死一个人，就换他柳宗元好了。全天下都被感动了，皇帝也难挡舆论，将刘禹锡改判到岭南连州。

这是两个朋友最后一次分手。四年后，四十七岁身心俱疲的柳宗元与世长辞，将孤儿与诗稿都托付给刘禹锡。满头白发的刘禹锡恸哭欲死，相知二十年，往事历历在目，但今后，只能自己独自直面这人世间的怅惘和险恶。

白居易在老友元稹死后八年，写过一首悼亡诗，其中悲苦，大概最得刘禹锡心境：

君埋泉下泥销骨，我寄人间雪满头。

公元 826 年，被流放了整整二十三年，最好的年华都浪费在路上的刘禹锡，终于被赦免回京。失去柳宗元的他与失去元稹的白居易在扬州偶遇。两人年少相识，到此时终于结为好友。全大唐曾经最称羡的两对 CP，各自失群之后，也最懂得友谊的珍贵。

此时大唐已经暮气沉沉，宦官们玩着杀一个皇帝再立一个皇帝的游戏，壮年时为复兴大唐所作的努力与牺牲都成了过往，当年的老友和敌人都凋零殆尽。

但刘禹锡总觉得还欠点什么。直到他重回阔别十四年的长安城，又一次站到已经破败荒凉的玄都观前，他知道该做什么了。再一次拿起笔，像写一道迟来的胜利宣言，他写了第二首桃花诗：

百亩中庭半是苔，桃花净尽菜花开。种桃道士归何处？前度刘郎今又来！

生活是一个缓慢受锤的过程。许多人被锤一下、两下、三下，就再也意气不得。但刘禹锡不是这样的，我是时间最后的胜利者，你们可以不爽，但我就是要挑衅，我来了，我看到了，我没有输。

晚年刘禹锡和白居易一起在洛阳城过着写诗唱和的养老日子，慢慢变成了一个和蔼开朗的小老头。柳宗元的儿子被他抚育成才，老朋友的诗稿也被他整理出版。

七十一岁时，他抱病写了《子刘子自传》，最后一次回忆了与柳宗元、王叔文们在永贞革新时那满是壮烈与热血的一百四十六天。然后，在他曾赞过的秋日含笑而去。

当初结束二十三年流放生涯，与白居易在扬州定交的晚宴上，刘禹锡回忆一生际遇，明白一生漫长，但真正值得的日子只有这么多。不过人生总该是豪气与向上的，永远不服输，就像他写给白居易的回诗：

沉舟侧畔千帆过，病树前头万木春。

04

柳宗元·真心为君子，无意做诗翁

元和五年四月三日，柳宗元的初心死了。

初心是个十岁的小姑娘，她五岁那年，获罪贬官的柳宗元，终于不再避讳她的私生女身份，带她一起南下永州。因为体弱，柳宗元担心女儿养不大，就将她送入佛门，削发为尼，托庇给佛祖护佑，取法名初心。

但初心还是死了。

此时距发生在长安城，那场轰轰烈烈的永贞革新，已过去五年。三十八岁的柳宗元有一种江河日下的紧迫感。在永州，他落下了胸闷的毛病，身体也日渐衰败，走路时膝盖颤抖，坐着腿又发麻，一副日薄西山的样子。

朋友从远方来，以为他会郁郁寡欢，毕竟大城市来的大才子此刻偏居乡下。却意外看到他豁达开朗，于是恭喜他，说你心态好赞啊。柳宗元回答，我是真的很难过啊，但难过有什么用呢，干脆强颜欢笑。

他是最不愿给朋友添麻烦的人，总记挂着共同落难的老友。当初一起出京贬官的二王八司马，其中王叔文已被赐死，好友吕温病死在流放地。他写祭文，恸哭失声，仿佛也看到自己的结局。

女儿初心死后，他很想给自己定一门婚事。他是独子，又是鳏夫。全家人受他连累，跟着获罪流放，老母与幼女先后死去。此刻他想为柳家留个儿子，避免整个家族都埋骨他乡。

但他失望了。即便是朝廷钦犯，身份也不是普通百姓可以高攀。如果纳妾，生的孩子是庶子，是不被官方认可的。而永州的士族人家，没有谁会把女儿嫁给一个狠狠得罪了皇帝的罪臣。

他前所未有地思念长安，就给旧日的同僚们写信，委婉地请求大家，在朝堂上替他说几句好话。

他的祈求差一点就成功了。但当年的政敌，如今高高在上的大人物们，忌惮他曾经锋芒毕露的才能，绝不肯给已经打倒的敌人再一次站起来的机会。

回长安的路，被彻底封死了。无路可走的柳宗元，只好投身在永州的山水间，把自己活成一个诗人。

他把家安在冉溪边上，给这条小溪取了新名字，叫愚溪。因为这溪水太浅太陡，不能灌溉，不能行船，也不能让蛟龙兴云作雨，就和愚钝的他一样，百无一用。

他一感到气闷，就带着小伙伴去山林里探幽猎奇，那些不起眼的小丘、山石、水渠、深潭，在他眼里都有过人之处。你们不觉得它好，或许是要留给我去发现吧。

但他实在不是一个心甘情愿的诗人。他能写出天下最好的游记，却不能说服自己的一颗心。他做不了陶渊明，也不是王维。

他的心境就像他眼中的景，总是“凄神寒骨，悄怆幽邃”。永州太小了，山围着山，堵成一个圈，像一个巨大的牢笼。柳宗元抬头环顾，感觉自己就是天地间一个孤独的罪囚。

于是他写诗：

千山鸟飞绝，万径人踪灭。孤舟蓑笠翁，独钓寒江雪。

他二十一岁进士及第，三十三岁身居要职，永贞革新时多少国家大计出自他手。他已经见过了天地众生，如今在山水中看来看去，都是茕茕孑立的自己。

他从不觉得诗人是自己终生的事业。但这戴罪之身，除了生病、礼佛、愁苦，如何脱单，也只能去读诸子百家，去写山河内心。

他一生七百多篇诗文留存下来，绝大多数都写在贬谪之后。白居易与元稹，耳朵里听到民间疾苦，就提笔写成诗，拿去给朝廷看。柳宗元却只写内心的真实，满腹孤愤，却不想随意对人说，就写诗给自己看。

只是当遇到捕蛇者这样的可怜人，听完了那些凄惨的遭遇，他也会认真写下来，字里行间，跳动着真诚的同情。他自己都难保，却还要告诉朝廷，苛政真的猛于虎。他的心到底还是放不下长安。

元和十年二月，四十三岁的柳宗元接到了一纸诏书，要他回长安去。无法形容他此时的心境。长安是他的故乡，也是他的理想。他的反应大概与杜甫一样，“白日放歌须纵酒，青春作伴好还乡”。收拾完行囊，他走出了困住自己十年的永州。

他的朋友比他还着急，不断写信催他快点回来。他倚马，提笔，回信，写了十年来第一首不见愁绪的诗：“疑比庄周梦，情如苏武归……不羡衡阳雁，春来前后飞。”

他就像北海牧羊的苏武，终于重见天日。更开心的是，在长长的驿路上，他看到一个熟悉的身影等在路旁，是刘禹锡。

这是他二十一岁就结识的生死之交。十年阔别，刘禹锡的鬓发已经发白，自己的身体也日渐衰朽。但这都不要紧，只要回到长安，他们还有时间重新再来。

两个老朋友结伴归来。越临近长安，柳宗元就越难抑兴奋。当走到灞亭，终于踏上了长安的土地，柳宗元泫然泪下："十一年前南渡客，四千里外北归人。"如果时间可以停止，多希望能让他停在这一刻，永怀欣喜，不用面对后来的悲辛。

重回长安，刘禹锡的一首桃花诗，击碎了柳宗元的长安梦。匆匆数日，他们就被贬谪到比永州更远更苦的地方。

柳宗元没有与刘禹锡绝交，虽然由头是那首桃花诗，但根源是宪宗与当年的政敌们余怒未消、心存忌惮，并没有打算真的放过他们。

他是真正的谦谦君子，对朋友肝胆相照，有怨愤也不出恶言。只是把能扛的和不能扛的，都抢过来，压在自己肩头。

他连番上书，恳求宪宗，让他和刘禹锡互换贬谪地。刘禹锡的母亲已经八十岁了，经不起颠簸。他在永州经历过丧母之痛，不愿让好朋友也去体验。在绝境中目睹老母亲死去，那是谁也无法承受的悲痛。

离开长安，一路慢行到衡阳，两个老友即将分别。柳将乘舟到柳州，刘将登陆赴连州。两个人年少时同榜进士，年轻时同朝为官，永贞革新时并肩为战，正当盛年时同贬远州司马。"刘柳"同进同退，知交已经二十三年。

而这一次分别，柳宗元预感，这会是他们的最后一面了。临别之际，他给刘禹锡写赠别诗，规劝他收敛脾气，不要总是给自己招惹麻烦。走了几步，他又顿住，回头追上来，和老友重新话别。他们絮絮着往事，时而轻笑，时而叹息。

柳宗元又写了第二首赠别诗：

二十年来万事同，今朝岐路忽西东。
皇恩若许归田去，晚岁当为邻舍翁。

长安是回不去了，豪情与年华也都消磨干净了。他只希望皇帝和政敌最终能放过他们，让他们归老田园。

终于到了不得不走的时候。两个人依依惜别，却拉着彼此的衣袖难以放手。柳宗元提起笔，给好朋友写了第三首赠别诗，既是问刘禹锡，也是问上苍："今日临岐别，何年待汝归。"

一百多年前，年轻的王勃与朋友分别，自信只要互为知己，天涯也是比邻，又何必"无为在歧路，儿女共沾巾"。那时，年轻气盛的王勃以为人生会很长，经得起等待、曲折。而如今，饱经世事的柳宗元却知道人生的崎岖仓促，每一刻都可能变成绝笔。

元和十四年，刘禹锡的老母亲去世，他扶棺返乡，再一次路经衡阳。在湘水边，四年前分别的地方，刘禹锡看到柳宗元的家人一路奔来。

柳宗元死了。

四十七岁的柳宗元写下绝笔信，将幼龄的两儿两女，托孤给刘禹锡韩愈等几个好友。他十四年来从永州一路写到柳州的所有诗稿，全交给刘禹锡代为整理。遗孤有所养，诗文有所传，就是柳宗元对这个世界最后的期待。

在柳州的四年，柳宗元终于卸下内心的重负。他有时候会伤感，觉得自己这一生太不如意。但依然希望有一天皇恩浩荡，可以放过自己。

但在这片荒僻的土地上，他同时找回了自己的价值。他将年轻时的施政本领，和多年流放锻造的诗情，融会贯通，在柳州全给用上了。

他兴办学校，解放奴隶，破除陋俗，挖井开荒，做了许多实实在在的事。他的文章越写越好，学问越来越大，全广西的学子纷纷追随着他，以他为师。

他还是朝廷的弃子，却终于不再以心为牢。生命中最后几年，他很少再提起长安，只是在春暖花开的时候，种了许多的树。

他用自己的人生，给了命运一个意外的回答。当你被厄运裹挟，既不愿随波逐流，又无力强行挣脱时，你也可以保持风度，忍耐一切，积蓄力量，重拾尊严。这是一条布满压抑与苦涩的路，但它成就了柳宗元。

唐朝有许多更传奇的诗人。但谦谦君子，温润如玉，只属于他。

柳宗元死后，又过了几年，有和尚在巴蜀的夔州遇到了刘禹锡。告诉他自己曾经去过永州，在愚溪边上，看到柳宗元当年亲手建起的宅子，已是断梁蛛网，荒凉破败。

一股哀伤从刘禹锡胸中升起。他想象着老朋友住在愚溪宅院里的模样，想象着人去屋空时可有人频频回首？想象着尘埃一层层落在院子里，荒凉一切，腐朽一切。

只有无主的燕子每一年依然飞回，隔着残破的门帘，看中庭荒草萋萋。宅子的远方，站立着一排野生的石榴树。人来人去，花开得依然浓烈。

05 韩愈·精分在人间

大唐贞元十一年，一月的长安城正值凛冬。

一个儒生打扮、脸蛋冻得红扑扑的胖青年，被宰相府家丁驱赶出来，扭头看了看高大阔气的相府大门，像看一头权力的巨兽，这兽把他的前程踩成碎片。

“我韩愈一定会回来的。”二十八岁的韩愈挥了挥胖手，从长安城不带走一片云彩。

后来他的头号粉丝苏轼，对偶像进行了一系列花式鼓吹。苏轼“广告”写得太成功，以致快一千年过去，人们深信韩愈就是他说的这个样子：

> 文起八代之衰，而道济天下之溺；忠犯人主之怒，而勇夺三军之帅。

这几句是什么意思？是说我们韩愈，出身底层，文武全能，写文章就和杜甫写诗一样好，而且超有个性，既能气得皇帝吹胡子瞪眼，还能深入叛军单刀赴会，斩杀——哦，是说服叛军头子。

苏轼给的这个人设，在网文和宫斗剧里，就是妥妥的主角了。任何虐主的反派，一集之内都会被迅速打脸。等到剧终时，主角将孤独地躺在人生巅峰上，享受寂寞如雪。

可这样的人生，真的不属于韩愈。许多时候，韩愈不仅没有主角光环，反而更像一个随时要黑化的男配。

他没有一张主角该有的脸。唐代选官员挑长相，颜即正义。而韩愈的体型，被朋友们亲切的形容为：丰肥。他自己追加的评价是：慢肤多汗。总之是个油腻大叔。

光油腻也就算了，作为一代文宗，考试也考不好。进士考了四次才拿到学位证，去吏部参加就业考试，考了三年都被刷下。

穷途末路，只好厚着脸干谒宰相，求一条生路。但一个半月连投三封自荐信，都没叩开宰相的家门，连“呵呵”都没等来一个。

没有对比就没有伤害，他知道真正光环加身的主角是什么样子。

比如王维，一首《相思》就让公主包办了前程。比如白居易，十五岁凭一首《草》，就被大名士顾况相中了。连很少写文章的李白，给高官投自荐信，都能写出“生不用封千户侯，但愿一识韩荆州”这样又高明又肉麻的句子。

“我到底哪点做错了？”韩愈大概问过自己许多遍。他不知道答案在哪，只知道他真的很想红。在大唐，想红的捷径有两条，写诗或者做官。

做官暂时不想了，韩愈也写诗。但唐诗江湖不小，能落脚的余地还真不大。李白、杜甫就像少林、武当，占掉大半个江湖。剩下的地盘竞争一样激烈。

元稹、白居易的“鸳鸯蝴蝶派”，是大唐最火的偶像男团。刘禹锡、柳宗元的黄金组合，把持着大唐精英文化圈。

而韩愈呢，左看看搭档孟郊——一个快五十岁才考上进士的老汉，右看看搭档贾岛——一个当过和尚、一辈子没有功名的小白。

只好叹口气，咱们这个边缘人组合，就玩点小众艺术，自娱自乐吧。要想红，只能另辟蹊径，走一条别人没有走过的路。韩愈经过缜密思考，决定发起古文运动，一场公元 8 世纪的中国“新文化运动”。

韩愈说，中国儒家的道统，传到孟子那一代就后继无人了。中国有价值的写作，传到司马迁、杨雄那一代就断层了。如今的读书人，都流行写花里胡哨的四六体骈文。

而我韩愈，作为孟子之后，儒家道统的继承人，要发扬文以载道的精神，让中国人重新学会思考，学会写作。

出来搞运动，就一定要找人开撕。这样才有话题，有流量，才能红。韩愈一点不含糊，他选中了两个开撕对象，一个是佛道，一个是藩镇。

藩镇在中唐是个人人喊打的角色，撕他是最大的政治正确，然而撕得再凶也很难出彩。佛道就不一样了。大唐皇帝姓李，为了给脸上贴金，认老子李耳为祖先，那道教就成了皇帝家的私产。

佛教在当时更是红到发紫。宪宗皇帝带头信佛，派使者去宝鸡法门寺，请来了佛骨舍利。迎进长安的时候，沿途不分男女老幼，全城狂热。皇帝在皇宫足足礼佛三天，才将佛骨送还。

韩愈开火了。他先给宪宗上了一个奏折，这是一篇饱含了个人才华、勇气与精神力的文章，杀伤力特别大。

他先分析了自汉代佛教传入以来，历代信佛的皇帝都不得好死的事实，得出“事佛求福，乃更得祸”的判断。然后劝告宪宗悬崖勒马，烧掉佛骨，关闭全国的佛寺道观，让老百姓都遵守儒家的主张，安安生生回去劳动致富。

文章最后，韩愈还说了一句极有气概的话：“佛如有灵，能作祸祟，凡有殃咎，宜加臣身。上天鉴临，臣不怨悔。”真有佛祖显灵，就报应我一个人吧，我不后悔。

宪宗气得想死。你嫌我信佛太走心，我不怪你，但你说我不得好死，你想干什么？不杀你还等着过年吗？

韩愈当然没死，他打完人生最大的一场战役，在满朝文武敬畏的目光下，被流放到距长安城八千里外的潮州。

五十二岁的韩愈，终于红了。他有多红呢？这么说吧，大家读诗都读《唐诗三百首》，其中杜甫的诗最多。读古文都读《古文观止》，韩愈的文章最多。

一代文宗，他当之无愧。

但韩愈后来的一系列操作，让当时的粉丝团与后世粉丝们都有点无所适从。

那会儿的潮州是大唐出了名的穷乡恶壤。那时还没有牛肉火锅，只有遍地鳄鱼。大义凛然的韩愈一到潮州上任，就干了三件能称之为行为艺术的事。

他先给宪宗写了一封认错书，态度诚恳，语言悲酸。信中高度评价了宪宗平定藩镇、中兴大唐的丰功伟绩，建议宪宗像所有历史上好大喜功的皇帝一样，去“东巡泰山，奏功皇天”。

这封奏折让很多韩粉看得辣眼睛。怎么画风突然就从忠肝义胆，变成谄媚皇帝了呢？

韩愈干的第二件事更无厘头。他带领官民，来到鳄鱼出没的水边，念了一篇《鳄鱼文》，要求鳄鱼们限期离境，否则后果自负。

这件事有一个很神奇的结尾。据说当晚暴风雷电大作，数日河水干涸，鳄鱼们被迫含着泪，背井离乡而去。后来苏轼居然将其当成真事，写进了韩愈的宣传稿。

第三件事，更让天下人的眼镜碎了一地。他居然和潮州有名的高僧大颠交往，据说还被该和尚点化了。

人设彻底崩了吗？大唐各路八卦小报，开始深挖韩愈。不挖不知道，一挖吓一跳。

披着道家马甲的 ID 发帖灌水，说韩愈有一个侄孙叫韩湘，就是八仙韩湘子的那个韩湘。他根本和道教是一家嘛。

大唐财经杂志发帖，说韩愈是“谀墓”高手，专门给高官富豪去世家属写祭文，写一篇至少要一匹马。

娱乐小报也凑热闹，说韩愈假正经，其实人老心不老，家里有好几个妾，还偷偷吃春药。

韩愈自己也不甘寂寞。他写了一首《示儿》，勉励儿孙要上进。上进了就能像他一样在帝都买大房子，来往都是高官显贵。

他还写了一首诗，吓唬家里小孩，不好好学习，你和别人家的孩子比，就一个变猪，一个成龙：

一为马前卒，鞭背生虫蛆。
一为公与相，潭潭府中居。
问之何因尔，学与不学欤。

苏轼妙笔生花，都不能给偶像洗地。只好叹气，承认他写的诗，“所示皆利禄事也”。就当绝望的粉丝们，犹豫要不要粉转黑时，韩愈又干了一件出人意料的事。

长庆元年，镇州兵变，叛军围攻政府军，不接受和平谈判。五十五岁的兵部侍郎韩愈临危受命，被穆宗皇帝派去安抚叛军。这跟送死没什么两样，宰相元稹说，韩愈同志可惜了。

韩愈自己不这么看。他单人独骑，闯入叛军阵营，一个人展开说服工作。叛军头领王庭凑怕他再说下去就能把军队说散伙，赶紧答应了他的要求，鸣金撤退。

这一次，他真的做了拥有主角光环才能实现的事。但韩愈毕竟不是主角，一生大部分时间都在基层的清水衙门混日子。晚年好不容易有提拔到中央的机会，又被奸相李逢吉算计，被迫降职病退。五十七岁死在家里。

后来人看韩愈，总觉得形象飘忽不定。他的一生，既一本正经到乏味，又荒唐虚伪到造作。像一个精分活在人间。

但他一切行为的背后，却也有情不得已。因为谏佛骨被驱离长安，作为犯官家属，韩愈十二岁的小女儿也上了流放名单，最后死在冰天雪地中。他写得最好的一首诗，被认为有杜甫沉郁顿挫的深情，就是写在流放的路上：

云横秦岭家何在？雪拥蓝关马不前。

为心中认定的正义、不平而鸣，结果家破人亡，韩愈的内心自然不会平静。后来他在潮州看似不可思议的行为，也可以有一个解释了。

他只是一个努力博取私人理想的普通人，从不掩饰欲望。他爱讲大道理，但大义当前又经得住考验。他贪财、怕死、好色、迷信，但这些发生在私人生活中，没危害社会。

他只是恰好在写文章这个技术领域做出了超越时代的成就，而人们就用过高的道德标准来要求他。就像《红楼梦》里曹公所写，这世界总是“有不虞之誉，有求全之毁”。

韩愈比许多聪明人冷静的地方，是不为声名所累，不肯被大众的期待裹挟。他只想做一个岁月静好的胖子。你们看到的精分，恰好是我活出的真性情。

后来的韩愈被不同的朝代加了许多光环。他挂在文庙的画像，小脸美髯，有一代宗师的潇洒。但很久之后，人们发现，那张帅脸属于南唐名臣韩熙载，是大家弄错了。

“搞不清楚真实的我，是你们蠢。”韩愈大概会揪着胖脸上从来都不多的胡子，得意地想。或者他从不想这些，而是愉快地享受着不被扭曲的欲望。

毕竟，能从人生的枷锁里多超脱一会儿，才是这个世间最值得自豪的壮举啊。

06

白居易·上苍赐予的才华，都要用来填命运的坑

许多人在盛极而衰时，才会想起茨威格的那句话：“那时候还太年轻，不知道所有命运赠送的礼物早已在暗中标好了价格。”

白居易却早早发现人生的陷阱：你从命运手里得到的，与你在人生中所失去的，总是一样的多。

他从不是一个彻骨浪漫的诗人。即使写“在天愿作比翼鸟，在地愿为连理枝”，他也清醒得可怕。他知道世界会为这样凄美的诗句疯狂。他满足人类，然后收取回报。

十五岁，他从江南来到长安，大名士顾况接见了他。白居易呈上高考模拟作文：“野火烧不尽，春风吹又生。”这首诗，为他赢下了人生第一次大考。

从那以后，在很长一段时间，他都相信可以和世界这样相处：我付出才华，你给我高分。

对一个家道中落，背负种种不可言说的丑闻与厄运的人，这是他所能

想到的最公平、最擅长、最令他安心的活法。白居易一定曾无数次仰头责问过上苍，为什么要给自己这样一个人生设定：

为一家生计疲于奔命看上去很正常的父亲，为什么娶了自己的外甥女做妻子？从小疼爱呵护自己的母亲，为什么会染上心疾，最后竟跳井自杀？明明和乐融融的一家人，为什么父母双亲早亡，三个兄弟竟都先他而死？即使名满天下，为什么却后继无人，三个女儿和唯一的儿子竟纷纷夭折？

上苍赐予他超凡才华，为什么都要用来填命运的坑？但他走到人前的时候，只会小心翼翼藏好这些耻辱与不甘，用正常面目去应酬一切。

二十九岁，他金榜题名。十七个新科进士，他数了数，发现自己最年轻，忍不住自得："十七人中最少年。"

但这是怎样的少年？

在长安苦读备考的十年，捉襟见肘的饥寒，夜以继日的苦学，少到可怜的睡眠，把他折磨得口舌生疮、手肘生茧。三十岁不到，镜子里看到的，是一个长着白头发，脸也松松垮垮的人。

考中进士也没用啊，不能换来一官半职，想让家人和自己过得好一点，就得继续向上考。三十一岁，他参加吏部考试。这次顺利就业，被组织安排做校书郎，九品文官的职务。熬了三年，前途和加薪都指望不上，只能再一次继续向上考。

三十五岁，他与小他八岁的元稹一起参加由皇帝亲自主持、试题难到变态的制科考试。但白居易下了死功夫，他把自己模拟的七十五篇申论作文整理成一套《策林》，等开考的时候，发现考题没有自己平时练习得难。

考场的公平，并不能延伸进人生的公平。考场上无往不胜的白居易，坐在周至县副县长的岗位上，抬起头，看着同龄的刘禹锡，更小一岁的柳宗元，他们青云直上，在中央舞台风光无限，只好默叹一口气，接受一个基层干部的人生。

是新皇帝宪宗给了他一个机会，让他一度以为，人生还可以继续像考试一样，有才华就能得高分。结果，他一脚踏进了更深的陷阱。

白居易出生的前一年，杜甫去世。后来白居易总觉得自己与杜甫之间，有一些神秘的联系。他读完了杜甫所有的诗，决定做老杜的衣钵传人。

在周至县负责治安工作之余，他开始大量写诗，顺手写出的《长恨歌》，惊艳了整个大唐。但那不过是文青小白的游戏之作，他最热衷的是像老杜一样忧国忧民，用诗歌杀戮权贵。

他写的诗流入宫禁，被新天子宪宗看到了。宪宗是太宗李世民的超级迷弟，各方面都模仿偶像。不仅同样软禁了自己的父皇，驱逐了刘禹锡、柳宗元这些前朝旧人，更要将天下英才纳入掌心，因此他破格提拔了白居易。

从帝国基层的副县长，一跃变成大唐天子的贴身秘书，白居易被幸福砸得有点头晕。还没缓过劲，他又被提拔为左拾遗——一个杜甫同样做过的官职——充当皇帝的喉舌，谁犯错，就骂谁。

过度兴奋的白居易，立刻发出战斗宣言：“文章合为时而著，歌诗合为事而作。”就是说，他要像孔子作《春秋》一样，要让大唐的乱臣贼子们害怕。他一口气写了几十篇讽刺诗，创作原则是：谁最惹不起，我偏要惹谁。

比如过了退休年龄还恋栈不去的老干部；拿了卖炭翁的炭不给钱的死太监；在京城公款吃喝不管底层人吃人惨况的权贵高官；以及把可怜的宫女关进冷宫，害得人家“入时十六今六十”的唐明皇……

甚至对宪宗皇帝，情急之下他也敢说：你错了。

为了扩大转发量，白居易还充分发挥网红天分，写诗不仅选题要劲爆，诗句还必须直白，让在家做饭带孩子的老阿姨都能看懂。你看同样批判权贵，杜甫的“朱门酒肉臭，路有冻死骨”已经很好了，但还不够接地气，白居易的诗一定要这么写：

宣城太守知不知？一丈毯，千两丝。地不知寒人要暖，少夺人衣作地衣。

他每新推一首诗，几乎都是“10万+”阅读量，从长安到江南，男人女人们纷纷传唱。

白居易的初心达成了，满朝文武、地方诸侯读到这些诗，“扼腕变色，咬牙切齿”。被自己厌恶的人恨，是一种至深荣耀，只是这么一来，他也成功地把自己官场的路走绝了。

我丝毫不怀疑白居易此时的真诚，他的宣言不只是职责所在，更是一片赤胆忠心：宪宗以国士待我，那我就竭尽所有回报他，这样才公平。但白居易并没有想到，宪宗后悔了，他想做唐太宗，可并不需要一个新魏征啊。

元和十年，白居易为自己的赤诚付出了代价。他的邻居，主张强硬镇压藩镇势力的宰相武元衡，被藩镇派来的杀手在大街上割去头颅。这么恐怖的暴行、明晃晃的挑衅，竟然满朝噤声，无人为死难者申冤。白居易站了出来，要求皇帝严惩涉案的藩镇。

皇帝没有说话。慢慢地，白居易发现一张网开始在他身上收紧，再收紧。

他听到宰相们说：你这是越权发言，坏了朝廷规矩。他听到同僚们说：三年前你的母亲跳井，是不是你干的？他听到同僚们又说：你母亲看花栽进井里，你居然还写《赏花》诗、《新井》诗，你还算人吗？

他听到更多的是窃窃私语：他母亲是个疯子……他的父母是舅舅和外甥女啊，这是乱伦啊……

白居易一阵眩晕，这些年努力维持的尊严开始塌陷。他难过得一句话都说不出来，不知道该如何分辨，只知道这些私隐于他的职责毫不相干。他把求助的目光投向皇帝。他想，皇帝会保护我的吧，在我为大唐倾尽忠诚之后。

但是没有，宪宗只是沉默着，一言不发。于是四十四岁，身败名裂的白居易离开长安城，被贬为江州司马。

他的身世秘密被血淋淋地撕开给全天下人看，他挚爱的母亲变成敌人们刺向他心尖的刀。他尽忠效命的皇帝，把他捧上高位，又随手抛弃。

这个冷酷势利的世界，才不会稀罕你的才华与赤诚。在流放的路上，他想起杜甫也是这样尽心尽力地惹皇帝讨厌，直到被赶出了长安。

但老杜是发自肺腑地忠君忧民，老了、病了、快死了，仍在“穷年忧黎元，叹息肠内热”。白居易经过此事，终于发现自己不是杜甫。他很伤心，伤心过后就觉得不值。忠贞不贰与天下为公，从前是行动指南，此后就只当作表演吧。

在江州潮湿的官衙，他一夜夜辗转难眠。他是名满天下的诗人，能背出他《长恨歌》的妓女，身价都要比同行们高许多，但这种成就消解不了他的痛苦。

他安慰自己，自古诗人多不幸。陈子昂、杜甫这样的老前辈，结局都很惨。孟浩然那么大名气，却潦倒一生。孟郊已经六十岁了，张籍已经五十岁了，混得比自己还悲惨。

但痛苦就是痛苦，痛苦从来不是因为有人比你更惨，所以你就不痛苦了。而是必须有一个出路，或是自己想开，或是有人能懂。千万人中，能懂他的那个人只有元稹。此时元稹正卧在病榻上奄奄一息，他的同情与理解也只可化作诗句：

垂死病中惊坐起，暗风吹雨入寒窗。

无人可诉，他干脆跑到庐山上，盖了一个草庐，一个月大半时间都住着不回去上班，也没有人敢管。

去他的天下。

能让他放下心结的那一天终于还是来了。夜色里，他与朋友在江边离别，愁云惨雾，醉不成欢。然后一阵琵琶声从远处传来，朋友听到了，白居易也听到了，而且借题发挥，把他的心事写在其中，被传唱了一千年。

那是关于人生失意无常最好的一句诗：

同是天涯沦落人，相逢何必曾相识。

他与自己终于达成谅解。

在人生剩余的三十年里，白居易又写了两千多首诗。诗里关于国事和百姓的内容渐渐变少了，美酒和美丽的女孩却频频出现。于是有人就讥讽他，“忆妓多于忆民。”

白居易不为所动。他欣赏老友刘禹锡活到老依然壮心不死，也宽容基友元稹为博高位使用灰色手段，但他有自己的路。人间不值得。

五十三岁，官越做越大的他，开始计划在洛阳退休养老。从柳宗元的岳父手里，他买下了十亩园宅，喜欢得不得了。闲来无事，就给洛阳城的离退休老伙计们传小纸条：

绿蚁新醅酒，红泥小火炉。

晚来天欲雪，能饮一杯无？

全大唐的富贵老人，没有一个比他做得更诗情画意。

他知道宦海无情，人间险恶，四十四岁之后就收起热血，对高高在上的权力始终警惕疏离。他的为人就像作诗一样，明白晓畅，人人都喜欢，但永远缺少偶像杜甫的那股力量。这种力量他也曾拥有，最后却主动放弃。

《长恨歌》与《琵琶行》是他最成功的两首爆款诗，也最能代表他的人生哲学：比他写得好的，没有他写得长；比他写得长的，却不如他有才华。

白居易是近三百年唐诗江湖上结局最圆满的诗人之一。但命运仿佛还愧疚年轻时对他的过度伤害，在白居易六十四岁那年，宦官们挟持了文宗皇帝，把长安城的文武百官杀死大半，史称“甘露之变”。

那些身首分离的大臣里，就有当年用他母亲的死构陷过他的故人。听到消息的白居易，只是平静地写了一首诗：

祸福茫茫不可期，大都早退似先知。

命运在人生的起起落落之后，最终用时间把一切拉回公平，而你只需等待，或者活得足够长。

07 元稹·深情全凭一张嘴

元稹一生写过许多情诗，最著名的是：

曾经沧海难为水，除却巫山不是云。

这句诗是有情人的药，读来心魂俱爽。十里春风，千帆过尽，世间种种，全都不如你。多么片面而又真挚啊。

反观元稹本人，真是糟践了这句好诗。

元稹年轻时写过一篇《莺莺传》，这是唐传奇小说，但后世很多人认为元稹就是张生，陈寅恪与鲁迅就是这种观点的持有者。让我们看看这是怎样一个故事。《莺莺传》不是单纯的爱情，而是凤凰男与贵族少女的相恋。

张生邂逅崔莺莺，一见倾心。见面之后更是喜欢得不行了，几次向莺莺表白。表白方式有以下几种：让丫鬟带话、爬树翻墙偷跑进去表白、写情诗。

情诗大意：自从遇见你，生命里都是奇迹，走路不会了，吃饭不香了。你不理我，我活不过今晚，马上就会害相思病死了。

崔莺莺被他的“真诚”打动，回了一封信。这一来一回，两人在一起度过了一段快乐时光。没多久张生突然想起：啊，我是要去长安赶考的啊，怎么能沉迷女色？于是向莺莺告别。

临别之际，莺莺说：以后你娶我是恩惠，不娶也没什么，世间本没有什么海誓山盟。只不过你先追我，现在又抛弃我，这是什么行为？

她问得好有道理，张生无言以对。后来张生的朋友也问他，你为什么与莺莺分手？张生回答：不妖其身，必妖其人。这话就很无耻了。我是君子，很难不被这种美艳女子诱惑，但我会克制自己，最终离开她。竟把始乱终弃说得如此大义凛然。

爬树翻墙是他，写情诗是他，要死要活是他，如今树立君子形象的也是他。像不像某一类渣男，追姑娘时使出浑身力气，追上之后说其实我们不合适。

元人王实甫就很看不过眼，将《莺莺传》改写成《西厢记》，结局改成两个人克服艰难险阻，有情人终成眷属，很圆满的爱情故事。

《莺莺传》是元稹的成名作，关于崔莺莺到底是不是元稹的初恋，历史没有定论。但找借口始乱终弃，倒很像元稹一贯行事作风。

第一次发现这件事时我内心的秩序遭到颠覆性打击，原来写出“曾经沧海难为水”的那个人，只是当时没遇到另一片海。

上京赶考的元稹，结识韦夏卿的女儿韦丛。这两个人就相当于考上清华的穷小子认识市长的女儿。韦丛家境好，见过世面，从小物质条件优渥。她崇拜元稹，不计较门第，两人结婚了。

婚后生活甜蜜而艰辛。元稹刚入仕途，作为基层公务员收入不高，日子贫苦。富家女韦丛与元稹在一起，过着类似北漂的日子，缝缝补补，为他做饭，等他下班。

她让元稹教自己写字，结果写得歪歪斜斜，正像元稹回忆的“高低阔狭粗成行”。在元稹笔下，韦丛很傻很天真。我看见这个小场景，能感受到韦丛的可爱，此刻她不过是个为爱痴狂的小女人罢了。

可惜韦丛二十七岁就去世，元稹为她写的悼亡词流传千年。自你之后我所经历的所有感情都黯淡了，你走之后其他女人都不值一提，以后的日子只能“半缘修道半缘君”。

读元稹的诗有时会让人很不理解。

他的诗表现得很深情，也有才华。身边不少朋友喜欢他的诗，也和我讲，不要以现代人的眼光看古人，皇帝后宫佳丽三千，哪个文臣武将不是三妻四妾？人性复杂，应该理解每个人都有瑕疵。

话虽如此，对于元稹却始终爱不起来，他做事瑕疵太多。有人瑕不掩瑜，瑕疵在外面，且面积较小，但元稹相反，他的瑕疵全在里面。他的诗初读很感人，比如很著名的《遣悲怀三首》，记录他和妻子共度的艰难时光：

“你是岳父最爱惜的姑娘，嫁给我却没有过上好日子。婚后两人摘野菜煮饭吃，用落叶当柴火。你从来没有抱怨，还为了我喝酒，当掉自己心爱的金钗。如今你去世了，每次闲坐我都会悲伤，一百年太久，只争朝夕。当时贫贱夫妻百事哀，如今我月薪十万，真想在梦里给你送去钱财。”

这不是我瞎编，看他原诗：

谢公最小偏怜女，自嫁黔娄百事乖。顾我无衣搜荩箧，泥他沽酒拔金钗。野蔬充膳甘长藿，落叶添薪仰古槐。今日俸钱过十万，与君营奠复营斋。

这个系列最后一句是：

惟将终夜长开眼，报答平生未展眉。

你可以理解为这是深情，可我瞧着似乎也有忏悔。

元稹的下一段恋情是薛涛，唐朝著名女诗人。

元稹调任四川，任监察御史，相当于现在最高检察院的检察员。薛涛成名比元稹早，是唐代四大女诗人之首，很多诗人都是她的好友。

这时元稹三十一岁，薛涛四十一岁，两人相爱了，一场姐弟恋。与崔莺莺、韦丛不同，薛涛是另一种女人，有故事的女同学。

两个有才华的人相遇，互相写下情诗。元稹写《寄赠薛涛》，前三联是恭维薛涛有才情，毕恭毕敬，最后说了句“别后相思隔烟水”，算是把话挑明了。

薛涛回他《池上双鸟》：“双栖绿池上，朝暮共飞还。”在爱情面前，薛涛没了诗人身份，变回普通女子。只想跟他在蜀山相约，似小鸟比翼。

没多久元稹调离四川，任职洛阳。深情的诗句背后，就像鸡精兑出来的鸡汤，滋味接近，但透着技巧和流水线上的粗糙。他告别薛涛毫无伤情，在他眼中薛涛是知己，恰巧还是著名女诗人，很雅了。但她身在风尘，而自己从政为官，得及时打住。

这一段简直是《莺莺传》的重现。薛涛一开始就是风尘女子你不知道吗？如果介意又何必招惹？如果不介意又何必离开？可见在元稹心里，这种露水情缘多一次少一次无关紧要，反正他总能全身而退。

但薛涛不同，她饱经沧桑，从长安到四川，有过十几年乐妓生涯，风光时被人称做女校书，落魄时被罚往荒蛮边关。年过四十以为真爱来临，没想到身边人说走就走。不知她内心做何感想，只留下这首《春望》："花开不同赏，花落不同悲。欲问相思处，花开花落时。"借花喻人，她没有责怪元稹，懂得恋人离开不可控，日子还得继续过。

但元稹的恋爱史没有结束。

妻子韦丛离世第二年，他在好友的牵线下，娶仙嫔为妾。没几年仙嫔病逝，次年他与裴淑结婚。基本上每次妻子病逝不久他就结婚了，每次都在守制期内，当时就有许多人嘲讽他寡情。

最后一任妻子裴淑与他结婚后，元稹写过一首诗：

自恨风尘眼，常看远地花，嫁得浮云婿，相随即是家。

截至此刻，他才算对自己有了一些认识。

除了妻妾之外，他还与别人的妻子刘采春发生过一段情事。具体怎么回事，有很多野史。有人说元稹给刘采春丈夫一笔钱之后，纳她为妾。也有人说他们相爱之后，元稹又抛弃人家，最后刘采春跳河自杀。

这些未必准确，但元稹写的诗是确凿的。《赠刘采春》这样讲：

新妆巧样画双蛾，谩裹常州透额罗。正面偷匀光滑笏，缓行轻踏破纹波。

多暧昧啊，从眉眼到形态，把对方瞧了个遍。

很多人多情。李商隐多情，因为他总是不懂，所以总是犯错，也因此悔恨。柳永多情，但对象大多是妓女，他愿意平等地和她们做朋友，人家就是风流，且毫不掩饰。苏轼也多情，但更多的时候是命运辗转，颠沛流离，反而让人觉得感情在他的人生中，总因患难相扶而醇厚。

元稹不同，他不是不懂，而是太懂了。每一段感情中他都是那个胜利者，付出深情，但绝不留后患。

在做官上也是，他与白居易都曾怀抱理想，仗义执言，揭露腐败，同情民间疾苦，与宦官集团势如水火，但后期他却依附宦官集团。

他最欣赏的杜甫曾写："致君尧舜上，再使风俗淳。"这曾经也是他的理想，但没过多久，他默默改了主意。

元稹的人生就像一面镜子，在他的反照下，他笔下或身后的女人反而熠熠生辉。

崔莺莺冲破封建礼教，有自我觉醒，敢爱敢恨。多年之后，张生希望再见崔莺莺，崔莺莺只让丫鬟递出一封信："还将旧时意，怜取眼前人。"她成了文学史上被分手后不求团圆，也没有怨怼之气，充满豁达的女性形象。

韦丛一生短暂，也不会写诗。但她坚韧像芦苇，平淡像稻草，在丈夫穷困潦倒时陪伴左右，在丈夫一无所有时愿意把金钗当了换酒。平淡的日子里，她安心做好自己，因无私而动人。

薛涛分手后依然潇洒，隐居浣花溪，穿上女道服，在元稹之后终身未嫁。那些书写过情诗的纸，她决定好好改良。她独创了薛涛笺，一种红色小幅诗笺，流传很广，甚至被官方采用。她的家就在杜甫家旁边，路过的人会说一句，这就是那个女杜甫啊。

而元稹，少年家贫，努力入仕，邂逅初恋，入赘韦家，四次被贬，与白居易一起倡导新乐府，史称"元白"。两人友谊地久天长，在被贬的路上互相鼓劲，最后五十多岁突然去世了，据说是吃错了一味丹药。

他一生写情诗无数，感动了很多人，但没有感动我。我相信他有真心，但他的真心实在太密集，频繁发射，泛滥成灾，一点也不值钱。

做人还是得有一些风骨，或者说，得有一点傻气，太精明就挂相了。处处想赢的人，总会输在他们意想不到的地方。

08

中唐诗歌 江湖的大咖们

贞元十九年，搬进长安城的大诗人，突然多到有点挤。

在御史台，三十六岁的韩愈，三十二岁的刘禹锡，三十一岁的柳宗元，三位新晋监察御史围着办公桌，团团坐下来。周围正写文章的同僚顿时头皮发麻，纷纷停笔，这还让人怎么写?

在秘书省阔大的藏书阁，也走进两个正九品的校书郎。一个是三十二岁的白居易，一个是二十五岁的元稹。同僚们纷纷抬起头，彼此互望一眼:这两个新人有点意思。

在钦天监的瞻星台，李淳风、袁天罡的弟子们仰望星空，疑惑文曲星怎么跟不要钱似的，忽然出来这么多。

总之，这一年唐诗的江湖，堪称传奇。

但当事人韩愈是感受不到的。首先，他不觉得除了李白、杜甫，有谁写诗比他更好。其次，韩愈用胖乎乎的手托着下巴，看来看去，发现只有柳宗元能入眼。

很多年后韩愈回忆起柳宗元，脑海里还是那个踔厉风发的样子。他才气高，风度好，能言善辩，半个长安城的公卿名士为之倾倒，都以与他结交为荣。

我要做柳宗元最好的朋友，韩愈暗暗下决心。

但柳宗元身边形影不离的是刘禹锡。平时来往最多的，是东宫太子侍读王叔文与王伾。韩愈就痛心疾首，跑去劝柳宗元：小柳啊，做太子党没前途的，王叔文、王伾都是些志大才疏、行事不谨的人，不值得追随。

柳宗元很严肃：我们只是群志同道合的朋友，立志要复兴大唐，不是你想的那样庸俗。

没多久，韩愈就被贬官了。明面的理由是他得罪了朝中大佬李实。当时关中大旱，皇帝问需要减税吗？李实说，不用不用，老百姓手里有粮呢。韩愈就很耿直，站出来讲：你撒谎，你欺君。李实面子挂不住，将韩愈贬去了广东阳山。

但韩愈圆脸一皱，琢磨事情并不简单。他疑心是有谁把他批评王叔文、王伾的话泄露了，才遭到打击报复。而最有嫌疑的人呢，就是刘禹锡。

他的逻辑是：我只向柳宗元说过他俩坏话，柳宗元自然是君子啦，不会告状。但他和刘禹锡无话不谈，刘禹锡，呵呵，拿不准，我看就是他告密的。

韩愈于是念了几句诗：“同官尽才俊，偏善柳和刘。或虑语言泄，传之落冤仇。二子不宜尔，将疑断还不。”他表示，我最友爱的朋友柳宗元和刘禹锡，可能是他俩泄露了我的话，但我是说笑啦，莫当真莫当真。

两年后刘禹锡也被贬官外放，与韩愈相逢在岳阳。韩愈抓住机会，立刻写诗嘲讽他：你是不是内鬼？刘禹锡赶紧写诗自辩：我不是，我没有，我冤枉。

从始至终，韩愈都没有质问过柳宗元。他们一直保持友好的交往，直到柳宗元去世。刘禹锡心想：真糟心啊，锅从天上来。

韩愈贬离长安时，白居易与元稹正有滋有味地过小日子。

九品校书郎自然和监察御史不混一个朋友圈，但白居易还是和刘禹锡成了点头之交。至于白居易和柳宗元，翻遍两个人的诗集，没有出现过对方的名字。你人不错，但我们没有认识的必要。

韩愈和白居易就更特别一点，两个人没矛盾，就是单纯地互相看不上。

元和元年，韩愈回到长安，刘禹锡与柳宗元都已遭贬离开。韩愈在身边拉起一帮兄弟，江湖人称“韩门”。韩愈一边用圆滚滚的手指捻着稀啦啦的胡须，一边想：以后长安城只有一个真诗人，就是我韩退之。

韩愈有多骄傲呢？他有个朋友叫崔群，后来做到宰相。但韩愈是这么跟别人说的：你知道我为什么说崔群很聪明吗？因为他从来不敢在我面前谈诗。

然后就有朋友冲进来：报告大王，啊不，退之兄，白居易写了首《长恨歌》，长安城已经传疯了。

韩愈：……

白居易对韩愈同样冷淡。张籍是他俩共同的友人，也没能把他们拉到一张桌子上。过了许多年，白居易还跟张籍念叨：“问其所与游，独言韩舍人。其次即及我，我愧非其伦。”意思是，你最好的朋友是韩愈啊，我跟韩愈可不是一路人，哼！

但白居易真的在乎吗？才不。白居易交朋友从不在乎对方好不好，反正都不如元稹好。

在长安混迹的日子，白居易与元稹形影不离，不是“花下鞍马游，雪中杯酒欢”，就是“春风日高睡，秋月夜深看”。简直一日不可无此君。

元和四年，元稹去东川出差，白居易惘然若失，就带着弟弟白行简游曲江，喝着喝着突然念叨，元稹今天该到梁州了吧，于是就作了一首诗。同一晚，元稹在梁州住宿，睡着睡着就梦见白居易去曲江玩，醒过来，于是也作了一首诗。

见证了整个过程的白行简，心头不由一颤，我哥和我元稹哥，不会有事儿吧？“元白”的交往就是这么唯美，唯一美中不足的，大概是元稹结婚了，新娘是韦丛。

不过这难不倒白居易。还是在东川，元稹给媳妇写了首诗，诉说相思苦。这首诗被白居易见到了，他以韦丛的口吻，写了一首回诗。难怪韦丛嫁过去后，一直让元稹教她写诗。

也是这一年，韦丛去世了，少年夫妻生死决，元稹很伤心。两年后，与薛涛一别两宽，又纳了安仙嫔的元稹，表示难忘发妻，心绞着写下三首《遣悲怀》。白居易读完很心疼，就又模仿苇丛的口吻，回了首《答谢家最小偏怜女》：

元稹你不要难过，我白居易就代表韦丛回答你：“谁知厚俸今无分，枉向秋风吹纸钱。”韦丛地下有知，大概要说，已做鬼，求放过。

白居易长寿，元稹一家的墓志铭都被他包办了。唯一的例外是韦丛。元稹没有请白居易动笔，而是找来了大唐软文界第一圣手，去了洛阳的韩愈。

韩愈接了单，瞅着长安的方向：虽然我不待见你，但我就是能膈应你。

诗人们的江湖，不但有风花雪月、钩心斗角，还有险恶的朝堂、遍地的烽烟、命运的大敌。

元和年间，是韩、柳、刘、元、白五位诗人的创作黄金期，也是人生最坎坷的岁月。他们遇到了共同的敌人——宪宗皇帝。

第一轮交锋的是刘禹锡与柳宗元。永贞革新就像一点星火，转眼被宪宗踏灭。宪宗的施政纲领其实与“刘柳”一样，都是内制宦官，外平藩镇。但诗人才问是非，政治家只看站队。“刘柳”站错了队，只能出局。

第二轮交锋的是元稹。元稹有两副面孔，一副对着白居易，另一副对着全世界。史书说“稹性锋锐，见事风生”。因为锋芒毕露，于是得罪了太多人。在敷水驿，元稹遭到了一生最惨痛的失败。他明明被宦官鞭打，却被宪宗训斥“务作威福”，一贬就是十年。

第三轮交锋的是白居易。白居易是个伶俐人，还是九品小官时，就看透了权力场，“由来君臣间，宠辱在朝暮”。但宪宗真把恩宠做到位，白居易还是没把持住，掏出一片冰心，收获四面楚歌，被贬去江州做司马的旨意可就是宪宗下的。

第四轮交锋的是韩愈。韩愈义正词严劝谏宪宗毁弃佛骨，否则不得好死。宪宗一生气，把他发配到八千里外的潮州。但韩愈胖归胖，腰肢十分灵活，一转身就向宪宗哀婉乞怜，语气卑微到尘埃里。宪宗高兴啊，对宰相说，韩愈还是爱我的，让他回来吧。

从元和元年算起，韩愈两次被贬约五年，白居易六年，元稹十年，刘禹锡二十三年，柳宗元则葬身贬所。他们再也没能像贞元十九年那样，整整齐齐聚在长安。

贬谪路上的蓝桥驿，见证了五个诗人的出走，也是他们命运的纽带。元和十年一月，抢先一步返回长安的元稹，在蓝桥驿墙壁上题了首诗，留给要二月才能经过的柳宗元、刘禹锡。他们都以为这是新生命的开始，谁知却是新一轮贬谪的序幕。

五个月后，白居易被贬为江州司马，路过蓝桥驿，滚下马鞍，边摩挲边看元稹的题诗。以后他就养成了一个习惯，“每到驿亭先下马，循墙绕柱觅君诗”。

四年后的冬天，韩愈也从这里经过，天寒地冻，幼女夭折，看着茫茫冰雪，为“云横秦岭家何在，雪拥蓝关马不前”而迷惑伤神。后来，蓝桥驿又目睹他们陆续归来。只是，再也看不到柳宗元的身影。

星散在贬谪地的诗人们，后半生更多是通过书信交往。

韩愈坚持不懈给柳宗元写信：小柳啊，别玩政治了，咱们玩个新游戏，叫古文运动。柳宗元说：好啊好啊，叫上刘禹锡一起吧。

韩愈：……

柳宗元给刘禹锡写信：没有子嗣，找不到对象，我不孝，我有罪。刘禹锡：嘿嘿，要不要我帮你请教下元稹。

柳宗元：……

刘禹锡给元稹写信：千万别放弃，一定能东山再起。元稹：我知道啊，我和大太监崔潭峻关系可好了，他把我的诗拿给太子，太子叫我元才子，嘻嘻。

刘禹锡：……

元稹给白居易写信：其实他们都不懂我，天下知我唯有君。白居易：昨晚三更又梦到你了，今天再给你寄批浅色縠衫、纺花纱裤，一定要照顾好自己。元稹：我也做梦了，唯梦闲人不梦君。嘻嘻。

白居易：……

刘禹锡给韩愈写信：听说小柳写了篇《天说》怼你，我又写了两篇《天论》，加我一个，不太会怼。

韩愈：……

按《旧唐书》和《新唐书》记载，白居易从江州归来就大彻大悟，决定做一个中隐。他认为，大隐太危险，小隐太寂寞，只有中隐“不劳心与力，又免饥与寒。终岁无公事，随月有俸钱”。

元稹在通州也想明白了，与世界为敌，陷落的是自己。名位比名声更重要，后半辈子我要不择手段做宰相。

韩愈在柳宗元去世后也想明白了，为什么对柳宗元有执念？因为柳宗元有他一直在追求，却永远做不来的君子之风。

刘禹锡没想那么多，他一直都挺明白，但该怼还要怼。

长庆二年，五十一岁的白居易与五十四岁的韩愈终于开始交往了。一直到韩愈两年后去世，白居易给韩愈写过几首诗呢？答案是五首。

韩愈回了多少呢？答案是比一首要多——两首。

牛李党争你死我活，却能和牛党结亲，还能与李党谈笑风生的白居易，手段和身段都不缺，和韩愈关系如此冷淡，只能说就是合不来。

韩愈心里也有疙瘩。全天下都知我热爱李白，你白居易和元稹却大放厥词，把李白贬得比杜甫低一截，是什么意思？

韩愈就假装给张籍写诗：“李杜文章在，光焰万丈长……蚍蜉撼大树，可笑不自量。”蚍蜉是说谁，谁心里明白。

也回到长安，名声却大坏的元稹，更不让白居易省心。元稹终于做宰相了，但传说是靠逢迎新天子和宦官上的位，发诏书那天，朝野无不轻笑。有个叫武儒衡的官员当天正和同僚吃瓜，一只大苍蝇飞过来，就边轰边说：这是从哪儿飞来的苍蝇。

但白居易能说什么？这可是元稹元微之啊。

只有临老越走越亲的刘禹锡，能让白居易安心。厌倦官场纠葛，落脚洛阳养老的白居易，除了爱酒、爱佛、爱美少女，就爱和刘禹锡一起作诗。有时候白居易傲娇一下，说：太老了，怎么办？刘禹锡就瞥他一眼：“莫道桑榆晚，为霞尚满天。”

大和四年，从高位跌落外放八年的元稹，从越州返回长安的路上，特意去洛阳探望白居易。

也许预感这将是最后一面，元稹在洛阳住了许多天。临分别，他把心事都写进诗里：

君应怪我留连久，我欲与君辞别难。白头徒侣渐稀少，明日恐君无此欢。

一年后，元稹暴疾，一日而亡。同一年，白居易的独子阿崔夭折。十一年后，刘禹锡也去世了。元和年间的五个诗人，只剩下白居易一个。

他追忆刘禹锡的诗句里，也还是忘不掉元稹：

杯酒英雄君与操，文章微婉我知丘。贤豪虽殁精灵在，应共微之地下游。

而更向前一些年，在白居易六十三岁时，忽然要怀旧。他把几个因服食丹药而死的好朋友都写到诗里，有元稹，还有韩愈。

退之服硫黄，一病讫不痊。微之炼秋石，未老身溘然。

此时韩愈已去世十年，如果泉下有知，他一定会反对。第一，我们不是朋友。第二，我反对佛老，你却说我服丹暴毙，你几个意思？我不是，我没有，我不认。

但白居易就这么写下来了。反正谁活到最后，谁赢得最多。依我看，诗人都是天蝎座。

09

李商隐·人生就是不断犯错的过程

一个风雪寒冷的夜晚，有位少年坐在窗下抄书。他白天舂米，晚上尽可能多抄一些书，贴补家用。在唐朝，佣书贩舂是普通人干得最多的两样工作。舂米相当于现在的送外卖，佣书相当于写快递。

这个少年叫李商隐，两项工作都干，可见生活很艰难。

前些年父亲去世，母亲之前已经生过三个姑娘，他是第四个。他是一个男孩，是这个家族的希望。

穷家孩子懂事早，他想改善家庭物质条件，改变自己的未来，还想做一个诗人。在此之前，唐朝已有无数诗人成名。他相信自己，总觉得这片天地中，会有他的一席之地。

十六岁那年，他跟着叔父踏进第一个贵人的门，这个贵人是豪门令狐楚。令狐楚在当时的文坛赫赫有名，尽管不如白居易与元稹那么耀眼，但四六骈文是当世一流。而且，他的官职是户部尚书，社会地位极高。

令狐楚看到投奔而来的李商隐，觉得这个小伙子是个好苗子，留下了。

令狐楚问：你未来想做什么？李商隐说，我想写诗。令狐楚说那不够，你要考取功名，第一步是先写好骈文，因为考试就考这个。

令狐楚是骈文高手，手把手地教，把李商隐看作自己的孩子，让他跟两个儿子一起读书，一起玩耍。后来，李商隐与令狐楚的儿子令狐绹成了少年好友。

令狐楚还经常带李商隐去各种高端场合，结识场面上的人物，不遗余力地向大家推荐李商隐的诗。渐渐地李商隐有了名气，人们都知道这个少年才子。连诗坛盟主白居易也欣赏他的才华，还说了一句很肉麻的话：假如有来生，我愿意做你的儿子。

二十岁的李商隐，就这样看似一步一步走上人生巅峰。以前是送外卖抄快递的小工，现在是炙手可热的天才。而且他还考中了进士，可谓顺风顺水。李白说，“人生得意须尽欢”。此时李商隐觉得他就是李白，真心相信属于自己的时代就在眼前。

只不过世事无常。

李商隐遇到的第一个困境是情感问题。考取进士后，他被邀请去王茂元的家里做幕僚。王茂元是地方大员，一个很出名的将军。他有个女儿长得好看，李商隐看见这个美女，一眼万年，迷上了。王茂元也喜欢李商隐的才华，就将女儿嫁给他。

这里要科普一下背景。中晚唐正处于“牛李党争”时期，党争可不是大家斗嘴，比现在明星粉丝互撕残酷多了，基本上就是你死我活。

李商隐的恩人令狐楚家族是牛党，李商隐的岳父王茂元是李党。李商隐受令狐家族恩惠，却做了王家女婿。在别人看来，是典型的脚踩两条船。

当时令狐楚已经去世，但令狐家族势力依然很大，令狐楚的儿子令狐绹已经成为牛党核心人物，他首先对李商隐的忘恩负义表示谴责。牛党的人纷纷站队，对李商隐表示：呸，看不起你。

李党也不待见他，他们认为：你对恩人都背叛，又怎么会真心站我们一边？

你知道李商隐怎么想吗？据我推测，他压根没想。李商隐虽然写文写诗都没问题，但你仔细了解一下就会发现，这个人迟钝到令人发指。他也许看到牛李两党的反应还会一脸愕然：啊，我怎么了？

他为自己的迟钝付出了代价。考上进士，但没人安排工作。成了名门望族的女婿，却得不到任何照顾。为了生计，他只能四处奔波，做一些地方上的文职工作，还得小心牛李两党对他的打压。

其实这也怪不得他。我曾经和朋友聊，我们一致觉得李商隐或许是水瓶座，摇摆不定，很容易沉溺于情爱中，现实生活里又比较“白痴”。

这个推测有一些事迹可以佐证。

他少年时喜欢过一个女子叫柳枝。那是在洛阳，他借宿堂兄李让山家里。柳枝欣赏他的才华，为他折柳送情，两人一见倾心，约定几天后正式约会。

李商隐爽约了，没去，跑去了长安。李商隐后来给堂兄去信解释，说好友温庭筠拿走了他的行李和书籍，不得已，只好追着他去了长安。

这封信很无厘头，比如：为什么温庭筠这么无聊？又比如说，即便温庭筠真的无聊，行李与书籍就那么重要，非追不可吗？缓两天又能怎样？书里没说后来，堂兄也不想回信，估计也觉得这小子不靠谱。

冬天，大雪纷飞时，李商隐得知柳枝已经嫁人为妾。他很伤心，为此还写下了《柳枝五首》，说我们门不当户不对，我没房没车，没权没职，实在配不上你。这做法有点渣男味道，失约就算了，还找一堆借口为自己开脱。

他的另一个错误，是结识了侍女宋华阳。李商隐为道科考试，去玉阳山学道，遇见公主的侍女，一见钟情。两人偷偷私会，从赏月光到赏对方，从心有灵犀到不可描述的五百字。直到侍女怀孕，李商隐被赶下山。

唐朝道教兴盛，礼教也很重要。作为公主的侍女是没有人身自由的。公主出家，侍女得陪着一起出家，所以客观说，这名侍女是一名女道士。

这段艳遇之后，他写了一首很著名的无题诗：

相见时难别亦难，东风无力百花残。春蚕到死丝方尽，蜡炬成灰泪始干。

这首诗收录在语文课本里，很长一段时间，人们都觉得是歌颂老师的，其实不是。春蚕到死丝方尽的丝，是思念的思。

很感人，但了解内情的人一定会说，还是同样的配方，还是同样的味道，明知道人家出家了，你还勾引，还发生关系。不仅发生关系，还被赶走。不仅被赶走，还拿这段感情出书。这种做法也够无耻了。

李商隐就是这样。二十岁的时候，才华横溢，春风得意，四处留情。但让他摔得最狠的，都是因为感情。《新唐书》与《旧唐书》一致评价说他“无行”，德行有亏。

还好，结婚之后的李商隐是专一的。他为生计四处奔波，夫妻聚少离多，但两人一直很恩爱。可惜妻子王氏去世得早，三十多岁就病逝了。李商隐当时在外地做官，听到消息匆匆回家，妻子已病逝两日，留下了一儿一女。

他非常伤心，想起十岁那年父亲去世，他背起家庭重担，一本一本地抄书，而如今为了养活儿女，与妻子永别后，又不得不离开长安，一个人去四川梓州谋生活。只不过从此后，再也没有人等待他归家了。他写下了《夜雨寄北》：

君问归期未有期，巴山夜雨涨秋池。
何当共剪西窗烛，却话巴山夜雨时。

这是一种很含蓄的思念。你问我何时归来，我说不出具体的日子，现在巴山夜晚的雨已经涨满了池子，何时我们才能在窗子下面剪烛夜谈，就让我们聊一聊今天夜晚的雨。

这里面没有其他，就是单纯的深情。在巴山夜雨时，你我皆凡人。这是我个人最喜欢李商隐的一首诗，因为纯粹。无论他做过什么糊涂事，此时，他的心意是干净的，因深情而动人。

在四川，李商隐的上司看他中年丧妻，蛮同情，想选一个女子赠送给他，好替他缝缝补补，照顾衣食起居。李商隐拒绝了，说：我的妻子去世了，我再也不要成家。

这一点也不像他，他甚至为此写了一首拒绝诗，也是《无题》。其中最有名的前几句是：

昨夜星辰昨夜风，画楼西畔桂堂东。身无彩凤双飞翼，心有灵犀一点通。

写得很美，昨夜星辰，心有灵犀，春酒暖，蜡烛红。最后他却说，世事无常，我也身不由己，也许过不了多久我又要去往别的地方。姑娘，你不要耽误自己的青春。

拒绝就拒绝好了，又干吗要写“身无彩凤双飞翼，心有灵犀一点通”。不要人家，又撩妹成性，真是可恶。

不过也有可能写这首诗时，李商隐想过柳枝，想过宋华阳，想过妻子，想过年轻时犯过的种种错。时间已经让他懂了，深情固然好，但有时候无情才是合时宜的。

就像少年杨过，见一个姑娘撩一个姑娘，江湖人称一遇杨过误终生。但小龙女失踪后，他却甘心戴着面具，和大雕一起等待。

公元 857 年，四十五岁的李商隐最后一次回到长安，独自登上了长安城南的乐游原。

登高写诗是诗人的雅事。杜甫说："会当凌绝顶，一览众山小。"李白说："今日云景好，水绿秋山明。"孟浩然说："何当载酒来，共醉重阳节。"登高望远，诗人写的大多是雄心壮志。

李商隐不一样，他写："夕阳无限好，只是近黄昏。"煞风景，衰。就像跟自己说，一切如此美好，可那都是别人的，与我无关了。

在他去世之前，留下一首《锦瑟》。这首诗像一个谜语，记录专属他自己的似水年华。

锦瑟无端五十弦，一弦一柱思华年。
庄生晓梦迷蝴蝶，望帝春心托杜鹃。
沧海月明珠有泪，蓝田日暖玉生烟。
此情可待成追忆，只是当时已惘然。

这首诗是他最具名气的代表作，又用了很多典故和意象，打定主意不想让你看懂。但不懂有不懂的好处。它是一个容器，你想到什么，都能往里面装。你有任何情绪，都可以找到共鸣。

最后一句，"此情可待成追忆，只是当时已惘然。"不仅仅写给他的妻子王氏，洛阳柳枝，侍女宋华阳，令狐家族，更多的是写给自己。如果你们认为我是渣男，那么请继续。但请原谅我犯过的错，因为我也因此受到了惩罚。只是当时不懂，惘然了。

人常说，李商隐的诗不好懂。我觉得单单看诗，确实不好懂。但把这些作品还原到他的整个人生，就不难懂了。他像普通人，不高尚，不聪明，有文采，没智商，情感泛滥，经常谈一些不合时宜的恋爱，辜负一些姑娘，同时又被更强势的人伤害。

你说他渣，那是高看他了，他哪有作恶的魄力。你说他傻，又未免小瞧了他，毕竟诗写得那么好。你说他可惜了，那也不尽然，性格即命运，一个情商感人的他，在官场混不下去是必然。

不过这样的李商隐，存在的很有必要。

李商隐成名时，唐朝的黄金时代已经过去。他带给唐朝的，是诗歌的另外一个维度，除了浪漫豪放、沉郁顿挫、边塞田园，还有就是深情。

唐诗里不乏江山社稷、民间疾苦、得道成仙，女性很少出现，好像这些男人都不需要恋爱。这也是我更亲近宋词的原因。唐诗写志向，宋词写相思。唐诗是男人们坐在演讲台上的慷慨激昂，宋词是月下徘徊，独自饮醉之后的泪眼与柔情。

李商隐不一样，他最好的诗是情诗，写给女人的，带着点朦胧，有几分晦涩，又让你瞧见一点端倪。最性感不是玉体横陈，而是半遮半掩。最抓心也不是直抒胸臆，而是欲说还休。李商隐在这一点上堪称大家。

他就像一个正宗年轻人，在人生中犯过许多错。因为年轻错过了相遇，因为胆肥爱错了人，因为爱情陷于党争。他不曾错过的是时间。千年前的恩怨已经没人在意，牛李党争更似浮云，无论当时的人怎么不屑于他，说他无行，都过去了。

你们要怪，就怪我的星座吧。

10 李贺·一只鬼的修仙路

李白自感垂暮将死，就写下一首诗，夸耀自己与众不同的人生：

天上白玉京，十二楼五城。
仙人抚我顶，结发受长生。

他是诗中仙，人自天上来。李白问世人：除了我，有谁还去过天上的白玉京？

大唐能写诗的才子无数，但诗圣、诗魔、诗佛、诗豪们都老老实实待在地上。大家面面相觑，看着这个楚狂人，感觉和他不在一个宇宙。

这时一只细细长长像爪子一样的手举了起来，一个青年站出来说：天上的白玉京，我也去过。

李白定睛看着这个通眉大眼、身形瘦削的青年，叹了口气，说：这世间写诗的才子，都只能写人间道。但你比我更进一步，不仅能神游仙境，而且还能通灵鬼魅。

“可是，”李白加重语气，“做诗仙，有福泽护佑。做诗鬼，却会命舛夭寿，你觉得值得吗？”李贺没有迟疑：我不怕做诗鬼，只要好好写诗，一样能从鬼修成仙。

李贺最初并不想做唐朝蒲松龄。也想修人间道，想金榜题名、富贵还乡。

他是大唐出名的学霸，对前途必须自信。中唐出过许多位学霸，白居易、元稹、刘禹锡、柳宗元、韩愈。这些大李贺二十多岁的诗坛前辈，几乎都是幼年早慧，少年成名，青年入仕。少年李贺读完老大哥们早年写的诗，再掂掂自己的，于是……更自信了。

学霸李贺不仅自信，还很骄傲。

他的祖上是唐高祖李渊的叔叔，是真正的龙子皇孙。虽然只是旁系，但比起见人就嚷嚷“我是中山靖王刘胜之后”的刘禹锡，段位高多了。是的，刘禹锡和刘备说一样的台词。

家道中落的敏感少年，皇家血统是他所能继承的仅有的财富。写诗时，李贺喜欢将自己比拟成一个人——曹植，体味着生命的极度卑微与极度尊贵，却都拥有不祥的命运。

但十八岁的李贺是无所畏惧的。他来到洛阳，向天下文章泰斗韩愈投书自荐。睡眼惺忪的韩愈打开李贺的第一首诗，一下被震醒了：

黑云压城城欲摧，甲光向日金鳞开。

“安史之乱”后，大唐有多久没出过这样雄浑奇诡的边塞诗。韩愈匆匆系上腰带，走进客厅，消瘦的天才与丰肥的宗师面对面站在一起。韩愈凝视李贺良久，长吁一口气：未来是你的。

二十岁的李贺为父服丧期满后，终于被韩愈催促着，来到长安赶考。

但本是通天的青云路，却一下伸向幽深的地府。学霸李贺因为父亲李晋肃的名字犯讳，考官以孝道为名，永久剥夺了他的科考资格。贫家青年李贺，阶层晋升的唯一通路被彻底堵死了。

韩愈怒了，替李贺鸣不平："父名'晋肃'，子不得举进士；若父名'仁'，子不得为人乎？"

这个理由太过滑稽了，但李贺改判不了，韩愈也改判不了。甚至在《旧唐书》里，替李贺出头讳辩是韩愈的人生污点之一。只能说封建礼教害死人。

眼看前程似锦，脚下突陷万丈深渊，二十岁的李贺向下坠啊坠，怎么也停不下来。他以为一觉醒来会是梦一场，但真的一觉醒来，发现镜子里的人发已尽白。

他泣血成诗：

壮年抱羁恨，梦泣生白头。

李贺在煎熬中走完了剩下的七年余生。他靠皇家血统的关系，做了三年从九品的奉礼郎，祭祀时摆摆祭品，朝会时做做向导。皇帝就近在咫尺，却从不曾留意他这个远房亲戚。

他后来忍不住去边地做幕僚，想在疆场杀伐中博一个功名。他大吼着"男儿何不带吴钩，收取关山五十州"，却频频咳血，无奈还乡。

二十七岁时，李贺在寂寂无闻中饮恨死去。

作为学霸之死的余波，元稹被拉进了李贺的故事。传说明经科出身的元稹去拜访李贺，被李贺闭门拒见。除了白居易，谁会跟一个明经科出身的人交往呢？元稹只好羞愧着走掉了。

这个故事自然是杜撰的。当元稹考明经时，李贺只有三岁。而当元稹飞黄腾达时，李贺已经死去很久了。并且一个没有资格考进士的人，又有什么心情嘲讽别人呢？

学霸李贺的人生戛然而止，诗鬼李贺的世界却别有洞天。

李贺写诗，爱骑一头毛驴，带一个书童，去四方游荡，每有所得，就写下来扔进锦囊，晚上回来再吟诵成篇。除了喝醉和吊丧，风雨无阻。

母亲心疼他过分用功，责怪说：儿啊，你是要呕出心肝才罢休吗？李贺闷闷的不吱声，灌下一杯酒，心里想：娘啊，和这个世道相比，还是作诗痛快。

他仿佛天生一双鬼眼，别人看山是山，他去看山，看到的是沧海桑田，是神出鬼没。

传说李贺五岁就喜欢蹲在坟头看墓碑，这多半是附会。但他爱写鬼，爱吊丧，爱各种神神道道的事物，却是实锤。

他的诗，鬼出现的频率极高，有鬼哭、鬼唱、鬼母、鬼灯、鬼雨，就像他走到哪死神跟到哪。李贺无论在田间山谷，还是在小园湖泊，鬼都能自己找上门，钻进他的诗，弄得鬼气森森。

他对一切神秘事物充满好奇，且极有表现力，如果生在现在，一定是个出色的恐怖片导演。他旁观巫婆请神做法，明知是骗局，但忍不住就想象天神降世斩妖除魔的情景：

桂叶刷风桂坠子，青狸哭血寒狐死。

……

百年老鸮成木魅，笑声碧火巢中起。

仅用几句诗，天神的杀戮，妖物的挣扎，诡谲的气氛，一下就成画面。

李贺甚至站在鬼的角度，审视自身与人世。他凭吊苏小小，想象这个美丽女鬼在墓中的生活：

草如茵，松如盖。风为裳，水为佩。油壁车，夕相待。冷翠烛，劳光彩。西陵下，风吹雨。

这首诗初读没觉怎样，但你以女鬼的视角再读，就难免心头有些发毛。

而李贺则像往常一样，就着一点灯火，用他细长如枯爪的手掏出锦囊里的新诗，身影随动作在墙壁晃动，慢慢变形，就像一个奇异的鬼影。

李贺在长安做奉礼郎的三年，穷困孤独。他惦念家乡生病的妻子，既不能陪伴，也无钱可寄，内心只剩痛灼。

他的诗里，“死”字出现过二十多次，鬼更是高频出现。人们说这是他的风格与偏爱，叫我说，这更多是无奈与自弃。如果能好好活，谁愿意与鬼共情？

他不信人能长生，但总觉得，这世间既然有鬼魅，则必有神明。举头三尺，他要与神仙对话。

他想象神仙藏在音乐中。宫廷都在盛传乐师李凭弹奏的箜篌宛如仙乐，但仙乐是什么，谁都讲不出。李贺就明明白白告诉大家，仙乐就是“昆山玉碎凤凰叫，芙蓉泣露香兰笑”，是“女娲炼石补天处，石破天惊逗秋雨”，还是“梦入神山教神妪，老鱼跳波瘦蛟舞”。

白居易写绝了琵琶，那是人间绝响。李贺写绝了箜篌，却是神仙乱舞。

他甚至梦见自己身登仙境，从天上看人间。李太白不是说“疑似银河落九天”吗，而他说“遥望齐州九点烟，一泓海水杯中泻。”九州与四海，不过装在一只杯子里罢了。

在李贺的眼睛里，人间无味，只有神与鬼的世界才能寄放一丝生趣。

于是他看世间万事，总是充满奇妙的童话感。在他眼里，伤心的金铜仙人像，会被风吹酸眼睛，流出铅水的眼泪。常年困在宫廷的宫女，最大的心愿，是皇帝开恩，放她骑着鱼顺流离去。

而他自己终于熬不住憋屈，从长安辞职回家时，再回望这座毁灭了他人生的城市，眼里只有悲悯与伤心。

他说：天若有情天亦老。

《旧唐书》和《新唐书》关于李贺的生平，都只有寥寥几行，但对他呕出心肝写成的诗，一致五星好评：“当时文士，从而效之，无能仿佛者。”

李贺身后十五年，他的朋友才想起来，曾答应过给他出诗集，于是半夜急匆匆去敲杜牧的门，求一篇诗序。杜牧说，我怎么会写。但还是写了，用了一连串极美丽的比喻形容李贺的诗。杜牧说，我不是商业吹捧，我是真的崇拜。

太虚幻境里，李贺对李白说：你看，我这诗鬼，也能丹青留名。

李贺二十七岁快死的时候，大白天的，一个红衣天使驾着一条赤龙从天而降，要带他走。李贺挣扎着起来叩头，说老母还活着呢，我不放心去啊。红衣天使就笑着说：你那么爱写天上的事，现在天帝建了一座白玉楼，请你去写文。快走吧，天上不比你留在人间过得好。

李贺就卧在榻上开始哭，不一会，就咽了气。

这是后来李商隐写的故事。他很认真地对人说，我是听李贺的姐姐说的，她是个老实人，所以这事是真的。

而我也真的愿意相信，那个通眉瘦削、长指如爪的苦闷青年，终于离开这不能痛快的人间，去了天上的白玉楼。从此快乐写诗，忘掉一切哀愁。

11 杜牧·浪子正在死去

大中三年，晚唐诗坛最激动人心的一幕终于出现了，杜牧遇见了李商隐。

一个是风流俊爽的小杜，一个是别具襟怀的小李，当豆蔻词工遇到锦瑟无端，该是怎样的天雷勾动地火？就像一百年前李白与杜甫的初遇。

答案是，会面相当平淡。

疲惫的四十七岁中层官员杜牧，接见了潦倒的基层小官李商隐，后者比他小十岁，诗名卓著，口碑狼藉。杜牧自己也是毁誉参半，两个人都是正人君子眼中的异类。

但对话还是愉悦的。登门的李商隐，内心多少怀有一丝希求援引的期待。他为时任司勋员外郎的杜牧写了两首诗，姿态摆的又谦虚又熟络：

杜牧司勋字牧之，清秋一首杜秋诗。前身应是梁江总，名总还曾字总持。

李商隐拿杜牧的名字开了个小玩笑，你叫杜牧字牧之，梁朝有位诗人叫江总字总持，你们俩是一路的。顺带着，李商隐还夸了杜牧的名作《杜秋诗》，说写诗能写到动人心魄，人间唯有杜司勋。

只看这首诗，感觉李商隐的情商怎么挺高啊。大概是一见杜牧，心有戚戚然。

两个名诗人畅聊一番后，宾主尽欢而散。李商隐拱手作别，不久就前往徐州讨生活了。结束了唐诗史上一次历史性的会面，杜牧坐回到书斋，慢慢把李商隐到访的事情抛离，全部心神放在笺纸上，动手给宰相写起第二封求助信。

信的核心表达是卖惨：我穷得活不下去了，求加薪。短短一年时间，杜牧给宰相写了三封求助信，一封比一封凄苦悲惨。

他迫切请求离开长安，到地方挂职讨生活。因为长安米贵，作为土生土长的长安人，依然居大不易。

穷是杜牧的老朋友了。身为宰相之孙，荣华富贵没有享受太久，十二岁那年杜牧父亲去世，爷爷留下的三十套帝都房产，很快被三兄弟还债卖光，八年里搬了十次家，大半个长安城都被杜牧住遍了。

后来人到中年，能向小侄子吹嘘的只有煊赫的家世与藏书：

我家公相家，剑佩尝丁当。旧第开朱门，长安城中央。第中无一物，万卷书满堂。

但现实的困窘太刺眼，杜牧想把失明的弟弟杜顗接回长安，弟弟说：咱们家在帝都一亩田都没有，去了该怎么生活呢？

这话问住了杜牧，他能写出俊采星驰的诗篇，却败给了一文钱。春天以后，他发现耳聋的迹象迟迟不退，牙齿又脱落了一颗。对镜自照，不足五十岁的人，竟是八十岁的暮色。

杜牧对宰相诉苦：我现在就是觉着十分错寞，哪怕待在欢笑的人群里也像独立在高处，不见同伴，只见莽苍大野，荒墟废垄，难过不可排解。

这是真的老了啊。

宰相终于被打动，放他去湖州做刺史。那里山清水秀，俸禄也比做京官要高。过去了，好好生活。

准备动身的杜牧，离开长安前，独自登上了乐游原。

几年前，一腔失意的李商隐，也驱车来过这里，看夕阳无限好，只是近黄昏。杜牧登到高处，把目光投往唐太宗昭陵的方向。憋在心里的话，只能写成缥缈不定的诗：

清时有味是无能，闲爱孤云静爱僧。欲把一麾江海去，乐游原上望昭陵。

还能说什么呢，本该是文武双全、雄姿英发的人设，在晚唐险恶污浊的政局里，变成了卖老乞穷、明哲保身的落魄老物。大唐皇帝如果还是李世民，我杜牧就不会英雄潦倒，蹉跎半世。

十六岁时他把自己视作一把剑，苦读百家书篇，点阅天下兵书，只为将剑锋磨得锐利逼人，有朝之日一旦出鞘，便能了却君王天下事，赢得生前身后名。

可怜啊，白发生。

孤立在乐游原上的杜牧，看着黄昏日落，开始寻思，是从什么时候开始，自己彻底死心了呢。

七年前，他正值壮年，在黄州做郡守。吐蕃入寇，藩镇叛乱，大唐烽烟四起。杜牧以为苦等的机遇终于到了。他上书宰相李德裕，施展平生所学，献计献策。

李德裕采纳了他的策略，朝廷兵马依计行事，果然战乱消弭。但杜牧左等右等，仍是被死死按在边远小郡上。他使劲琢磨，发现不获重用是自己跟李德裕的死对头牛僧孺关系亲密惹的祸。

这该死的牛李党争，除了内斗，就看不到别的吗？杜牧恨恨地想。李商隐如果听到，一定会用力点头。

心灰意冷的杜牧，在一尺厚的雪地上伫立良久，踟蹰着回了屋子。他端起铜镜，看满头雪花片片消融，唯有鬓角与髭须还是惨白一片，怎么也擦不掉。

杜牧把铜镜撇到了一旁，从那一刻起，慢慢收起了心里的长剑。

四十九岁的杜牧，终于携家带口，离开了住不起的长安，赴任湖州。虽然又穷又病又老，但年少时他留给大唐的风流印象，实在太深刻，于是抵不住还有八卦袭向他。

传说杜牧一到湖州，先去寻访一位姑娘。十四年前他来湖州游玩，遇到一位十岁女童，一看就是美人胚子，于是下了聘礼，和其父母相约十年后来娶。等他重来湖州，姑娘已经嫁人三年。

这故事对老迈颓唐的杜牧，有满满的恶意。但谁让“十年一觉扬州梦，赢得青楼薄幸名”太过骇人，人总要为年少疏狂还债。

杜牧也能发觉自己的矛盾。他是一个拧巴性子，内心知道成功该是什么样，但天性让他做不到。

他批评白居易与元稹的诗风纤艳风流，会带坏妇女儿童。立志自己写诗，格调一定要高，“不务奇丽，不涉习俗，不今不古，处于中间。”为此在洛阳做官时，与养老的白居易全无交往。

但是呢，真的写起青楼风月，浓词丽句，两个白居易加起来也不如他。

几百年后姜夔在扬州写词，还喜欢说“东风历历红楼下，谁识三生杜牧之”。

原谅我一生放荡不羁爱自由，年轻的杜牧对世界这么说，也这么做。代价很昂贵。

他二十三岁写出《阿房宫赋》，二十六岁凭此文进士及第。姿容俊美，长安杜氏出身，一门出过十一位宰相，怎么看都是浊世佳公子，完全开挂的人生。

但一手好牌，生生打坏了。史书说他“刚直有奇节，不为龊龊小谨，敢论列大事。”这样的人，正直狂放，眼里不容龌龊，笔下敢吐真言。能量太大了，只能用来当偶像，谁也不敢收为党羽。

于是明明与李德裕是通家故旧，又被牛僧孺赏识，但牛李两派谁得势，都不敢重用他。从二十六岁入仕，二十三年的光阴，杜牧一半泡在声色犬马中，一半困在穷愁愤懑里。

最让他怏怏不平的，是从小一起长大、才干风度远远不如他的从兄杜悰，却一路稳稳当当地出将入相，平步青云，活成了他最渴求的样子。

垂暮之年再入湖州，杜牧一下子觉得，自己累了。在湖州，杜牧只待了不足一年，又被调回长安，做了皇帝身边的中书舍人。

苦求大半生，终于有机会向皇帝一展才华，杜牧却索然无味。晚唐的颓败，就像自己暮年的心境，同是了无生趣，谁也扶不起来。他只想打理好剩余不多的余生。

他最疼爱的弟弟杜顗，在他湖州做官时去世了。才华横溢的一个人，前途无量之际，却失明十五年。弟弟一死，人间的羁绊更少了。

回到长安的杜牧，把精力与积蓄都放在翻修爷爷留下的樊川别墅上。

爷爷杜佑历任三朝宰相，晚年就住在樊川，饮宴会客，诗酒唱和，天子时不时还会送来赏赐。

年幼的杜牧把这一切看在眼里，记住一辈子。这是他为之骄傲的家世，也是他一生不可企及的隐痛。

另一位声名狼藉的诗人温庭筠来拜访他，希求他的援引。很多很多年前，一个老人就是拿着他的《阿房宫赋》，大力向主考官推荐，内定了第五名。昨日情景重现，自己则成了那位老人。

看来是真的老了啊。

有一天，杜牧做了一个梦，感到自己大限将至。他遣散了家人，独自坐在书斋，给自己写了一篇墓志铭。详述了二十四年仕宦生涯的历任官职，与煊赫的祖辈们相比，他的成就太低了。

对自己一生的诗文，他并不得意。只有倾注心血点注的“孙武十三篇”，让他自信值得流传。文武双全，经世致用，一直是他做得最深的一个梦。

他把生平所作的文章千百，挑拣出十分二三，其余的全部投入火盆烧掉了。我们今天最熟知的那些风流纤艳的诗，都是他的外甥意外保存下来的。

在人生的最后，杜牧用烧诗的方式，对自己早年的浮薄放浪做了评判。他始终知道该如何成为一个成功的人，但让自己活得更有趣的欲望一直占了上风。

大中六年十一月，五十岁的杜牧，在安仁坊老宅走完了一生。

直到生命的尽头，他努力想留给世间的是一个文武英姿的君子形象。但世人不肯领情，偏爱他风流恣意的年轻模样，偏爱他的浪子无形，才子风流，狂士风度。

在后人眼里，杜牧从未老去，一直快乐地待在扬州。

12 温庭筠·唐朝朋克

写李商隐时发现一个细节，他年轻时遇见一个女孩名叫柳枝，彼此倾慕，约定几天后相会。

结果到时间了，李商隐爽约。爽约的原因是，好朋友温庭筠拿走了他所有行李和书籍，直接跑去长安。河南青年李商隐没辙，顾不得佳人有约，撒丫子追去了。

看到这里你是不是想问：温庭筠，你吃错药了？但如果你和我一样，对温庭筠有所了解，我们就会相视一笑：二货的人生就是这样随机。

温庭筠考试很厉害，《唐才子传》这样讲："每试押官韵，烛下未尝起草，但笼袖凭几，每一韵一吟而已。"

你看看，灯下起笔，不打草稿。优哉悠哉就把事给办了，还办得很漂亮。旁人羡慕地想死，给他起外号：温八叉。不是说他会劈叉，是说他是考试小能手。除了考试好，玩乐器也很有天赋。有弦就弹，有孔就吹。

就是这样的一个人，他自己的人生怎么讲呢，一塌糊涂。

公元 835 年，唐朝发生甘露之变。这场由唐文宗与大臣发起，欲诛杀当权宦官的谋划，以君臣失败告终。甘露之变后，皇帝被软禁，参与谋划的大臣被屠戮。朝廷的军事大权、人事任免都掌握在宦官手里。

这时，白居易已年近七十岁，手捧酒杯怀抱少女，做他的富贵老人。同为官场元老，裴度远离是非明哲保身。杜牧正在江南烟雨中欲觅断魂酒，二十四岁的河南小伙李商隐作《有感二首》，隐隐表达不平。

温庭筠与他们不同，他要大声说出来。

甘露之变中，宰相王涯被宦官抓住，腰斩，全家三十多口被屠，家产没收，田宅入官。非常惨，没有人敢替他说话。

温庭筠站出来了。他憋不住，刚到长安就跑到王涯血迹还没有干透的家，写了一首《题丰安里王相林亭二首》。他说："朱户雀罗设，黄门驭骑来。"他又说："不知淮水浊，丹藕为谁开。"

这是个耿直血性的小伙儿，这样的人在乱世不好活。他倒是说痛快了，却也不可避免地得罪了宦官。几年后虽然考试高中，但等来的消息是：等第罢举。意思是：虽然您考上了，但是抱歉，回家歇着吧。

这件事我站温庭筠，如果年轻人都闭上眼睛塞上耳朵，不看不听不闻不问，还不是个行走的木偶吗？有人选择明哲保身自有他的道理，但如果有人敢站出来对抗不公，同情孤弱，我们应该大力鼓掌，给予精神支持，这是作为路人的自我修养。

考试的事不顺利，架不住小伙儿有才，欣赏他的人很多，比如当朝宰相令狐绹。他邀请温庭筠住进自己家，待遇优厚。本来挺好一件事，跟着这个级别的官员，很快就能出头。但温庭筠生动演绎了什么叫作：机会就在眼前，我亲手把它砸了。

有一次唐宣宗要唱《菩萨蛮》，令狐绹投其所好，找来养在家里的文人作词。温庭筠作得最好，是真的好，就是安陵容唱的那首："懒起画蛾眉，弄妆梳洗迟。"

令狐绹拿了温庭筠新作献给唐宣宗，并告诫温庭筠千万不要说出去。温庭筠说好的没问题。转身就四处对人说：听说《菩萨蛮》了吗？皇帝很满意的那首，嘿嘿，我作的。

他说的是不是实话？是。有没有问题？有。令狐绹很生气，他的理由：虽然我拿了你的词，但你事先同意了呀，怎么能出尔反尔？况且我养着你，帮做枪手原本就是你分内之事。

温庭筠对此作出如下回应"中书堂内坐将军"，直接讽刺令狐绹没文化。令狐绹听说后决定：忍了。

又一次，唐宣宗作了一首词，其中一句"金步摇"，一时间找不到合适的对仗，请教令狐绹。令狐绹回家问温庭筠，温庭筠马上对出"玉条脱"。

令狐绹有点没听懂，问这是什么意思，出处是哪里？倘若一般人被老板问问题，总得拿出个好态度解答吧，温庭筠不，他说：回家翻书去。说了这一句觉得不过瘾，又补了一句：《南华经》第二篇，这也不是什么冷僻的书，大人处理公务之余也读点书吧。

令狐绹彻底暴走，心说：老子一天供你吃喝玩乐，让你出点力，不是出尔反尔，就是嘲讽讥笑。于是慢慢疏远了温庭筠，并且对温庭筠评价很坏。

温庭筠得罪宰相还不过瘾，后来连皇帝也得罪了。

唐宣宗微服私访住旅馆，温庭筠正好也在。两人就见面了。本来可以成为一段佳话，才子遇皇上，鲤鱼跳龙门。可是并没有，你看看这俩人的对话。

温庭筠：你这个人相貌不俗，你是不是司马或者长史？唐宣宗没搭理，心想这人什么眼神啊。温庭筠继续：那你是主簿或者县尉？官越来越小了。唐宣宗说：我不是，我没有。

宣宗气坏了，对身边人说：把他给我记住了。

晚唐真像荒诞剧，前有李商隐，因为婚姻问题得罪牛李两党，人嫌狗不理，一个人在家嘤嘤嘤。后有温庭筠，咋咋呼呼，一边走路一边得罪人。

很多年后，温庭筠早已离开宰相府，又在长安复读多年，屡考不中，去算命，算不出来。于是请教身边人，那人点拨了他，他慢慢想明白了：哦，原来是得罪了宰相啊。

那么他有没有想过修复这段关系呢？没有，因为他又写了一首诗："因知此恨人多积，悔读南华第二篇。"他只后悔自己读书多，却没有反省在人际交往方面的不妥当。

知道梦碎在哪里，也算给自己一个交代。原本生活随性的温庭筠彻底放飞自我，沉溺酒色，混迹青楼，创作的诗词也沾染了幽幽怨怨。他只是喝着酒，谈着情，写着自己的心事，却不曾想，花间词派正在他笔下诞生。

居长安不易，为了生活他开始创业，就是替人代考。从三十六岁到四十四岁的八年时间，他像是恶作剧，又像行为艺术，不断参加科考，不断替人作弊，不断扰乱考场。而他也因此事意外走红，人们除了叫他温八叉，还叫他救数人。

闹得最凶的一次，一个官二代提前搞到试题，请温庭筠代笔，一举高中。事后被举报，惊动了皇上，主考官被罢免，所有录取的人成绩全部作废。

在这场考试中，皇上看到了温庭筠的名字，似有印象，身边人提醒：就是小旅馆的那个人。皇帝说：贬，贬远一点。他不是叫我县尉吗，我也让你尝尝当县尉的滋味。

于是，一个没有工作，也没有功名的枪手，因为莫名其妙的原因第一次当了官。可见唐宣宗也是被气蒙了。

温庭筠：没想到犯错才能当官。

温庭筠做人做事无厘头，但他是有桃花运的。虽然长得丑，人称温钟馗，但身边不乏倾慕他才华的女孩，其中就有鱼玄机。

温庭筠与鱼玄机多有诗词往来，人们猜测他们之间是有情的，但是却没有在一起。

人们将温庭筠对待鱼玄机的态度归结为两类。一种说他渣男，跟李商隐、元稹一样，多情滥情也无情。另一种则认为，他比较克制，知道自己年老又丑，配不上人家。

据我判断，他既不是多情也不是别的，就是单纯没反应过来。

他把鱼玄机介绍给一个朋友。朋友家中有原配，娶鱼玄机做妾。原配是个母老虎，容不下鱼玄机，把十七岁的鱼玄机赶出了府宅。鱼玄机出家为尼，又因一些争风吃醋的事，失手杀了自己的女仆，最终被判死刑。

温庭筠介绍完之后，拂衣而去，深藏功与名，没准还以为自己做了一件大好事。若干年后，温庭筠得知以前对自己深情的女孩落了个身首异处的消息，坐在窗前，回顾人生，一肚子的花间词，却说不出一句合适的话。

唐朝灭亡多年之后，后蜀的一位大官赵崇祚，他在烟花青楼之间听了很多靡靡之音，觉得有点意思，于是编了一本册子叫《花间词》，其中收录最多就是温庭筠的词。

五代之后，进入宋朝，花间词间接影响了宋朝的美学，宋人将花间词一点点改良，开创婉约一派。只是这些事与温庭筠无关了。

这就是温庭筠，一个不断犯错的男人。他让好友李商隐背弃诺言，让自己的仕途死于多话，耽误过一个女孩的青春，也气蒙了一位皇帝。他的一生总令人啼笑皆非，无从谈起。

我读温庭筠觉得亲切，一方面他花前月下，写尽女孩心事，另一方面，他有点二，让人笑的同时心生亲近。他的一生蛮有趣，坑完一个又一个。身边有谁就坑谁，实在没人了，连自己也坑。非常知行合一，很朋克了。

13

李商隐写过一首为韩愈不平的诗

李商隐平生欣赏的诗人，有三位最靠前。一位是杜甫，那是高山仰止。一位是温庭筠，这是志趣相投。再有一位是韩愈，他是李商隐隔空的知己，自认的。

开成四年，一个平静无味的日子，二十六岁的弘农县尉李商隐开始动笔写一首长长的叙事诗，为韩愈这位未曾谋面的老前辈不平则鸣。

这首名为《韩碑》的长诗，与他平素清丽纤巧的诗风完全不一样，硬语盘空，就像是韩愈自己写的诗。所以做一个优质粉丝，得熟练掌握偶像的风格，才华很重要。

李商隐在这首诗里，讲了韩愈的一段遭遇。这件事对韩愈的名誉打击不小，后来几百年，许多有名的诗人还为此打过口水仗。

故事发生在元和十二年，距李商隐写诗的日子已经过去二十二年。那一年，大唐发生了一件惊天动地的大事：朝廷打了一个大胜仗。

自从“安史之乱”以后，大唐已经跪了五十多年，被各路藩镇军阀轮番吊打，眼看要一命呜呼，宪宗皇帝一拍桌子说，再也不能这样活。于是朝野精英几乎全部出动，组成了复仇者联盟，血战四年，终于打赢了平定淮西叛乱这场仗。大唐回过一口气，从此又多撑了九十年。

韩愈是这场战争的亲历者，也是大唐公认的第一写文高手。战后宪宗就拍着他的肩膀说，韩爱卿啊，把这场胜利用你的笔好好写出来吧，刻成碑，立起来，让千秋万代都记得我们的功绩。

热血沸腾的韩愈狠狠点头，表态说，放心吧，交给我，绝没错。

韩愈整整酝酿了七十多天，白天不思茶饭，晚上忘了睡觉，人都瘦了一圈，可劲儿琢磨怎么写才能写出一篇流传万世的好文。

为此他参考了许多上古大神写的公文参考书，什么《尧典》啊《舜典》啊，《禹贡》啊《盘庚》啊，全都是大家看不明觉厉的大作。

情绪酝酿完毕，韩愈用力撑了撑手掌，提起笔，一挥而就。

作为韩愈的迷弟，李商隐想一想偶像创作的模样就两眼冒星光。他在长诗里写得很传神：

公退斋戒坐小阁，濡染大笔何淋漓。
点窜《尧典》《舜典》字，涂改《清庙》《生民》诗。
文成破体书在纸，清晨再拜铺丹墀。

韩愈的这篇文章有多好呢？宪宗作为第一个读者，阅后大喜，吩咐多抄几份，给碑文里提到名字的功臣都送去，征询大家意见。结果人人点赞，全部十分好评。

在平叛战争中长期打酱油的副统帅韩弘，见韩愈把自己说得这么英明神武，一开心，还赠他五百匹绢。

龙颜大悦的宪宗当即就下了圣旨，要求快把这篇文字刻在大碑上，立在平叛的蔡州城，让不服的军阀都看看，反抗朝廷会有什么下场，让后世的人都知道，我们君臣干了一件多了不得的大事。

韩愈拿着意外获得的稿费，想着自己马上就要变成朝野公认的文宗圣手，胖脸一皱，笑了。如果事情这么圆满，李商隐也就不会为偶像鸣冤叫屈了。故事到这里，必然有一个然而。

然而，不是所有人都对这篇碑文感到满意。这篇文章最难写的地方，是韩愈要为淮西战役里最出风头的两个大臣评功。一个是宰相裴度，一个是将军李愬。

裴度是统帅，在军队里相当是萧何与张良的合体，既统领全局，又运筹帷幄。李愬就像韩信，负责夺旗斩将，直捣黄龙。

韩愈想，帅的贡献肯定比将大啊，于是在碑文里把功劳第一给了裴度。

这下李愬的部下和老婆都不干了。他的部将推倒了韩碑。他的老婆是公主的女儿，可以入宫面圣，于是天天找宪宗哭闹，投诉韩愈偏心。

打了场大胜仗，认为人间已经无趣的宪宗，开始兴致勃勃用自己做长生不老的实验。外甥女吵得好不耐烦，他挥挥手说，把韩愈的碑文磨掉，找人重新写一篇吧。

翰林学士段文昌接到了任务。他是骈文高手，最擅长注水，一口气把韩愈写李愬功劳的三十来个字，扩写成了三百来字。李愬的家人属下读了大喜，表示这才是正宗好文章。

推倒的石碑又重新树了起来，但总像有一些灰，再也抹不干净。李商隐把这个转折写得十分震撼：

碑高三丈字如斗，负以灵鳌蟠以螭。

句奇语重喻者少，谗之天子言其私。

长绳百尺拽碑倒，粗砂大石相磨治。

作为当事人的韩愈，则从始至终一言不发，把自己隐在幽暗处，不肯让人见到脸上的羞愤。

作为粉丝，李商隐想到韩愈明明没有做错，却被有权力的人指鹿为马，被泼了一盆脏水，他替偶像心疼，或许有那么一瞬间还联想到自己。

就在去年，他的恩主与恩师令狐楚死了，新上司王茂元向自己提亲，他也知道这两个人分属牛李党争的两派，哪怕再中意新娘子，这门婚事也是万万不能答应的。但他就是没拒绝。

娶了一个称心的新娘子，失去的是个人的名誉，从此背弃恩主卖身求荣的锅再没卸下来。本来吏部已经为他安排了新工作，牛党的人一使绊子，泡汤了。

失业的李商隐怏怏回到泾源投靠老丈人。不开心的他登上安定城楼，想着自己光明磊落，没有结党营私，却被宵小之辈围攻，满腔悲愤就化作两句诗：

永忆江湖归白发，欲回天地入扁舟。

为韩愈鸣不平的小李就想，韩愈大大当时的心态大概也是这样吧。他知道该如何为长诗结尾了：

公之斯文若元气，先时已入人肝脾。

……

愿书万本诵万遍，口角流沫右手胝。

他说，我李商隐还没有做上大官，不能为偶像做更多。但您这篇文章写得太好了，只要是识字的人都能辨别好坏。所以我要把你的文章抄写一万遍，诵读一万遍，哪怕口吐白沫、手肘生茧都可以。

你看，诗人追星，不仅要拼才华，还是一个力气活。

作为粉丝，李商隐很够意思，但作为朋友，就有点不够意思了。段成式是他的好友，他们俩加上温庭筠，是晚唐诗坛有名的偶像组合，三个人在家都排行老六，合称“三十六体”男团。

小段的父亲，正是段文昌。李商隐把韩碑说得那么高，无形中就把段碑比下去了。但这就是李商隐，永远我口说我心，永远不知道怎么就得罪了人，怎么就让自己跳进了坑。

但后世有人是站李商隐这边的。苏轼就来凑趣，拿韩碑与段碑做比较，说“淮西功业冠吾唐，吏部文章日月光。千古残碑人脍炙，不知世有段文昌。”

韩愈做过吏部侍郎，所以称吏部。苏轼也是韩愈铁粉，助拳没商量。

另一位宋代的汝南太守就做得更绝，他命人磨去了《平淮西碑》上的段文，把韩文重新刻上去。只是，那已经不是韩愈的亲笔了。

《韩碑》诗写完了，李商隐为偶像狠狠出了口气。后来怎么样了呢？后来就没有后来了。

李商隐当然没有做上大官，甚至芝麻小官也总做不长久。他从一个城市换到另一个城市，在不同的老板手下打工，收入微薄，心情不爽，雄心壮志被一点点磨平了。

他之所以为韩愈抱屈，写了这样一首跟自己诗风完全不同的诗，是因为他从内心一直当韩愈是个隔空的知己。甚至有一段时间，他觉得韩愈就是自己。

韩愈的家境与他一般穷，在长安赶考时甚至没钱住店。韩愈向宰相投了三次求助信，无人理睬。而李商隐遇到了令狐楚，资助他，教他写骈文，境况比韩愈好多了。

韩愈屡试不第，二十四岁才中进士。李商隐自己也是两年前中的进士，正好二十四岁。他们同样爱杜甫，同样胸怀大志。韩愈就是李商隐的人生目标。

韩愈一生起起落落，李商隐的一生却是起起落落落落落落……像自由落体，不到死不见底。

二十六岁年轻气盛的李商隐，为偶像韩愈写了惊艳整个大唐的不平诗。但他生前，却少有人替他鸣不平。

七年后，白居易去世，请李商隐也为自己做篇墓志铭。与韩愈一样“善为诔奠之辞”的李商隐，中规中矩交了一篇，全无写《韩碑》时的壮怀激烈。

那时他已三十三岁。二十六岁时他为韩愈不平，心里还装着未来。三十三岁时为白居易盖棺定论，胸腔里只剩斜阳残照。

只有写诗能获取一些心灵的抚慰。但后半生，像《韩碑》那样元气十足的诗，他慢慢不写了，精巧绝伦的无题诗开始变多了。他越来越接近后世认定的那个李义山，越来越远离自己期许的那个李商隐。

四十五岁李商隐去世，比韩愈少活近十一年。韩愈身后留下一生传奇和众多门人弟子，而李商隐只有寂寞。

唐朝的浮光与掠影

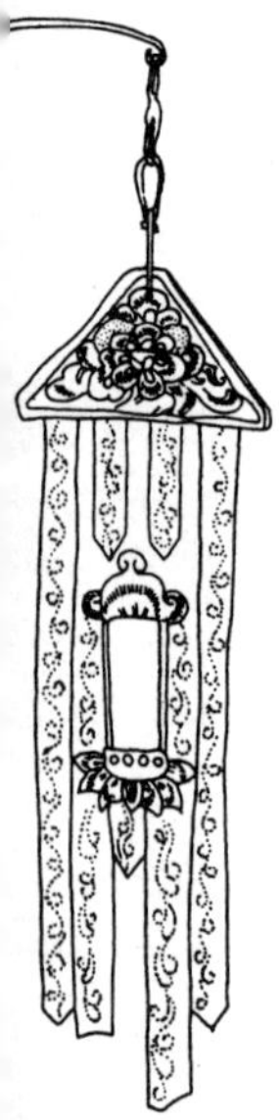

第二部

李唐王朝的权谋瞬间

01

李治：如何讨巧地过完这一生

一代名帝唐太宗李世民垂死的日子里，太子李治昼夜伺守在病榻前，熬得两眼通红，忘记饮食，发丝一天天变白。李世民感动哭了，说我能有你这么一个孝顺儿子，死无可恨。临死前，李世民为李治安排了三件事。

第一件事安排李治如何跟老臣们相处。李世民贬谪了大将军李勣，说李勣是个有本事的，但你对他没有恩义，他没法为你卖命，我把他贬开，将来你再给他升官，他才能对你效忠。

第二件事安排李治如何分享权力。李世民为李治准备了两个辅政大臣，一位是他的舅舅长孙无忌，一位是宰相褚遂良。李世民说，有这两根定海神针，天下事再难，也不必你发愁了。

第三件事安排李治如何与兄弟们相处。李世民把李治一母同胞的兄长，也是自己最爱的儿子魏王李泰，远远发配到外郡，确保李治的地位无人撼动，也希望他心无芥蒂，将来能让这位哥哥善终。

安排好这些事，一代大帝阖上眼睛。大唐迎来新天子，二十一岁的李治。

做太子之前，李治最大的优点是仁孝。做太子以后，他成了大唐仁孝的代言人。李世民膝下最能干的几个儿子，各有各的卖相。前太子李承乾英武过人，魏王李泰文采横溢，吴王李恪公认最像李世民。与哥哥们比起来，李治的仁孝就差点意思了。

但绵羊李治硬是从豺狼虎豹的兄长们身边挤出来，坐上了龙椅。大概是因为他给所有能决定他命运的人一个感觉：听话，可以放心安排。

李世民心疼这个绵羊儿子，为他精心安排未来。长孙无忌和褚遂良放心这个绵羊天子，替他做主治理大唐。

好孩子李治欣然接受这一切，在做了一年皇帝之后，去感业寺祭奠父皇，顺便与父皇的女人武媚重拾鸳梦，一年后挺着大肚子的武媚回到后宫。

如果一个人聪慧明辨，野心勃勃，但偏偏身边人一个比一个强势，那该怎么办？面对一张龙椅，太子李承乾与魏王李泰斗到买凶杀人的地步，吴王李恪又虎视眈眈，李治看着龙椅也会流口水，但他不敢下场。

李治的策略就是，摆出绵羊的姿态，找能干的人帮我去拼。他给舅舅长孙无忌造成一个错觉：多听话的一个好孩子，我把他扶上位，以后大唐不就是我说了算吗?

在如何撩起一个人的野心方面，李治发现自己特别有天赋。

长孙无忌果然辅佐李治顺风顺水地做了皇帝，李治也果然事事听他安排。这让长孙无忌再去看问题时，不由自主地站在了皇帝的角度。

从皇帝的视角往下看，吴王李恪是个威胁，要杀；高阳公主与其他龙子凤女们是个威胁，要杀；房玄龄这些开国元勋的势力更是个威胁，都要杀。

一时间长安城人头滚滚，长孙无忌杀得满手血渍。皇帝李治高高坐在龙椅上，一脸无辜。

所有人都开始嘶喊：长孙无忌就是大唐的司马懿啊，皇上您一定要当心。

李治是个听话的好孩子，最擅长虚心纳谏。舅舅既然为自己扫清了一切障碍，他本人就是最后一个障碍了，李治决心听从天下人的心声，将舅舅铲除。

大唐皇帝李治，平生第一次准备亲自对人下手，却惊恐地发现，做久了幕后策划，当需要他亲自站上舞台时，他根本没有这个勇气。

他早就习惯以一副好面目示人，恩由己出，锅由人背。习惯操纵着有野心的人冲杀在前，由他坐享其成。亲自下场做事，是会带来风险与诋毁的啊，他可一点都不愿承担。

李治发现，扮猪吃老虎扮久了，一颗虎心也会被磨得很钝，很钝。

李治与武媚的夫妻组合，就这么一拍即合。

李治出资源，武媚出才能；李治定目标，武媚做任务；李治撑面子，武媚做里子；李治做完美干净的仁君，武媚包揽一切湿活脏活，恶人与锅一起背。

到后来，被晋封为天后的武媚干脆向李治上书建言，一口气推出十二项政策，从经济、外交、军事、风气到人才、吏治、舆论全面涉及，根本就是一个宰相的施政纲领嘛。李治欣然打一个勾，皇后请放手去做。

李治才不担心，做得好，大好江山归我所有。做不好，人们对我只有同情和理解：皇上是个好皇上啊，就是被奸后给蒙蔽了。看，什么叫左右逢源，立于不败之地？

如何处理舅舅长孙无忌，最能见李治的心思。明面上是武媚为了做皇后，与长孙无忌全面开战，而李治只是一个夹在爱人与亲人之间无可奈何的老实人。

等武媚做了皇后，长孙无忌的权势被狠狠压制，再也不复大唐第一权臣的风光，许多人想，该差不多了吧，怎么说也是扶你上位的亲舅舅，卸磨杀驴不好。

但他们猜错了。当许敬宗作为皇后武媚的亲信，出现在李治面前，举报长孙无忌谋反时，李治的反应很奇妙。

他第一反应是惊，说：不可能，舅舅不高兴我立武后，对我有情绪很正常，但谋反不可能。

第二反应是哭，面对许敬宗拿出来的所谓证据，李治迫不及待地就给舅舅定了罪：我家门不幸啊，妹子高阳反我，哥哥李恪反我，现在舅舅也反我，简直没脸见人。

第三反应是推锅，李治对许敬宗说：虽然你说的都对，证据也很充分，但我也不能杀舅舅啊，以后的人该怎么说我？

李治是等许敬宗替自己拿主意。许敬宗果然不让他失望，立刻表示：长孙无忌就是今日之奸雄，是王莽，是司马懿，你放过他，他不放过你，坚决不能姑息。

李治当然就从了。长孙无忌被流放，后来又被逼自尽。从始至终，李治甚至没提过一句：让我当面问问舅舅，看他冤不冤啊。

当年太子李承乾涉嫌谋反，侯君集作为元凶被揪出来，李世民亲自责问他，哭着说，咱们数十年君臣之谊，你居然反我，我很受伤，必须当面听你怎么说。这样的性情气概，李治没有，也可能是不想有。

毕竟长孙无忌是一根过时的拐杖，李治即便要换新的，也只会让新拐杖武媚动手，他始终清白干净。

清白干净的李治，发现自己慢慢活成了一个天煞孤星。

王皇后与萧淑妃死了，死成人间惨剧。前一阵李治还去冷宫探望思念，后一刻两个人四肢折断死在酒翁里，李治却仿佛没看见。

舅舅长孙无忌杀死了高阳、李恪和许多皇室宗亲，李治没有发声。许敬宗作为武媚的打手，逼死长孙无忌，李治也没有发声。

他喜欢的儿子太子李弘，动了恻隐之心，为萧淑妃的两个女儿求情，结果二十三岁猝死洛阳宫。李治很哀痛，但仅此而已。

他喜欢的新太子李贤，武媚执意要废。李治这次为儿子求情了，武后说，大义灭亲，何可赦也。他也就听之任之。

他还喜欢过武媚的姐姐韩国夫人，喜欢过韩国夫人的女儿魏国夫人，一度要封为嫔妃。但这两个人不明不白地死了，李治很悲伤，然后没有然后。

至于站出来替他对抗武媚，为他说话办事的上官仪、郝处俊这些大臣们，不是举家被杀，就是备受打压。他除了无奈，并没有太多表示。

李治身体不好，长期患有头疼眼疾，这样的身体条件，处在皇帝这样一个风口，通常不是早早耗尽精力而死，就是握不紧手中大权，被一场宫变制造成先皇。

但李治硬是做了三十四年皇帝，除了玄宗，大唐天子没一个人比他当得长久。在他治下，大唐灭了高句丽，平了西突厥，疆域扩张之大，无论是太宗的贞观时代，还是玄宗的开元时代，都比不了。

太宗起初立他为太子，心中时而疑虑，总觉得狼爹生了一个绵羊孩子，坐不稳江山。一度还想将更像自己的吴王李恪扶上太子位。但李治用事实证明，绵羊也可以有锋锐的爪牙，更有谁都难以防备的运筹算计。

李治一生最擅长因势利导，因人成事。他很少亲力亲为，却总能挖掘被利用者的野心，驱动他们为自己做事。完了之后，这些人的命运如何，他并不关心。

武媚是他一生最得意的手笔，是后宫的宰相、枕边的军师、天下酷吏的总教头。李治牵着武媚背后的丝线，感觉到操纵提线木偶的快意，总以为一切脱不出自己的掌握。

但权力不仅来自地位与头衔，更来自下属们的认可与归心。李治拥有大唐最高的权威，可具体做事的人都围拢在武媚身边。

李治可以借助宰相与重臣对武媚制衡，但武媚有自己的北门学士智囊团，更打开了寒族士子的上升通道，提拔基层的优秀官吏。大唐的实干派与中间层，几乎都倒向她，成了铁板一块。

如此一来，李治仍是被人尊敬的天子，但武媚成为受天下人敬畏的天后。

李治感到过威胁，与上官仪合谋废后，却一脚踢到了铁板上。这让他认清现实：只要他还想安安稳稳地坐自己的龙椅，他只能对这个女人忍着点。

儿子、爱妃、新宠、忠良，所有忠于他或者他喜欢的人凋零的命运，都是他为了坐稳龙椅所付出的代价。

久而久之，李治活成一个清静无为的人。

他做皇帝之初，总是鼓励大臣们进谏，生怕大家替他做事不上心。到后来，李治开始奇怪，愿意找他掏心窝说话的大臣越来越少。他找来老臣子李勣，问怎么回事。李勣回答："陛下所为尽善，群臣无得而谏。"

不是无得而谏，只是大家对一个只顾自己、没有担当、过分精致的皇帝无话可说。

到晚年，视力与身体都糟透的李治，大权完全旁落到武后手中。所有他宠爱过的妃子，喜欢过的儿子，欣赏过的大臣，都远远离开。武后慢慢拿走了全部大唐，只把那张他用尽力气与演技得来的龙椅留给他。

李治人生的最后几年，大概已经能想见未来的大唐是武后说了算。但只要龙椅上坐着的还是他与武后的儿子，他就不算输。

不仅不算输，历史上比他更风光的皇帝，也比他辛苦许多。比他更享受的皇帝，却大多下场凄凉。而他一直体面地活到生命的尽头。离开之前，他拥有大唐历史上最广阔的疆土，拥有三十多年的太平日子，实在是一个人生赢家啊。

如何讨巧地过好这一生，李治给出了自己的答案。和那些或壮怀激烈或骄奢淫逸的皇帝相比，他这皇帝做得聪明又轻盈，总能在合适的风口找到合适的人接盘。

如果泉下有知，李治可能会说：如果以成败论英雄，那么我毫无疑问是一个赢家；如果以未来定成败，武后八十一岁时不还是把天下交回李家，等于为我打工整整半世纪，所以我毫无疑问还是一个赢家。

左右逢源，永远不败，这就是唐高宗李治。

02

武则天·从打工皇后到创业女皇

丈夫这个物种，凡事听他的未必好，最重要还得看自己，必须有主见。从一开始武则天就是这么打算的。

第一任丈夫，大唐第一霸道总裁，曾有过一位贤良淑德、天下无敌的前妻，等十四岁的武则天嫁进门，如何与总裁相处就是一个大问题。跟一个半生戎马的男人谈文艺，谈女则，谈奋斗，很容易落入前任巨大的阴影中。单纯恃靓行凶，武则天又不傻，怎么肯，况且她也不见得靓绝未央宫。

还能怎么办？武则天采取的方案是：放大性格里勇武果敢的一面，让嗅到血腥就熟悉的丈夫感到自己是一个同类。这办法谈不上成功，也不算失败，做不到三千宠爱在一身，却能让他加班时招呼她待在身边做点助理的工作。

大概是这段经历，让武则天慢慢意识到，一段缺乏激情的婚姻，可以靠事业上的合作来维持，甚至反而更牢固。

然后就是第二任丈夫李治。

武则天大李治四岁，李治大概有点御姐控，面对这个又美又有主意的女人，他是愿意依仗对方的。这个依仗，不是说事事听她，而是相信她不会让自己陷入麻烦。如果真的有什么麻烦，她也可以自行解决。

武则天当时最大的困难，是如何能从感业寺脱身，顺利嫁给李治。李治不会主动帮手，也不会制造障碍。他的原则是，你行你上，我躺平眯一会儿。

武则天自己想办法。她先是借势，远交近攻，让王皇后愿意拉她一把。再以情动人，作为一位难舍情郎的女尼，给李治款款写诗：

看朱成碧思纷纷，憔悴支离为忆君。不信比来长下泪，开箱验取石榴裙。

句句戳心，李治一看，反正皇后也愿意，不用他费力，趁势把武则天捞了出来。

等武则天安安稳稳嫁给第二任丈夫，她也顺便认清了李治是个什么样的人。李治最大的本事是，我有想法但我不说，你如果是自己人，你要帮我争取。

明明想做皇帝，不会说也不会动，凭舅舅长孙无忌上下腾挪机关算计，扶他上了位。明明担心兄弟姐妹是威胁，但不会说也不会动，还是让舅舅把坏人做到底，把能摆上台面的兄妹全杀光。明明想纳武则天入宫，但不会说也不会动，就让武则天自己努力，他只肯顺势推一把。

武则天细心比较了一下前任和现任，斟酌着要做个什么样的妻子，才能永远摆脱感业寺的风险。

事有轻重缓急，她还有大把时间可以揣摩李治。眼下最重要的，是如何在后宫立足。她是作为王皇后打击萧淑妃的工具被放进宫的，很清楚自己的定位。

她把任务完成得很好，已完全打压了萧淑妃。王皇后感到一丝欣慰，虽然她隐约觉察到哪里不对劲。但此刻她无法预知，利用武则天根本就是自杀式袭击，不久之后整个后宫生态重新建立，她和她的情敌萧淑妃一并被团灭。

边走边看，经过缜密调研，武则天发现：作为老公李治靠不住，但作为事业伙伴可以，毕竟天下皆在他手。她是怎样发现的呢？

做皇帝的前几年，李治问过户部高尚书一个问题：你看我工作这么努力，大唐现在的人口一定比隋朝多多了吧？高尚书很尴尬，说：皇上啊，隋初有八百七十多万户，咱们大唐迄今才三百八十万户……李治再也不去聊这个话题。

武则天从这件事慢慢抓住了李治的心思。他看上去人畜无害，实则野心勃勃，和所有有志向的二代一样，不甘心活在天神一样的老子的阴影之下。他想证明自己。

而要证明自己也是位英明的皇帝，首先就要摆脱权臣掣肘。没有一个皇帝，愿意权力被别人霸占，哪怕这个别人是亲舅舅，哪怕他一手扶自己上位。

但这个想法，李治不会说。

武则天很快和李治达成默契，你扶我做皇后，引这些人出来反对，我帮你消灭他们。

于是杀女儿构陷王皇后这种让人头皮发麻又说不清真相的事，武则天做了。勾结李义府、许敬宗这些千古大阴人打击元老派的事，武则天做了。乘胜追击把已经失势的长孙无忌们斩尽杀绝这种事，武则天也做了。

做完这一切的武则天，帮李治正了正头顶冕旒，柔声说：皇上，天下都是你的了。李治迎着朝阳走出去，手上没有一滴血。

武则天事后总结，贤内助，就是最适合李治的妻子模样。这个贤内助不单管理后宫，生儿育女，还要洞察君心，帮他干一些他不太方便干的脏活累活。

如果大唐算一家股份公司，皇帝拿最大份额，皇亲国戚与开国元勋利益均沾，都算小股东。皇后作为皇帝枕边人，大唐也少不了她一份。

理论上，李治敢放手让武则天为自己打工，是因为他坚信，反正你挣下的家业全都是我的，或者是我儿子的。

况且皇后的能力没得说，不但帮他铲除元老派，还独担全部骂名。李治越看越喜欢，不愧是自己从感业寺捞回来的媳妇啊，就是贴心、懂事、能干。

相处日久，武则天也更明白自己的丈夫，他不缺聪明与雄心，也肯辛苦任事，但如果能坐享其成，又何乐而不为呢。当年请舅舅帮他抢皇位是如此，如今让媳妇帮他做明君也一样。

武则天又能有什么选择，贤良淑德这条路被长孙皇后一个人占尽了。美色不足恃，家族不堪提，指望帝王情深更是成年人的冷笑话。除了为李治尽心打工，她还有别的出路吗，没有。

于是好好一个皇后，被李治培养成一个宰相。武则天实际就是被当作宰相来用的，这是李治万分得意的神来之笔。父亲太宗一生换了二十多位宰相，个个是名臣，但他真敢放心放权吗，他不敢，还不是每天把自己累到半死。

李治就不同，最给力的宰相就是自己媳妇，足可以放心大胆任其发挥。

李治看着烛火下埋头工作的媳妇，心里想：你再能，还能把我这个大唐法人给变更了？

到后来，撑起大唐半边天的武则天，越来越发现只有工作令她安全，于是从李治手里攫走了更多工作。

史书上的说法，一个天皇一个天后，两口子一起开朝会。李治坐在龙椅上，武则天就垂帘于后，政无大小她都参与，天下大权悉归她手。遇到生杀大事，武则天自己就定了，李治只需盖个章。

越来越安心的武则天，让丈夫李治越来越不顺心。有大臣对李治提出质疑：一个职业经理人，哪怕她是皇后，怎么就可以凌驾在皇帝之上，皇帝是个摆件吗？

李治拍拍经常痛得死去活来的脑袋，努力睁大越来越看不清楚的眼睛：好像有道理哦，为什么我想做的事情越来越难办，以前不是我有想法皇后就会主动帮我实现吗，现在难道要我去求你？

李治联系上官仪打算废后。一想到自己常年工作室家都为“996”，那么拼命地为李治打工，却有重新被打回感业寺的危险，武则天红着眼睛找上李治。李治马上慌，一手藏起废后诏书，一手指着上官仪：你怪他，别怪我。

这件事是一瞬间发生的，两个当事人猝不及防，两人的关系也彻底扭转。

当武则天冲进门的时候，李治怕了，他突然意识到已经离不开武则天。重疾缠身的他，已经没可能重新捡起放下的权力。这个能干的皇后宰相，分走自己所有的工作，却是最不会危害自己地位的人。

当武则天冲进门的时候，李治的退缩让她一瞬间彻底不怕了。她意识到多年的辛苦卖力，已经谋得安身之地。如今这安身之地已经扩张成整个大唐，天下再没有一个感业寺困得住她。

想明白这一点，武则天冲着李治，笑了。李治再也没提过废后的事，甚至头疼越来越凶时，主动提出让武则天来统摄国政。

有大臣反对说，虽然大唐的股权我们没份，但好歹这个大唐法人的资格，你爹传给你，你也要传给儿子，怎么能让媳妇代理呢？

李治于是照办了。不过大臣的话他也没往心里搁，他觉着皇后是个很棒的职业经理人，但不至于去抢亲儿子的股份。最多，她喜欢做事，就一直让她做好了。

李治当了三十四年皇帝，在大唐二十一个皇帝中，在位时间第二长。比起别的大唐天子做得不是辛苦就是憋屈，他做皇帝做得很惬意。特别是最后几年，几乎完全不做事了，只享受帝王之尊，操劳都归皇后。

这一切得来，只因为当年在父皇的办公桌旁，他为自己相中了一个好媳妇，并让她一辈子给自己打工。

而为丈夫打工乐此不疲的武则天，越来越沉浸其中，工作带来的安全感已经远远超标。她从中开始寻找更高的人生意义，比如为自己打工。

李治活着时，武则天始终尽心做着一位强势有爱的妻子，和超完美的职业经理人。用放大镜观察她的司马光，也很难挑剔太多，只好说李治生前最后一次就诊，医生要在头顶扎针放血，武则天害怕李治被治好，严词拒绝。

这有点诛心了，对着一个病入膏肓的丈夫，大唐权力又尽在掌握，李治当年还算康健时都不能废自己，此刻天下就更无人能够办到，她一点都不用慌。况且三十四年的相濡以沫，哪怕夫妻情分真的淡薄，哪怕只将他当作一个故人，也值得让自己的理想再等一等。

李治死去时，留遗诏给太子李显：军国大事有不决者，去请教你的母亲。做了一辈子夫妻，李治知道武则天热爱工作。

只是李治想不到，武则天真的会另起炉灶，到底把李唐变更成武周，从打工皇后变身创业皇帝。

作为当年为李治打工的缘起，八十一岁的武则天临死前，特意问了一下大唐人口。经过夫妻俩多年经营，此时天下户口共计六百一十五万，比五十多年前让李治发窘的三百八十万户，多出了一大截。

慢慢陷入死亡幽暗的武则天想，虽然有过波折，但我也算完成你的心愿，还是有脸与你同葬乾陵的。

03 神龙元年开始的那场女皇模仿秀

神龙元年，大唐宫廷之内，一时出现了五位想当家的女主。

新皇帝李显左看右看，感到每一位女主似乎都比自己强悍，这个皇帝当得真是好难。

第一位女主是老女王武曌。年初的宫廷政变，儿子李显把八十二岁的老母亲赶下了台，时隔二十一年后重新成为大唐天子。李显表示，我不是要证明自己比谁强，只是我失去的东西一定要亲手拿回来。

然后才好交给自己媳妇韦后呀。韦后是第二位女主。李显当年被母亲从皇位上撵下来，一家被囚房州胆战心惊十几年，许多次李显不想活了，都是这位铁腕娘子硬撑着他。李显很感激，深情立誓：媳妇，以后如果我重新风光了，你想做啥我都支持。

韦后对李显说：我要像你娘亲一样风光。李显是个爱家庭胜过爱江山的男子，点点头，遵命。于是韦后垂帘听政，大唐的家，她做一半主。

安乐公主是第三位女主。作为李显与韦后患难与共的爱情结晶，安乐公主希望自己能更安乐，她对李显提出一个观点：奶奶能让你这个儿子做皇帝，你作为我父亲，为何不能让我做皇太女呢？

李显宠溺女儿的方式充满帝王的魅力：除了这个事，你捅破天我都给你搬梯子。

上官婉儿是第四位女主。作为老母亲的首席秘书，著名宫廷女诗人，李唐皇室的老朋友，李显认为我刚做皇帝，需要一个人帮我处理政务，这人只能是上官婉儿。

李显借鉴了父亲李治让母亲武曌打工的成功经验，封上官婉儿做自己的妃嫔，但实际在宫外给她拨了宅子，不干涉私人感情生活，只要她尽心上班就好。于是大唐一切内政，上官婉儿都能说上话。

皇帝如此操作，文武百官和希望谋个前途的上进青年全看明白了。想要出人头地，找皇帝不如找这几位女主，只要好处给到，事情没有办不成的。

此时涌现出一批斜签官员，啥意思？想当官，买通这几位女主，她们一个便签，立刻信到事成。

如果真办不成，那还可以找一个人，大唐第五位女主，也是李显、韦后、安乐公主、上官婉儿全都装作看不到，却又时时搁在心里的大人物：镇国太平公主。

太平公主这一年刚满四十岁，作为高宗与武周时代最煊赫的公主，此时前所未有的轻松。

李治一生有八儿四女，大多被媳妇武曌整治得不得好死。作为母亲唯一的亲生女，太平身材丰硕，方额广颐，武则天怎么看都觉着她像自己，于是对太平施以一位老母亲最大的善意。

武则天表达善意的方式，充满一代女皇的霸气风格：饿死女儿第一任丈夫薛绍，杀掉侄子武攸暨的妻子，令他娶太平公主。这样做的好处是，太平变成了武家儿媳，成了真正的自己人。

太平公主二婚后，武则天就改朝换代，几乎杀光李唐宗室。作为武家儿媳，渡劫成功的太平公主，第一次感到母亲凌厉杀伐背后的温情。

太平公主一边感激，一边发抖：这个活法太憋屈，不行，我也要做大女主。

在四十岁这一年，她参与了两位哥哥李显、李旦与一群大臣推翻老母亲的政变合谋。作为最像武则天的女儿，从改唐为周到女皇治国，太平公主一直是母亲身边最得力的助手，从母亲那里几乎学到了全套权谋。

这世间谁最了解一代女皇，是太平公主。这世间谁最像一代女皇，是太平公主。这世间谁最有把握击倒一代女皇，还是太平公主。

有太平公主的技术支持，这场战战兢兢发起的宫廷政变，居然顺利得出人意料。八十二岁的武则天被送入上阳宫养老。女王看了看这个容貌与野心都像极自己的女儿，叹了一口气。

武则天仿佛在说，我死之后，这世间哪里还会再有一个武曌，即便是太平你，也不行。

沉溺在击倒巨人母亲狂喜中的太平，没有听到母亲那一声宿命般的叹息。哪怕听到了，她也不会在意。

我连母亲都能打败，天下还有谁能挡我？

太平公主瞥了一眼在暗处默默盯着自己的韦后、安乐公主与上官婉儿，感觉有点烦：你们也配！

她们的机会出现在这一年的十一月。

在上阳宫蛰居十个月后，一代女皇武则天于十一月底离世。临死前她去皇帝尊号，改称则天大圣皇后，回归李家儿媳身份。

同时，她赦免了王皇后与萧淑妃的家族，还赦免了曾对她造成重大威胁的褚遂良的族人。

谁也不知道女皇人生最后的十个月思考了什么。她用大半生执掌权力，不惜牺牲任何亲人，最后却被余留的两个儿子和一个女儿反噬。临死之际，是否看破权力的荒诞？

但韦后们不会有这个觉悟，眼里只看到女皇留下的巨大权力空间，以及成为另一个女皇的无限诱惑。

一场大型女皇模仿秀，在大唐宫廷上演。

韦后的牌面明显最大。她想，婆婆垂帘听政，我已经做到了，但怎么模仿婆婆权倾朝野呢，虽然我不太会，但可以找个会的人帮我。

于是韦后找来老公李显的表兄弟、女儿安乐公主的公公，自己的亲家武三思，让他做自己的帮手和情人，一起动手使劲挖老公李显的江山。

安乐公主牌面也不小。她想，奶奶最强的就是一股霸气，怼谁谁怂。这个我也很拿手。父亲不是不肯让我做皇太女吗，那我天天怼太子，他和我又不是一个娘，把他欺负下台，皇位就归我。

安乐公主带着老公，天天对太子百般羞辱。心里很得意，论起奶奶欺负人的功夫，大概也不如我。

上官婉儿牌面最小。她也不指着能做女皇，但作为前老板的首席秘书，上官婉儿深知，只有帮老板解决内心最深层的恐惧，才能真正掌控一个老板。

上官婉儿问：你们内心最深的恐惧是什么呢？韦后和安乐公主互相看看，说：太平公主。

即使是最权势熏天的时候，韦后与安乐也惧怕太平的权谋手段，那人是从女皇武则天身边成长出来的，谁敢小觑。上官婉儿与韦后、安乐一起，细细寻找太平公主的破绽，然后绝望地发现，没有破绽。

除了大肆敛财与引荐人才之外，刻意低调的太平，明显在这场女皇模仿秀里占了上风。她无招胜有招，站在那里不动，却令竞争对手坐立不安。

备受韦后与安乐公主折辱的太子，却给了她们一个击倒太平的机会。

羞愤交加的太子，带领一票军马，先冲进武三思的府邸，杀掉武三思父子。再驱马杀入深宫，向皇帝索要失去同一位情人武三思的上官婉儿与韦后，以及失去丈夫的安乐公主。可是他失败了，被手下人斩掉首级。

缓过神的韦后与安乐公主，趁机把矛头对准太平公主与相王李旦，想将他们一网打尽。

在这时，太平公主展示了实力。韦后千挑万选出来构陷太平与李旦的官员，反而大力劝谏皇帝：你就剩一个亲弟弟和一个亲妹妹了，你真的要做孤家寡人吗?

心腹居然是对手的卧底，这个事太恐怖。韦后与安乐公主忽然发现，自己其实没那么强大。同样发现这个真相的上官婉儿，嗅觉更灵敏，果断倒向太平公主一边。

看上去完胜的太平却在这个时候，做了一件出人意料的事。在安乐公主与新驸马的盛大婚礼上，当着皇帝与百官的面，太平公主携老公当众献舞。四十岁的姑姑向侄女求和之意溢于言表。

表面握手言和的双方，背地里开始准备最后的决战。

韦后与安乐得出一个结论，除非她们掌握真正的权力，否则无法击倒太平。而真正的权力，就在那个爱家庭胜过爱江山的皇帝手里。

于是大唐历史上一块著名的毒饼，就这么落在李显的口中。

妻子毒死丈夫，女儿毒死父亲之后，韦后与安乐公主被一大群党羽簇拥着、恭维着，像极当年废掉儿子后被群臣拥立的武则天。仿佛黄袍加身的那一刻，近在咫尺。

只剩下太平公主这一个障碍。

四十岁的太平公主，仍不时回忆起当年出入大明宫，参与母亲各类权谋算计之中的往事。

一直被认为最像母亲的太平公主，跟在母亲身边浸染了一身权欲与心机，但武则天却不让女儿对外吐露一个字。

在决定选李家人还是武家人继承自己皇位这件事上，武则天犹豫徘徊许久，可太平公主始终没成为一个正式选项。

难道世间的女皇只能有武则天这么一位吗？太平很想问问自己的老母亲，但她不敢。把老母亲推翻之后，她则认为不必再问，女主的位子本来就只该自己去取。

韦后与安乐公主毒死了李显，紧锣密鼓地筹备上位时，太平公主也决定行动了。母亲教给她许多手段，最重要的一条是：寻找合适的时机，消灭你的对手，哪怕尸山血海，绝不留情。

一个意外的人物闯进太平公主的计划，哥哥李旦的三儿子，她的亲侄子，李隆基。姑侄第一次联手，意外的默契，彼此对对方满是欣赏。太平公主欣慰地想，李家有后啊。然后又想，就是有点太优秀了。

抢在韦后与安乐动手之前，太平公主与李隆基率先出手。一夜兵戈，韦后、安乐公主与上官婉儿统统死去。

神龙元年五大女主当国的景象，历时五年，彻底结束。大唐的天下，从此只有一个女人能发号施令，就是太平公主。

站在龙椅旁，太平公主威严地一把揪起先帝李显的幼子，把他扔在一边，请哥哥李旦坐上皇位。

那一刻，太平公主大概觉得，真好啊。

太平公主的权势处于最巅峰时，新皇帝李旦对她言听计从，满朝文武俯首帖耳，七个宰相五位出自门下，长安近郊最好的田地都在她名下，全天下的珍宝源源不断地流入自己的府库。

与老母亲相比，她似乎只差一个女皇名号。

意犹未尽的太平公主，怎么看做了太子的李隆基都不顺眼，觉得放一个又年轻又听话的孩子在这个位子上，自己才满意啊。但这一次她失算了。

模仿武则天最成功的太平，与模仿失败的韦后们一样，都没有看到一代女皇真正的根基，只是眼热女皇的滔天权势，眼热女皇身为女子君临天下的不可一世，眼热女皇的杀伐肆意与泼天富贵。

于是手握权势的时候，她们比赛着卖官鬻爵，比赛着斗富竞奢，比赛着弄权夺利，比赛着让天下有识之辈冷眼远离。姚崇与宋璟是武则天一手提拔的，历经李显与李旦两朝，最后投向了李隆基。

姚崇参与推翻武则天的政变，但成功之后，伏在武则天的宫门外号啕大哭。这个女皇，他内心是认的。

只因为，女皇的罪过是真，功绩也是真。在武则天用四十年的勤政实干换来的大唐兴盛面前，没有人能昧心无视。

虽然被推翻，武周王朝被格式化，但武则天不主动改称号，她到死也是一位皇帝，所有人都要认。这才是一代女皇真正的根基。

学到母亲一点权谋的太平公主，和只是眼热女皇权势富贵的韦后们，一直在模仿，从不曾接近。

太平与李隆基的恶斗以失败告终，仓皇逃入深山，三日三夜中不知悟了什么没有。当年老母亲严禁她泄露参与机密的心意，究竟是一种对心爱女儿的保护，还是对她志大才疏不能成事的看透呢?

无人知晓。

三日后，深山归来的太平公主，回到自己府邸，默默接受了最后的命运。此刻距离神龙元年她击败母亲的那个高光日子，已经过去整整八年。

世间再无武则天。即便是最像她的太平公主，也还差得很远很远。

04

李旦 × 我的母亲是武则天

“得到的都是侥幸，失去的才是人生”，这句话，李旦大概最有资格讲。

十三岁时，大哥李弘得罪了老母亲，死因不明。他的即位次序上升一名。十八岁时，二哥李贤得罪了老母亲，被废去太子。他的即位次序再升一名。二十二岁时，三哥李显得罪了老母亲，被废去皇位。隔两日，李旦径直做了皇帝。

一个月后，囚禁在巴州的二哥李贤被动自杀，又过一个月，三哥李显一家被老母亲扔到房州。

二十二岁的少年天子李旦，看着别人家兄弟们打破头抢不到的龙椅，没有踌躇满志，只剩瑟瑟发抖。

这世间如果有比做皇帝还不幸的事情，那就是被老母亲武则天按着做上皇帝。

被迫坐在龙椅上的李旦，总感到身后一帘之隔的老母亲仿若一头真正的巨龙，散发着猛烈的危险气息。于是李旦更加愤怒，为什么老母亲不和老父亲多多努力，给他多生几个哥哥！

他是真的真的真的不想做皇帝啊！

李旦心中默念着二哥李贤被逼死前写的那首《黄台瓜辞》，很想每天在老母亲武则天耳边朗诵一百遍，让母亲千万要清醒：我是您唯一的一个瓜苗了，您真的不可以再摘了。可是他不敢。

仿佛是回应李旦的恐惧，六十一岁的武则天做了一个安排，决定不用李旦坐在龙椅上扮傀儡，她要自己临朝称制，以后大唐里子和面子上的主人都是她。

李旦只需要安心做好一枚人肉图章。他与一家人被安排住进了深宫，不许外出，不许走动，更不许参与朝政。

李旦登基的时候，老母亲还为他准备了一个新年号，光宅。大臣的解释是“光大所居”，你可以理解为鼓励李旦好好干，光耀李唐家族。但落在李旦眼里，意思就变味了：一宅子的儿子们都快被您老人家摘光了。求您了，留下一个我吧。

但老母亲武则天才顾不上小儿子的哀号，正兴冲冲地规划着自己孀居后的人生，她把东都洛阳改名为神都，将宫城更名为太初宫。太初，就是开始的意思。

是的，武则天的时代，从李旦做皇帝那一刻起，正式开始了。

缩在深宫里努力做一个小透明的李旦，有六年的傀儡皇帝生涯在等着他。

远在扬州的徐敬业起兵反对武则天，找来一个人冒充已经死去的李贤，更请骆宾王写了一篇檄文，表示要冲进洛阳城，打倒万恶的武则天，拯救大龄孤儿李显。

骆宾王呼吁天下：一抔之土未干，六尺之孤何托？

在深宫里天天熬的李旦想：我也是一个六尺之孤，一样死了爹，娘不疼，还是比汉献帝都不如的傀儡皇上，为什么没人呼吁要拯救我。

皇帝是我想当的吗，自由是我想失去的吗，为什么没人关心我的感受？

李旦为自己缺乏存在感的人生，感到深深的凄冷。

但很奇妙的一点是，一个缺乏存在感的平庸儿子，与一位天神下凡般的老母亲，反而更容易达成一种平衡，让李旦更容易活下去。

李旦也闹不清楚，这算讽刺，还是幸运？但对他来说，存在感一直就是个求而不得的事物。

明明是母亲最小的儿子，却不能像普通人家那样，获得父母最多的宠爱。三十八岁的老母亲生完李旦，又以四十岁高龄产妇的身份生下了太平公主。

李旦是最小的儿子，太平公主却是拿走老母亲全部慈爱的那一位。

直到被幽禁在深宫之后，李旦才明白，太平出生这一年，对以一代女皇为人生终点，为此可以毁天灭地的老母亲的全部意义。

那一年，老母亲终于获得垂帘听政的权力，与老父亲李治一起，打理大唐这份家业。太平的出生，是对老母亲启动巅峰人生的一份礼物。

生孩子，她算高龄；向着一代女皇这条路迈进，她则正青春，才刚刚上路。

看着从脸庞、体型到性格都在模仿老母亲的太平，李旦长叹一声：比不了，真的比不了。

其他兄弟，李旦一样比不了。他比不了人格魅力爆炸、朝野吸粉无数的大哥李弘；比不了文采风流、诗酒趁年华的二哥李贤；甚至和他一样才具平平的三哥李显，都有一份顽劣桀骜。

而李旦，只有在被哥哥妹妹们的风光打压之下，养成的一份谦卑。这使他很多时候显得犹豫，不确定天下那些最好的东西是否该属于自己，而当他得到它们时，惶惑会大于喜悦。他没有哥哥与妹妹们那一份“万物本该归我”的自信。

没有自信的李旦，在二十二岁这一年发现三个哥哥两死一滚，偌大的皇宫里只剩他孤零零一个。

李旦到二十八岁时，已经做了六年傀儡皇帝，无数次想辞职，但是不敢。

长久的傀儡生涯，有人会对权位产生一种变态的饥渴，千方百计想要真正掌控它；有人则会对权力心生一种深深的疲倦，很想让这个破玩意离自己远远的。李旦就是后者。

所以当老母亲来找李旦，说要把权力交给他，让他做真正的天子时，李旦吓坏了，说您老人家千万千万要多辛苦一点，让我这个无能儿子享享清福。

作为硕果仅存的一个儿子，李旦太了解老母亲了，他的人生策略只有一条：认怂保平安。

龙腾九天之上的一代女皇，发现自己有一个恨不得钻进泥土里的蚯蚓儿子，又困惑又满意。困惑的是，我亲生的儿子怎么能这么没用？满意的是，没用的儿子才是个好儿子啊！

于是又有一天，武则天找到李旦，说，你下来，这个龙椅，老母亲我要自己坐。

李旦长长地松了一口气，立刻把龙椅腾给老母亲，并向升级做了女皇的老母亲恳请，以后儿子跟她一个姓，叫武旦。

最后看了一眼那张一代代人争到头破血流的龙椅，李旦挥一挥衣袖，不带走一片云彩。

但老母亲觉得这个没用儿子实在太好用了，怎么能放弃呢。于是不再做大唐皇帝的李旦，却被老母亲安排做了大周朝的头号接班人。李旦崩溃了：这张倒霉的龙椅，怎么就绕不开我呢。

可是让所有人都必须按照自己的意志行事，越是拧巴的事越乐此不疲，这本来就是武则天的风格啊。

虽然腊月里命令百花齐放这种事是有人故意黑她，但武则天类似的事迹真的干过。她训练猫和鹦鹉和睦相处，等练好了，喜滋滋拎出来给大臣们看，证明自己这个女皇无所不能。结果大臣们伸着脖子等着见证奇迹，却只见大猫一张口把鹦鹉给吞了。

场面一时尴尬到不能直视。

一个逆天改命的女皇，与一位逆来顺受的儿子，就是如此相映成趣。

不做皇帝的李旦，发现自己的处境并没太大改善，仍与一家人被锁在深宫里，每天胆战心惊。

老母亲几乎杀光了所有的李唐宗亲，只有妹妹太平公主深受宠爱，活像一个女太子。武承嗣与武三思两个亲侄子常伴左右，活像两个亲儿子。

越来越失去存在感的李旦，感觉自己这一辈子最好的结局也就是老死深宫，像一个籍籍无名的老宫女。

但他也知道，老母亲的双眼在盯着他，一刻不松。坚持认怂保平安的李旦，干脆学一条小狗，把腹部露天，爱咋咋地吧。

他看着就心慌的龙椅，堂兄弟武承嗣可眼馋到不行，使了无数小动作想替代他，但老母亲关键时刻就是不松口，活活把武承嗣气死了。

老母亲的宠婢韦团儿来勾搭他，李旦搞不清这是一次老母亲的美人计，还是韦团儿想投资潜力股，反正他概不搭腔。自尊心受到伤害的韦团儿，选择陷害李旦的两个妻子，其中包括玄宗李隆基的亲娘，让她们俩被武则天处死，人埋在哪都不告诉李旦。

李旦只是沉默，像一只没得感情的小狗，令老母亲心头一颤，主动替他杀掉了韦团儿。

酷吏来俊臣也跑来构陷李旦，把他身边的亲信抓去拷打逼供。别的人挨了打，让说啥就说啥，只有一个宫廷乐工叫安金藏，不肯诬告李旦，一刀剖腹，用血性证明李旦的无辜。

老母亲武则天看看乐工肚子上的伤疤，再看看怂怂的李旦，叹着气说：你稍微争点气，就不用手下这么糟践自己了。

李旦唯唯诺诺，不辩解只认错。

一辈子打倒无数硬茬对手的武则天，看着这么一个怂儿子，居然无可奈何。

七十五岁的时候，武则天感到了自己的衰老，寻找接班人的议题必须提上日程了。她反复思考，还是决定把皇位还给李家。

在人生最后一个关键节点上，武则天选择了自己的亲生儿子。血缘在她争夺天下的时候，是块绊脚石，但在考虑传承时，又比其他任何人更值得寄托。

老母亲要与自己仅存的两个儿子和解。她把待在房州许多年的老三李显一家人接回来，让老四李旦一家搬出宫，终于能像个正常人一样，吸一口自由的空气。

李旦这时做了一件出乎所有人意料又在情理之中的事，把皇位继承人的资格让给了三哥李显。再一次对着龙椅挥一挥衣袖，不带走一片云彩。

老母亲武则天看着这个小狗一样的儿子，实在不知道该说什么好。

权力是最好的妆容，做女皇的武则天，神采一度让身边人看不出她的实际年龄。但八十二岁的时候，衰老就像儿子们压抑的怨念，再也遮掩不住。

半辈子没什么存在感，像一只佛系小狗一样熬过来的李旦，决心和李显联手，一生唯一一次对老母亲发起反击。

四十九岁的李显带着一帮大臣杀进了老母亲的寝宫，四十三岁的李旦则带着人马一个一个敲掉宫外老母亲的据点，让她彻底失去翻盘的机会。

二十一年前，老母亲踩着他，开启了一代女皇的时代。二十一年后，李旦反戈一击，让老母亲的时代在自己手里终结。

等母子俩再次相对，一个叱咤半生，此刻油尽灯枯，一个多年囚居，早已心灰意冷。对这个强势到极点的母亲，李旦实在不知该畏该惧，该敬该怜。

但他知道，武则天不需要任何人的怜悯，也不期待任何人的谅解。

三哥李显二次做了皇帝，想把继承人的位置交给他，请他做皇太弟。李旦看着三哥背后，嫂子韦后与侄女安乐公主如被夺走心爱之物的眼神，清然一笑，拒绝了。

别人为之疯魔的龙椅，他视如洪水猛兽。当妹子太平公主加入战团，与韦后、安乐、上官婉儿为权位斗得不可开交，纷纷以自己的老母亲为榜样时，李旦看到眼里，只觉得荒谬。

他坚信，这些人一个都不配。

他是真正亲眼看着老母亲如何一步步走向一代女皇宝座的，知道一个人该拥有多大的权术、胆略、坚毅、冷血、在狂热中随时冷静的能力，才能做到老母亲那个地步。这样的一个人，世间无法盗版。

只是当亲儿子李隆基将龙椅再一次推到自己面前，李旦愣然了。这个他一生摆脱不及的椅子，就是这么如影随形。

重新坐上龙椅的李旦，平生第一次有了皇帝生杀予夺的大权。他是怎么安排的呢，凡事找到他，他先问我妹子太平对这个事怎么看，再问我儿子李隆基对这个事怎么看。好了，你按他们的意见处理一下吧。

选择继承人时，李旦快刀斩乱麻，决定让儿子里能力最强的李隆基做太子。老母亲给了他最深刻的一个教育：这个位子就该能力最强的那个人坐，你不让他坐，他不知道要惹出多少乱子，流多少血。

等李隆基做了皇帝，很珍视手足之情，和兄弟们和和气气度完一生。李旦的选择，是对的。

李旦做了两年皇帝，就赶紧想着把位子腾给儿子。当时妹子太平和儿子李隆基斗得正凶，太平找李旦告状，说天有异象，是警告有人要取代你。结果李旦就坡下驴，说好啊好啊，那我赶紧给儿子腾地方。

第三次，李旦对着那张龙椅挥一挥衣袖，不带走一片云彩，只留下太平公主立在凌乱中。

等儿子李隆基终于杀死了妹妹太平，兵临宫墙之下，已经是太上皇的李旦立刻把全部权力交给儿子，彻底回到了他最熟悉也最安心的小透明状态。

一个平庸的普通人，一辈子遭遇的都是强势的母亲、强势的妹子、强势的儿子，他能主动做选择的机会并不多。李旦看到三个哥哥曾经主动想做点什么，结果下场都不好，自然更愿意做一个透明人。

在那十多年漫长的深宫囚居岁月里，李旦活成了老母亲武则天的一道影子。当巨像轰然碎掉，一个影子又该何去何从呢。

他一生都在强势母亲的掌底苟且偷生，从那张一点都不想碰的龙椅旁悄悄溜走，但总是被命运的潮推着，身不由己到高处。

只是在命运落潮的时候，李旦像一只小狗一样轻盈一跃，安然跳回地面，给了这个不幸的人生一个不算太糟的结局。

05

武则天死了，她留给大唐的四张面孔

对李唐王室来说，武则天更像一个瓜田的管理员。

大唐是一片瓜田，李治是瓜田主人，但这个瓜田主人自己不喜欢种瓜，比较懒，喜欢吃现成，就把瓜田交给媳妇来打理。李治的如意算盘是，反正都是自己的家业，种瓜种出名堂，最大一份好处也归自己。

只不过李治没想到，媳妇武则天太能干，不仅种瓜得瓜，还把整片瓜田都占了。

李弘、李贤、李显、李旦是瓜田里长势最好的四个瓜，李治打算好好留着，将来养瓜防老。但武则天作为一个瓜田管理员，认为大个头的瓜如果太多，既占地方又抢养分，最后损害的是自己的收成。于是武则天一伸手，摘掉了李弘与李贤这两个大瓜。

作为一枚大坏瓜，李贤很悲愤，但他能说什么呢，只好吟首诗再退场：种瓜黄台下，瓜熟子离离。一摘使瓜好，再摘令瓜稀。三摘犹尚可，四摘抱蔓归。

剩下的李显、李旦，武则天撇开不管，由着他们野蛮生长，等有一天感觉自己真的老了，想回头好好培养下这两个大瓜，给自己养老。但这两个瓜开始不听话了，叛逆了，一个比一个酸臭，让武则天饱尝了满嘴苦涩。

李唐皇室的其他成员，公主啊皇子啊王爷啊贵妃啊，则都是瓜田里的杂花杂草，作为一个尽职尽责的瓜田管理员，武则天当然要用心剪除。等李治死了，武则天一个人说了算，就更加卖力，把这些野花毒草几乎都铲光了。

李隆基当时还是一株小草，被奶奶武则天关押在深宫很多年，幼小的心灵被深深地扭曲，但他运气算很好了。李守礼是大坏瓜李贤的儿子，被奶奶定性成一株小毒草，不仅也陪李隆基关在深宫，而且还要定时挨打，落得满身伤痕。

后来这些幸存的小草小花过上了没有奶奶的幸福日子。李守礼还多了一项技能，能预知风雨。他对李隆基解释，奶奶打自己落下的这一身疮疤，雨天来临前就疼，风和日丽就没事。新的瓜田管理员李隆基听完之后，为之恻然。

长在瓜田里的李唐王室，对强势的瓜田管理员武则天的感受，大概也就是“为之恻然”吧。

对天下渴求一份功名的有志青年来说，武则天更像一个当红的流量博主。你选择骂她还是捧她，就看她是不是在为你代言。

本来，在世家大族这些老钱眼里，大唐除了他们五姓七望这几个豪门，其他人不是暴发户，就是穷鬼。李世民能马上打江山，但作为一枚新钱，面对老钱也很羞涩。他主动找顶级世家陇西李氏攀亲，说我们五百年前是一家，结果碰一鼻子灰。

跟着李世民打江山的弟兄们，一听说要娶公主个个愁眉苦脸，但有个机会能娶世族女子，一下就乐颠了。魏征这么能硬杠李世民的人，听到能跟老钱做亲家，也没法淡定。

皇帝都不吃香，面对把持大唐话语权的世家大族，寒门子弟更是上升无路。

这时，武则天站出来为他们发声了。她发第一条微博，打破大唐阶层固化，要从清洗老钱做起，点赞数瞬间破百万；她发第二条微博，寒门阶层才是大唐的未来主人公，点赞数一下破千万；她发第三条微博，大唐不要垄断，要机会平等，微博服务器顿时瘫痪了。

对老钱们那份独一无二的身份优越感，武则天使了一招釜底抽薪，发布新版《姓氏录》，说只要做了大唐的五品官，你的姓氏就自动和五姓七望一样高贵。

这就是把世家大族拉到和群众同一段位，然后用人海战术灭了他。到后来，只要一个人做了官，你姓李就敢说祖上是陇西李氏，你姓王就敢说祖上是太原王氏。韩愈一个河南人，硬着脖子称自己郡望是八竿子打不着的辽宁昌黎，也没人跟他较真。

但寒门子弟怎么才能做上五品官呢？武则天搞起了科举改革，增加科目，扩招生源，首创殿试。感觉还是不过瘾，她干脆宣布只要有大臣推荐或者你毛遂自荐，都能得到一官半职，一时间长安与洛阳新官多如狗，九品满地走。

有人滥竽充数怎么办？武则天表示不用怕，她又发一条微博，说咱们大唐朝廷施行的是白天时间“996+”以及上酷吏查，新人老人都要一起努力，做好了有福报，做不好等着上菜市口。

这个做法让大黑粉司马光也不好开黑，他转发了武则天的微博，加评论说：虽然武媚这个人靠撒钱收买人心，但还是懂宽进严出、明察善断的，总算干得不坏。

太后虽滥以禄位收天下人心，然不称职者，寻亦黜之，或加刑诛。挟刑赏之柄以驾御天下，政由己出，明察善断，故当时英贤亦竞为之用。

但是又想出人头地又没读过书该怎么办呢？武则天也机会管够，发微博鼓励大家告密，人人都可以给她发私信发图片，告错了没关系，告对了不仅有重赏，表现特别优异的，还能做官。

于是武则天的朝廷就出现这一番奇景，官很容易做，命也很容易丢。大家战战兢兢上班去，劫后余生回家来。

这就是大唐最有性格的流量博主武则天。对被怼惨的世族，她是一个妖孽；对寒门读书人，她是铁粉收割机；对只有告密这一技之长的人，她是黑暗世界里唯一的一束光。

对大唐的佛家来说，武则天是一个宇宙级优质客户。在大唐普通百姓眼里，她是一个来头很大的菩萨女皇。

武则天之前，佛教在大唐业绩不算好。李唐皇家尊老子为祖先，道教算大唐的国教。读书人普遍更喜欢写诗，也没忘记儒家才是安身立命之本。玄奘法师作为大唐佛家顶级流量，却被李治冷遇。李治有自己的一套账本，大唐的人口太少了，寺庙里的和尚却不用交税，崇佛就是跟钱袋过不去。

武则天给了佛家一个出头的机会。她不光想改朝换代，更想做千古第一位女皇，就要拿出一套说服天下人的道理。儒家对她不友好，道家是李唐的亲戚，都不肯帮忙，她只有选择佛家。

面对这个天字第一号的大单，佛家拉出了一支全明星策划团队。大师们激动地表示，一定给您一个惊喜。

大和尚薛怀义是武则天的男朋友，也是太平公主老公薛绍的干爹，作为团队总负责人，带领高僧们开发这个课题。他们从《大云经》入手，想到了一个超级创意：

武则天是弥勒佛转世，是命里注定要代唐自立的人世女主。

那么多神佛不选，为什么要选大肚皮的弥勒佛呢？因为弥勒佛是未来佛，一旦他出世，就代表改天换地、人间极乐，与女皇的诉求太般配了。

武则天特别喜欢这个创意，命令大唐各州郡都要建起大云寺，派专僧向全大唐的善男信女们讲解，她武媚，不是袁天罡、李淳风这些妖道所谓的篡唐妖孽，而是光明正大的佛祖济世。

背靠武则天这样一位超级投资人，佛家的策划团队开始了一系列造神运动：

在龙门石窟，以女皇本尊为模板，雕琢出卢舍那大佛；在大唐象征最高权力的“万象神宫”旁，造起了一座天堂，巨大的佛像矗立其中，代表了女皇统御天下的意志。

佛陀降世的武则天，在大唐万民心里矗立成一个神，一边手拈金花，以慈悲普度天下众生，一边手执利剑，以雷霆灭尽乱臣贼子。

跟买买买的剁手党犯一个劲，上位成功的女皇迷上了造巨型佛像的那种成就感，开始不停造造造。狄仁杰看不下去了，站出来教育女皇：现在市井街巷到处都是佛寺了，你差不多够了啊。等把钱败光了，闹个水灾打个仗啥的，你让佛祖出钱还是老百姓出钱呢。

武则天说：你说的都对，我听你的。

公教朕为善，何得相违。

等到狄仁杰去世，武则天一边垂泪，一边打开了尘封许久的购物车，开始继续烧钱造佛像。

为什么武则天如此热衷造佛像呢？每当幻想一位六十多岁的女皇，带着长长的随从队伍，于巨大的宫殿与佛像间庄重而行，我的头脑里就忍不住跳出另一幅画面：一个二十五岁的青年女子，在感业寺的青灯古佛前煎熬着生命，时而在幽暗的大殿一角绝望啜泣，时而在大佛之下虔心发愿。

把大量生命投掷在佛家事业上的女皇，除了想在天下百姓心里给自己立一个神像，会不会也是对当年那个二十五岁女子的一种纪念呢。

对大唐的男子与女子们来说，武则天就是一块无字碑。

在生产力低下的时代，男子的体力与拳头就是先进生产力的代表。但如果换一个不拼体力、拼意志与头脑的环境，给女子以足够的教育、历练和机遇，那么一个女子所能展示出的雄心、坚韧、智慧、决断、旺盛的创造力，永不停歇的进取心，合在一起，就是武则天。

她是开华夏千古未有的一代女皇，是凌驾大唐所有男女之上的一代女皇。

武则天给世间的女子们打开了一道门，给她们看，除了写出天才的诗句，除了于狭小的生活空间里活动，在更高更广阔的权力场，女子一样能有所作为。

太平公主、上官婉儿、韦后、安乐公主，纷纷把武则天作为一个目标、一个启示。她们有种种的缺陷，甚至缺乏自知之明，在模仿武则天的道路上跑偏了，但武则天给她们看过的那道光，让她们愿意为之一条路走到底。

武则天就像一行密码，在她身后，在漫长的古代中国，隐秘地刻在一代代女子们的生命里。这世间再没出过另一位武则天，但女子们都心知肚明，女性的活法，除了被规定的那些，是可以不一样的。

对大唐的男子们而言，武则天是一个让人很难措辞的存在。当一群大臣冲进八十二岁女皇的寝宫，杀掉她的男宠，逼她退位，却依然不敢撤销她的皇帝封号。

那则天大帝的封号，不是武则天给自己加的，而是她用一笔笔的功绩，一天天日月可鉴的勤政之心，让天下人自己认下的。

对武则天很不服气，见不得女子当国的《旧唐书》，一边把李治骂成一个沉溺床笫的二世祖，一边大揭武则天的阴私，扼死自己女儿啦，残杀王皇后、萧淑妃啦，滥杀无辜、心狠手辣啊，但字里行间，还是承认武则天能识人，能用人，肯纳谏，肯改错。

这些优点，简直是诸葛亮《出师表》里对一个理想皇帝的要求，武则天都给对上了。

甚至她犯的错，她的嗜血，她的多疑，她的好色，她的大开后宫，都跟任何一位正经皇帝一模一样。隋炀帝的软肋，李世民的强项，男人做皇帝的优缺点，她一应俱全。

《笑傲江湖》里，令狐冲从殿口遥望任我行，心下忽想：“坐在这位子上的，是任我行还是东方不败，却有什么分别？”遮住性别，把皇帝做得风起云涌的武则天，又与男人有什么不同？

而这是大唐的男子们，怎么也无法宣之于口的尴尬。

武则天死前，已经变成上阳宫里一位八十二岁的风烛老妪。那一块无字碑，究竟是她自己无话可说，还是将她葬入乾陵的皇帝、大臣与李唐成员们，面面相觑，实在不知道该给这个女人刻点什么字。

干脆就空着吧。

吐槽就要来真的，还要看骆宾王写武则天的檄文，文言文骂人的巅峰之作，大概能排进历史前三。我们知道的武则天的那些破事，几乎都靠骆宾王的这篇文章流传下来。

但与骆宾王这篇吐槽爆款文章一起流传下来的，还有武则天的一个姿态，《资治通鉴》记了下来。司马光称武则天读完骆宾王这篇稿子，没有上头，而是很有气度地问：这么棒的才华，不能人尽其才，这是宰相的错哦。

如果要挑一个唐代人对武则天的复杂心态作评价，我愿意把这篇檄文和武则天的这个回答轻轻放在一起，作为一个特别生动的注脚。

06 唐玄宗与太子，到底谁才是影帝

大唐第一家庭是个奇怪的存在，大家相亲相爱，其乐融融，从来不学别的宫廷那样打打杀杀。

大唐第一家庭的大家长总是和蔼可亲，每一任皇帝对家人都特别好特别棒。比如兄友弟恭李世民，慈母情深武则天，妻女迷弟老李显，父子亲善李隆基。大唐的第一家庭，在慈爱的大家长带领下，从没发生过血雨腥风、刀光剑影。

玄宗翻了一个身，醒了，夜半时分的甘露殿看上去格外阴沉凄冷。已经七十八岁的玄宗坐起来，拍拍额头：我刚才梦到的是些什么乱七八糟的东西。

玄宗自然不信大唐皇室亲睦共处的那一套鬼话，证据就是他此刻的境遇。被从住了一辈子的兴庆宫赶出来，困在太极宫的一座小宫殿里，老伙计高力士也不知去向。那个狠心的儿子李亨，皇位坐稳之后，已经很久没来看自己了。

玄宗对太极宫并不陌生。二十多岁时，他就在这里，带齐人马从玄武门杀进去，宰了韦后与安乐公主，扶自己的父亲李旦坐上了皇位。父亲假意要在他和大哥李成器中选一个做太子，他还没发言，大哥就抢着摇头，我不做，我让贤，我退出。

从大哥的眼眸里，玄宗看到了浓浓的恐惧，仿佛在喊：我不要做李建成。

不用对父亲兄弟动手，就当上了皇帝，年轻的玄宗坐在龙椅上，感慨良多。想想当年坐在这里的前任们，太宗、高宗、武后、中宗，哪一个不是流尽了至亲血脉的血，才坐上这个位子。只有他的双手，干干净净——如果不算上杀死亲姑姑太平公主。

干干净净的玄宗，决心带着全家人摆脱祖辈们血亲相杀的咒怨，经营起一个干干净净的大唐第一家庭。

七十八岁自感时日无多的玄宗，半夜睡不着觉，回忆往昔，觉得自己当年好天真。

七十八岁半夜失眠的玄宗，回忆往昔，首先体会起父皇李旦被自己插刀时的痛楚。

安史之乱爆发第二年，玄宗在八月抵达成都，身边连卫队带宫女只有千余人。惊魂未定，一个晴天霹雳尾随而至，太子李亨在灵武自作主张当了皇帝，玄宗被太上皇了。

儿子背后插刀的痛楚滚滚而来，这已经是太子李亨的第二刀。两个月前，在马嵬驿，闹事的军人们提着杨国忠的首级，要玄宗交出贵妃的性命。他照办了，却发现闹事者的眼睛继续盯着自己，差点以为自己死定了。

逃过一劫的玄宗，与幕后推手儿子李亨见了面。父子尬聊了几句，李亨说，要不，咱们分开逃命吧。玄宗于是带着亲信去往西蜀，太子留在原地。玄宗没有回头，却知道儿子一定在望着自己，从十八年前他将李亨立为太子，父子二人的债到今天要清偿了。

过去十八年，是玄宗一直用鞭子敲打着太子，告诉他，我不给你，你不能拿。四十岁忧惧交织的太子，老得像另一个玄宗。

玄宗不觉得有什么错。至少，他克制着没有杀掉李亨，上一个太子李瑛可没这个运气。玄宗想，皇位这么诱人，我爹爹李旦对我如此好，我都抢了他的龙椅，推己及人，你们能不动歪脑筋?

玄宗眼里，李旦真是一个好人，一点不贪恋权位。哥哥李显来了，他把皇位让出去。玄宗帮他又抢回来，他坐了两年，就主动交给了玄宗。

但玄宗想要完整的权力，不想跟人分享。他带队杀入太极宫，除掉了姑姑太平公主。太上皇李旦吓得跑上承天门楼，以为儿子要对自己动手。玄宗赶过来，抱住父亲的脚，呜呜告罪。他能感到掌心传来父亲的战栗。

李旦第二天就宣告去深宫养老，不问世事。四年后，他死在太极宫的百福殿。玄宗一直不去想父亲被背后插刀的感受，直至自己也被儿子逼成了太上皇。他发现，背后挨刀子，真的好痛啊。

窝在成都的玄宗只有一个好奇心，有一天他与李亨再次见面，李亨会不会也学自己当年，抱着父亲的脚呜呜作秀。

七十八岁半夜失眠的玄宗，回忆往昔，感到对自己的亲兄弟们其实不算好。

在马嵬驿被太子插了一刀，玄宗走到汉中就决定报复。他派自己的十六子永王李璘去江陵招兵买马，好好闯一番事业。

永王幼年丧母，是太子李亨收养长大，如兄如父，最是亲厚。但玄宗知道，多深厚的兄弟情谊，当有机会一窥皇位，立刻就会烟消云散。永王是玄宗放出来，扎给儿子李亨的一根刺。

玄宗从来不相信兄弟情深，虽然他一生都忙着为自己立一个友爱兄弟的人设。

大哥李成器将太子之位让给了玄宗。从玄武门杀入深宫的玄宗，怎么看都是一个李世民，大哥不想做李建成，三个弟弟也不想做李元吉。玄宗说，我不想做恶人，你们拿走荣华富贵，放下当皇帝的野心，可以吗？四个兄弟一起点头，成交。

于是大唐流传起无数玄宗五兄弟相亲相爱的传说。传说玄宗特制一床超大枕席，五兄弟同睡同玩。传说玄宗站在花萼相辉楼上，听到比邻兄弟们宅邸传来音乐，就兴冲冲跑去一起玩耍。传说兄弟们不论犯了什么错，玄宗都能原谅他们。

只要他们醉生梦死，不务正业，离满朝文武远远的，玄宗与大家就是好兄弟。四个兄弟一辈子都认真做纨绔。等他们都死了，玄宗一边绝食痛哭，一边长松一口气。

玄宗太知道，能做事的皇子，就会有自己的班底和力量，对皇位出现不该有的想法。他逼着四个兄弟自废武功，但为了报复儿子李亨，他不介意给永王李璘一个壮大的机会。

永王没让玄宗失望，半年后即与做了皇帝的李亨激烈厮杀，曾经如父如子的情谊，在皇位的诱惑前不值一提。隔山观虎斗的玄宗兴致勃勃，佩服自己对人性的洞察。能让李亨吃一个闷亏，他很开心。

被迫杀死最喜欢的兄弟，让自己像祖辈一样，被亲人的血弄脏了手，新皇李亨什么也没说，但他知道是谁害他如此。

七十八岁半夜失眠的玄宗，回忆往昔，发现自己对儿子们欠下的债，后来都要用血泪偿还。但当时，他以为不会。

玄宗一生有三十个儿子，早夭七人，剩下二十三位都被他打发在十王宅里，圈养起来。儿子们读书明理，却不能出去做事，玄宗鼓励他们吃喝玩乐，精力实在旺盛，就拿去造人。六子李琬最孝顺听话，一口气生了五十八个子女。

玄宗于是又造了一座百孙院，把孙儿孙女们都装进去，让他们像自己的父亲们一样醉生梦死。

只需照照镜子看看自己，玄宗就知道一位能力出众的皇子会对皇位发起多大的冲击。他是李旦的三子，做皇帝本没他的事，但他汲汲努力地做事，却成了最后的胜者。

玄宗眼里，儿子能干就是一种罪，苟且成猪才是最大的孝顺。太子李瑛与另外两个儿子稍有不满，玄宗就下手杀了他们。外人说这是李林甫暗中使坏，但玄宗知道，他不能容忍儿子们一丝一毫对自己的反抗。

他抢走寿王李瑁的媳妇，让这个曾经最得自己宠爱的儿子蒙受余生的羞辱，但李瑁能怎么办呢，他唯恐玄宗不相信自己毫不介怀，怎么敢心生怨念？

老三李亨成了新太子，从此头顶乌云就再没散去。玄宗从不干涉李林甫、杨国忠、安禄山们对太子的迫害侮辱，只保着他一条命。玄宗太明白，一个长在深宫无权无势的太子，还不如路边的野狗有威胁。

每当太子被虐得太惨，玄宗都要同情了，他就想想父亲李旦，想想自己带给父亲的战栗与绝望，一颗心就重新坚硬起来。玄宗告诉自己，绝不能陷入同样的处境，绝不。

被冷落的皇子皇孙，外人虐起来只会变本加厉。玄宗宠爱杨贵妃一大家人，十王宅与百孙院的婚嫁都掌握在两位姨子韩国夫人与虢国夫人手里。

杨家娶媳妇，先紧着中意的公主挑选。而皇子、皇孙、公主们想要一桩好婚姻，必须拿重贿讨好两位阿姨。

这样难受的日子，一直持续到安禄山打来。玄宗匆匆杀了安禄山质留长安的儿子，带着十三个皇子火线逃亡。十王宅百孙院里来不及逃掉的皇子、皇孙、公主、王妃们，被泄愤的安禄山一顿屠杀。

七十八岁半夜失眠的玄宗，回忆往昔，发现自己一生的算计筹谋，全部付诸流水。

一手玩坏了大唐江山，也给一生死死防范的儿子们创造了机会。蠢蠢欲动的永王李璘被兄长李亨杀死。蘸着满手兄弟的血，李亨坐上皇位，等待与父亲清算最后的总账。

长安收复之后，新皇李亨率先回到了长安，等待玄宗从巴蜀归来。十二月的凛冬风寒里，一出父子大秀开始上演。

老迈的玄宗哆嗦着登上咸阳的望贤宫，已经久候的新皇下了马，慢慢走到楼下，匍匐在地。玄宗颤颤着下了楼，就看久违的儿子果然扑过来，死死抱住自己的脚，涕泗横流。

玄宗想，演技真好，果然是亲生的儿子啊。

新皇帝李亨表现得十分热情，扶着玄宗走路，亲手给老父亲端饭，帮玄宗上马，自己拉着缰绳走在前面。玄宗有点怕了，演得这么投入，内心得多么恨我啊。

玄宗觉得自己必须说一点什么了。他环顾四周，只见一张张被新皇的仁孝感动落泪的脸。玄宗清清嗓子，大声对儿子李亨讲：我当了一辈子皇帝，从不知道自己有福。今天见我儿做了皇帝，才知道自己多有福气啊。

父子相视一眼，默默在心里鄙视了一下彼此。

玄宗回到了久别的兴庆宫，芙蓉如面柳如眉，对此如何不泪垂。他一生害怕大权旁落，却还是变成了孤家寡人。他知道曾经对儿子狠下的心，此刻都必须付出代价。

新皇身边的太监李辅国，悄悄将玄宗从兴庆宫赶走。惊慌失措的玄宗几次从马上掉下来，四周是明晃晃的刀枪，内心是虎落平阳的凄惶。被圈养在太极宫甘露殿的玄宗，有幸品味起十王宅里儿子们的度日如年。

惊闻玄宗搬家的李亨，表示十分震惊，是手下人自作主张，他也没有办法。作为补偿，李亨送给玄宗穿不完的锦衣华服，吃不动的山珍海味，完全参照当初玄宗圈养儿孙们的待遇。

内心凋零的玄宗，时常想起住在百福殿了却残生的父亲。他不知道父亲是会嘲笑殊途同归的自己，还是抚抚自己的头，说一句身为皇帝，命该如此。

越来越老的玄宗，只知道儿子李亨不怎么来看望他了。他曾经厌责敌视这个儿子，如今却十分思念。看上去病恹恹跟自己一样老的李亨，因为恐惧，也杀死了自己一个能干的儿子。玄宗很想和他聊聊这件事，在同样沾满亲子的鲜血之后，父子俩终于可以握手言和。

只是玄宗没有得到这个机会。七十八岁经常半夜失眠的玄宗，回忆往昔，发现自己挣扎一生，还是走上了祖辈的老路，他突然厌倦了。

宝应元年四月，七十八岁的玄宗去世。同月稍晚，五十二岁的李亨也死在了病榻上。快咽气的时候，太监李辅国带人从他眼前拖走了皇后与儿子越王，太子李豫在兄弟的血泊中，走上皇位。

又一个轮回开始了。

大概九岁时，玄宗被重新圈养在深宫，与其他几个兄弟一起，惶惶不可终日。奶奶武则天抢了父亲李旦的皇位，一家人主动站队，随奶奶姓武，但还是担忧奶奶天心难测。

两年后，玄宗的母亲与大哥李成器的母亲一起进宫，看望奶奶，再也没有回来。史书给的说法叫“梓宫秘密，莫知所在”。两个大活人消失了，什么也没留下。

最让人难受的是，全家人都要演出无所谓的样子，一句话不能说，一滴泪不能掉。

玄宗在深宫被圈养了七年，终于放出来，父亲李旦把太子之位还给了兄长李显，就像扔掉了一枚烫手山芋。

再往后，神龙政变，老得失去控场能力的奶奶被赶下来，李显做了皇帝，大家再也不用姓武了。

从明白事理，玄宗触目所及，看到的就是一家人打打杀杀。奶奶杀儿子，杀儿媳，差点杀尽李家人。失去皇位的父亲，被宵小之辈肆意欺辱，要靠身边人剖腹明志，才能逃过奶奶的毒手。

玄宗的世界观大概就是这么成型的。父亲失势受辱，告诉他皇位是世间顶好顶好的东西，拥有了才不会受人摆布。

奶奶则以身作则，告诉他越亲近的人，越要防范，该下狠手时决不能心软。你看一着不慎，最后就被两个残留的儿子翻了盘。

看着做过一次皇帝的父亲，玄宗大概怒其不争。换作自己，坐上去，谁也别想再拉我下来。

婶婶韦后与堂姐安乐公主，一起毒死了叔叔李显。这给了玄宗很大的启发，其实做皇帝不是多难的事，只要操作得当，敢想敢做。

玄宗带齐人马准备杀入深宫，有人提醒他，要不要事先给你爹打个招呼。想一想父亲那柔软的性格，玄宗说，干完这一票再说吧，不能被他坏事。

等大势已定，玄宗帮父亲拿回了丢失的皇位。李旦是个实在人，这位子他坐过，除了烫，感觉不到快感。但儿子玄宗的眼神很吓人，就像说：你不坐上去暖热乎了，我怎么好坐?

哥哥李成器早年也做过太子，这一次拱手让贤，家里已经出了一个李世民，大家还是不要让历史重演吧。

所有人的配合顺从，让玄宗深深体会到，天子是兵强马壮心狠者当之。只要想想奶奶的手段，就知道大义名分都可以现编，只有笑眯眯的至亲骨肉们，是最可怕的黑暗敌人。

他从小被圈养，等他有了儿子，能想到的防范办法，也只能是圈养。他从小目睹宫廷政变权力更迭，奶奶那么厉害的人物，稍一疏忽就万劫不复，他怎可能再相信任何人，包括自己的父亲。

李旦在儿子玄宗与妹子太平公主斗得不可开交时，主动站在儿子一边。太平公主找哥哥告状，说天上彗星划过，意思是要换皇帝了，你说怕不怕。

李旦不按常理出牌，立刻表示，那我让贤给儿子好了。玄宗被拉上了皇位，他假装推辞，父亲李旦说了一句特别动人的话：不是在我棺材前继位，才叫孝顺啊。

多么好的父亲，简直不像一个李唐家族的人。但玄宗还是不放心，杀姑姑太平公主时，顺手将父亲彻底打入冷宫。

一个从小目睹了无数背叛，本人也在不断背叛中攫取了大唐最大好处的人，怎么能说服自己相信，这世间还有讲孝义的子女，讲情义的兄弟，讲忠心的臣子。甚至皇后，玄宗废掉发妻之后，不论对后来人多宠溺，这个岗位也永远闲置。

玄宗琢磨，放眼天下，都是潜在的叛逆，环顾骨肉，都是可以割掉的毒疮。

玄宗用绵里藏针镇住了四个兄弟的一生，用十王宅，百孙院圈住了蠢蠢欲动的儿孙们。他直接杀掉的只有三个皇子，从自己的角度而言，他已经尽其所能地克制了。兄弟与儿子们如果不满，可以想一想老祖宗则天女皇的手段。

玄宗是有机会平安到死，给自己一个体面退场的。但他失手玩脱了，半生风光，老年狼狈，惨淡收场。不过玄宗也不必不好意思，终大唐二百多年，体面善终的皇帝能有几个。

如果要怪，只好怪太宗李世民做了一个坏榜样，儿孙辈们学贞观之治不容易，斗自己人，却发现其乐无穷。

07

玄宗与一场缺钱 安禄山·带来的羁绊

玄宗第一次见到安禄山，看着这座三百来斤的人形肉山颤巍巍走到眼前，忍不住眉头一皱：这是个什么鬼？

很快玄宗就恍然大悟，原来这是个逗朕欢喜的开心鬼。

那一年是天宝元年，安禄山不到四十岁，已经是大唐最出色的脱口秀演员，玄宗是他最铁杆的粉丝。

第一次见面，安禄山讲了一个段子，直接拿下了玄宗。安禄山是这么讲的：皇上啊，我的老家哎就住在营州那个屯，去年蝗灾老厉害了，但微臣不怵它，我就跟老天打赌，要是我对皇帝不忠，老天你就叫蝗虫啃了我，要是老天也佩服我对皇帝赤胆忠心，赶紧收了这些虫儿。

安禄山用力托了托堆出三层褶子的肚皮，冲听得入迷的玄宗憨厚一笑：皇上您猜怎么着，打天边飞来一群鸟，把蝗虫全叨干净了。呵呵。

李林甫、杨国忠、高力士们站一旁听呆了：这么没文化的马屁，听得好尴尬啊！

但玄宗一下听乐了，越看安禄山越顺眼，一边叫胖子快点入座别喘了，一边吩咐史官：赶紧把这一段写进我们大唐文献。当年为消灭蝗灾，朕亲口嚼了一只，那个酸爽啊！还是胖子厉害，能以忠服虫。

李林甫、杨国忠、高力士们齐齐看着安禄山，心里话：这个胖子不简单！

不简单的安禄山，在玄宗面前越来越敢说，越混越讨喜。

安禄山打了一个胜仗，回长安找玄宗汇报，憨憨的胖脸上写满认真：微臣这次在草原打仗，梦见战神李靖和大将军李勣啦。两个死鬼面黄肌瘦的，问微臣讨饭。微臣怎么能答应呢。我们做臣子的不论死活，都要靠皇帝赏饭吃嘛。

这么憨厚的一个胖子，玄宗怎能忍心不相信呢，于是答应安禄山，在草原给两个鬼将军立庙。

出入宫廷久了，玄宗投喂的山珍海味停不下来，安禄山的肚子继续膨胀。每天早上穿衣服，需要两个仆役架住膀子，第三个仆役用力把肚皮掀起来，速速把腰带一系。如果陪玄宗去骊山泡温泉，胖子赤条条跳进汤池，就听哗啦一声响，泼出半池子水。

玄宗看得十分有趣，指着安禄山的大肚皮打趣：这里面都装些啥，是不是草包？安禄山一张胖脸憋得通红：皇上，您误会我了，我的肚皮里装的都是忠心啊。

李林甫、杨国忠、高力士们听到头皮发麻：大家都是做奸臣的，胖子你也留点节操好不好。

但胖子的话皇帝就是爱听。胖子不仅研究玄宗，也研究玄宗的家庭关系。胖子通过观察，发现太子不受待见，贵妃备受偏爱，于是决定演一票大的。

等玄宗和太子凑在一块，安禄山出场了。胖子故意不拜太子，憨憨地问玄宗：皇上，太子是几品官啊？玄宗笑得肚子疼，教育胖子：太子是我的接班人，我死后要替我领导你。胖子完全不理旁边气得青脸的太子，耿直地回答：不要不要，全大唐我就认皇上您一个人。

玄宗更爱胖子了。胖子还要继续演，等玄宗和贵妃一起接见他，胖子先拜贵妃，再拜玄宗。玄宗问：你不是只认我一个人吗？胖子一脸端庄地说：我是个胡人啊，我们屯的规矩，先拜娘亲，再拜爹地。

玄宗两口子笑歪了嘴，贵妃伸着胖乎乎的手，指着胖子：这个胖儿子我收下了，实在太招人喜欢了。

就这样，认了贵妃做干妈的安禄山，十年间青云直上，身兼平卢、范阳、河东三大节度使，东北、河北、山西的大片地盘都归他所有，手握近十五万大唐最精锐的边防军，变成了全世界最有实力的胖子。

玄宗一步步喂大了安禄山的肚子，也一步步喂大了胖子的野心。等玄宗喂到再无可喂，胖子就扑过来，开始吃人了。

玄宗与安禄山，怎么看都是一个东郭先生与狼，农夫与蛇，老昏君与胖佞臣的故事。只不过这个胖子特别会花言巧语，脱口秀一级棒。

当了四十多年皇帝，权力游戏玩得飞起的玄宗，居然能被一个边塞来的胡人胖子骗了，怎么看都不可思议。

但如果从大唐的财政看，十分缺钱的玄宗只能选择宠爱胖子。

到天宝年间，玄宗领导的大唐财政，进入到一种薛定谔的猫的状态，暴富同时又面临破产，钱多到花不完同时又穷得揭不开锅。

玄宗富得流油的一面不用多说，杜甫为他做过最好的广告：忆昔开元全盛日，小邑犹藏万家室。稻米流脂粟米白，公私仓廪俱丰实。

那些年，全天下特别是江南的财富，都通过水路汇聚长安。玄宗坐在广运潭边的望春楼上，看五湖四海游来的大船，满载着铜器、绫罗、锦缎、绛纱、玳瑁、真珠、象牙、沉香、酒器、茶釜、茶铛、茶碗、糯米，岸边上百个浓妆艳抹的美女，冲着他齐声高唱《得宝歌》，玄宗开心得快要醉了。

兴奋的玄宗打开国库，带着文武百官去参观：看看塞得多满，怎么花也花不完，朕好烦恼啊！

但另外一面，大唐几乎快破产了。已经抢先一步破产的人们摩拳擦掌，等着用血与火教育玄宗一顿，为此玄宗必须紧紧抓住安禄山这个胖子。

玄宗破产的根源，是大唐的均田制玩不下去了。

均田制的玩法是，凡大唐成年男子，就能分到一百亩田地，其中八十亩叫口分田，等人老了要还给官府，剩余二十亩叫永业田，可传子孙。一个家庭里的妇女、老弱，也都能分到一些田地。

家家有田耕，人人有饭吃，大唐就这么茁壮起来。在均田的基础上，大唐又设计了府兵制，就是朝廷不养军队，从家底殷实的农户中选拔府兵，府兵免缴赋税，平时务农，定时训练，要打仗了，就自己准备弓箭、刀枪、马匹、干粮。打了胜仗，能分一些战利品。战功高的，回来还能授勋领赏。

靠着这样一支几乎零成本的军队，大唐把疆土几乎拓展到极限，但府兵的崩溃也随即开始了。

玄宗把战线越拉越长，从雪域高原到西域戈壁，从西南边陲到岭南峻岭，府兵们说好打三年就回家，结果三年之后又三年，一晃头发全白了。府兵们都来自农家富户，是大唐的中坚力量，因为打仗回不去，家里败落了，土地被富商勋贵们兼并。等玄宗再征兵，乡里人家只好逃亡，抛下的土地也归了大户。

当玄宗治下的人口超过四千万时，发现大唐已经没有太多良田可分，而因为土地兼并，占有大量土地却不课税的特权人口超过了一半，均田制玩不下去了，府兵也纷纷破产了。

杜甫是这一状况最好的见证者。天宝十四年末，他从长安去奉先县探望妻儿，路过玄宗与勋贵们歌舞升平的华清宫，写下“朱门酒肉臭，路有冻死骨”。等他回到家，发现一语成谶，小儿子已经饿死了。

杜甫最大的悲伤是，今年秋收很好，为什么百姓还吃不饱饭。我作为一个小官，不用纳税服徭役，一样过不好这一生，那些失去田产、戍边不归的普通人会有多么惨，想想就很心酸。

玄宗是顾不上这些的。失去了低成本的府兵，财政又捉襟见肘，漫长的边境上却要面临吐蕃、突厥、契丹、南诏这些强敌的威胁，他能怎么办呢？

玄宗的做法是搞私人承包。他一口气在边境封了十个节度使，每个节度使掌握一大块地盘，自己招募军队，自己征税、理民、选拔官员，等于是一个个独立的小王国，也叫藩镇。

聪明的玄宗，把养军队、搞税收、边境御敌的包袱甩给了节度使们，他只需要维系与这些节度使的私人感情，让他们永远忠于自己。

而安禄山就是所有节度使中脱口秀说得最好，也最得玄宗信任的一位。

玄宗与安禄山，两个男人取信的方式，就是不停给对方花钱。

玄宗在胖子身上大把撒钱。虽然大唐的财政糟糕，但玄宗依靠私人财政官和藩镇的上贡，小金库依然盆满钵满，可以肆意挥霍。

玄宗有自己的一本账，他琢磨：相比藩镇所耗庞大的军费与行政费用，只投入私人的一点金钱和感情，就能把包袱都甩给安禄山，实在太赚了。

于是每次安禄山来京，玄宗就不停地送礼物，送房子，送美食。吃一道菜，觉得味道好，就吩咐给胖子送一份。打到一只野禽，觉得卖相还行，也吩咐给胖子送过去。为了安禄山在长安住得好睡得香，玄宗为他造了一座大宅子，还特意吩咐：胖子眼孔大，别给我省钱，要可劲地造。

作为回报，安禄山的礼物也是络绎不绝，把快递员都累瘫了。时不时胖子还在边境演一出鸿门宴，一次性邀请契丹多个部落来聚会，灌醉之后全部杀掉，将人头送给玄宗报功。胖子表示，我很胖，但我真的很能打。

两个人的情感交流，以贵妃为胖子过生日到达顶峰。贵妃用绫罗绸缎把胖子裹成一个大娃娃，对玄宗说，这是娘亲洗儿子呢。玄宗哈哈大笑走了。以后胖子时常出入宫廷，和贵妃妈妈一起吃饭，甚至通宵不回。

这件事司马光在《资治通鉴》里写得很阴险，说胖子与贵妃颇有丑声闻于外，而玄宗居然不疑心。玄宗怎么会疑心呢，一个三百多斤的丑胖子，玄宗放心得很。笼络一个能干的大将死心塌地替自己背巨债，不就需要一些特殊的恩宠吗？

等把安禄山宠得跟贵妃差不多一个程度，玄宗问胖子：你这辈子不会背叛我了吧？胖子于是拍着胸脯，对玄宗抛出最后一个梗：只要您活着，我保证忠心耿耿。

两个男人间浪漫的羁绊，当然没有得到一个美好的结局。天宝十四年底，安禄山与玄宗交往十四年后，忍不住对玄宗下手了，带着一手养起的十多万军队，一路杀入长安。

对于安禄山来说，玄宗的恩宠不过是养肥再杀的套路，他虽然胖，但不傻，一个越是给你不断花钱的男人，居心就越危险。

而对于玄宗来说，因为缺钱就轻信一个男人的花言巧语，哪怕这是一位讲脱口秀特别棒的胖子，那他的被骗也只是一个时间问题。

08 玄宗与李林甫

会赚钱又体贴的男人，有谁不爱呢？

玄宗一生欣赏过许多男人，最后发现最值得他欣赏的，只有李林甫。

从二十七岁登基，打生打死几十年，一手缔造了开元盛世，玄宗十分自豪。但自豪的玄宗，每隔一两年，还是要像之前的大唐天子一样，带着后宫与文武百官，去洛阳找饭吃。

关中的耕地有限，种下的粮食喂不饱长安。遇到荒年，皇帝就要去东都洛阳就食。想想非洲草原上的野马，在雨季与旱季间来回迁徙觅食，大唐天子也是差不多的处境。则天女皇后来长居洛阳，不仅是爱牡丹，也是不想为了吃顿饱饭，来回折腾辛苦。

玄宗打下了全世界最大的一份家业，也改变不了这个窘境，只好抱着金饭碗去讨饭。对骄傲的玄宗来说，这是件伤面子又很挫的事。

“谁可以让朕不做一个乞丐皇帝呢？”玄宗问群臣。姚崇、宋璟、张嘉贞、张说、张九龄，这些有名的贤相们，面面相觑，一句话也不说。

“微臣愿为陛下分忧。”一个温和的声音传来。玄宗定睛一看，是自己的远房亲戚，比自己还大两岁的李林甫。

为了不让皇帝再出宫讨饭，李林甫下了狠功夫。他考核官吏，驱赶他们去邻近的州县征收更多的粮食。丰年的时候，他用更低的价格，从田间大肆收购谷物，把长安大大小小的府库堆得满满。

玄宗惊喜地发现，他再也不用带着一大票人马丢人现眼地出宫找食了，想吃泡馍吃泡馍，想啃锅盔啃锅盔，不论丰年饥年，李林甫都能变出吃不完的粮食。

至于被多收了三五斗的农户，会不会变成饿殍，李林甫不在乎，表示自己不知情的玄宗，也不用脸红。

就这样，玄宗躺在皇宫里开开心心过了十年。他抚着圆滚滚的肚皮，对高力士讲：你说林甫把天下打理得这么好，让我再也不用去洛阳找食，我把天下的大政都拜托给他好不好？

高力士面如土色，把头摇得拨浪鼓一样：不好不好。

玄宗哈哈大笑，他这么聪明，才不会把身家性命交给任何人呢。

玄宗不会放手交权，但也离不开李林甫。李林甫让他深刻体验了成功的意义。

奋斗的终极目标是什么？创业者们爱说：当然是改变世界。而改变世界的同时，让自己的名字在福布斯榜上节节攀高，自然尤其好。财富榜的排名越高，那改变世界的动力就越大。

很长一段时间，玄宗都在拼命改变世界，却没有得到太多赚钱的乐趣，这让他十分迷惘。

如果把大唐当作一家巨型企业，玄宗就是绝对的控股人。作为要开创一个空前盛世的创业者，他非常知道该如何抑制私欲，用理性运营企业。

他知道创业艰难，必须控制成本，所以坚决杜绝一切奢侈消费，能不修的宫殿就放着，能不给爱妃买的包坚决不买。自己除了音乐与斗鸡，拒绝一切爱好。

他知道要带领团队，需要以身作则，于是经常半夜还拉着大臣们挑灯研究新项目。为了消灭蝗灾，当众吃一只蝗虫这种事，他敢做。

他知道要知人善任，于是找来最优秀的职业经理人，帮他打理大唐。姚崇、宋璟、张嘉贞、张说、张九龄，每一位宰相都为他发光发热。

就这样兢兢业业二十年，大唐成了世界上规模最大、资产总值最高的大公司。但问题也出现了，那就是玄宗本人没落多少钱。

理论上，整个大唐的资产都属于玄宗，但每年创造的利润，摊掉不断膨胀的人口成本与行政成本，余下的被姚崇、宋景、张九龄们用来投入再生产。大唐的盘子越做越大，玄宗除了固定工资，却分不到几个钱。

分到的几个钱，还要用来养自己的一大家子人。玄宗的家太大了，到天宝时代，他在长安与洛阳的两个家合计有四万名宫女，三千多位资深太监，十宅院与百孙院里还有一堆特别能生的皇子皇孙。

玄宗苦啊，拮据的玄宗，不能给心爱的贵妃买房买包，不能放开施展自己的音乐才华，不能给安禄山这样喜欢的臣子多发一点奖金，甚至还要去洛阳讨饭。

玄宗扪心自问，我这么拼命，究竟为了什么？人生的乐趣在哪里，奋斗的意义在哪里，能为我赚钱的人在哪里？

仰天三问后的玄宗，就看到李林甫站了出来，一脸温柔的微笑，像极了一枚金灿灿的开元通宝。

其实能为玄宗挣钱的臣子，不止一个李林甫。但能挣钱又让他完全省心的，只有一个李林甫。

大唐很能打，但作为一个企业，却不如北宋会赚钱。北宋就是一架赚钱机器，除了比大唐精细许多的税收，还有很多赚钱的本领，比如把盐、铁、酒拿来由朝廷高价转卖。而这些玄宗和他的宰相们就不会。

太平日子过了三四十年，大唐人口越来越多，钱越来越不够花。玄宗作为大唐的法人代表，伸手想拿一点钱，就被姚崇、宋璟、张九龄这些尽职尽责的经理人狠敲一记：想啥呢，公司都不够用。

揉着手背的玄宗，只好悄悄去找能帮他赚钱的小机灵鬼。

比如一个叫宇文融的小机灵鬼，就发现大唐的主营业务虽然被宰相们看得很紧，但完全可以从用工成本上找机会嘛。他打着玄宗的旗号，把天下逃税的隐户都挖了出来，给大唐新添了八十多万户新纳税人口，年底驮着几百万钱送到玄宗眼前，玄宗顿时开心了。

至于这八十多万隐户里，有多少是被冤枉的，宇文融不在乎，表示自己不知情的玄宗，也不用脸红。

比如一个叫韦坚的小机灵鬼，就发现淮南是大唐最富裕的地方，但财杉物运不过来，于是用两年时间，花大代价凿通了漕运渠道，又在长安浐灞的望春楼前挖了一个人工湖。这样坐在高楼上的玄宗，就能看一艘艘载满宝贝与粮食的大船川流而来，实在太刺激了。

比如一个叫王鉷的小机灵鬼，就发现虽然其他小机灵鬼帮玄宗赚了很多钱，但这些钱都被宰相们放进了大唐的公户，玄宗用起来还是不方便。

于是每年偷偷将自己搜刮来的巨万钱财送进玄宗的小金库：皇上啊，悄悄地，可劲花。

玄宗感动得差点落泪：还是你最心疼朕啊。

玄宗和他的小机灵鬼们都不曾去想，所有这些钱都是从大唐身上割肉得来的。玄宗觉得：首先，大唐是我的；其次，大唐很大，割点肉死不了。

但小机灵鬼们不光能赚钱，还能惹事。出门跟宰相斗，关门自己斗，斗得不可开交，就找玄宗做裁判。玄宗于是很苦恼，刚过了几天大手大脚的日子，就不让朕省心，怎么就没个又能赚钱又爱护朕的人呢？

叹息人生不能圆满的玄宗，一抬头，就看到李林甫站了出来，一脸温柔地冲他微笑。

玄宗二十七岁做皇帝，做了四十多年，是大唐在位最久的天子。李林甫做了十九年宰相，一直做到死，是玄宗手下任期最长的宰相。

比李林甫会做事的姚崇、宋景、张九龄们，都不如他能为玄宗赚钱。比李林甫更会赚钱的宇文融、韦坚、王鉷们，都不如他更懂为玄宗省心分忧。

至于口蜜腹剑，笑里藏刀，翻云覆雨，谁也不是李林甫的对手。就像一只占据鹊巢的大斑鸠，李林甫挤死了所有的竞争者，独占玄宗的宠信。

但玄宗一点不开心都没有。

年轻创业的时候，所有人都在问玄宗自己做得好不好，只有李林甫会问他钱够不够花。开元盛世了，玄宗也老了，所有人还逼他辛苦做圣人，只有李林甫让他开心做自己。

李林甫说：陛下，去追求年轻时被迫放弃的梦想吧。你用力做自己，我用力做宰相。喜悦的玄宗，牵着贵妃的手，狠狠点了点头。

李林甫是能让玄宗随意从大唐割肉还能维持大唐运转的唯一一人。姚崇、宋璟这样的贤相，把大唐运营得再好，可是玄宗能获得什么呢？改变世界之后，却没有改善自己。

只有李林甫，让玄宗在成功之后，深刻体验了成功的意义。玄宗带着贵妃，过了十九年神仙眷侣的日子。他编最好听的音乐，泡最舒服的温泉，养大唐最棒的诗人，住天下最华丽的宫殿，想给喜欢的人赏赐多少钱就多少钱，而且永远不用去洛阳讨饭。

这样美好的日子，只要李林甫不死，简直可以永远过下去。但李林甫不争气，还是死在了天宝十一年。痛心的玄宗，只好把被他带头蛀得千疮百孔、却被李林甫勉力维持着的大唐，交到杨国忠手里。

玄宗想，国忠也是个能干的小机灵鬼，一定会当好第二个李林甫。但杨国忠苦着脸表示：陛下，微臣也很想啊，但微臣做不到啊。

在李林甫死后三年，看破了大唐虚实的安禄山，气势汹汹地从北方杀来。玄宗从二十七岁起励精图治，后来却自己带头割肉的大唐，瞬时彻底散架。

在逃亡的路上，饥肠辘辘的玄宗也许思念过李林甫，是这位能赚钱又贴心的男人，让他再也不必去洛阳求食。但玄宗大概不愿去想，也是因为李林甫，他此刻才会如游魂野鬼一般，要跑去更远的川蜀求食。

09 玄宗与高力士：原来只有你，陪我到最后

玄宗当年打天下时，身边有很多兄弟，等到晚年寂静，发现一生都陪着自己的，只剩一位高力士。

高力士年长玄宗一岁。二十五岁还是临淄王的玄宗，与宫里当差的高力士已经十分交好。玄宗说，我要带人进宫除掉韦后，让我爹做皇帝，你来帮我吧。高力士拱拱手：没问题，我带路。

等自己做了皇帝，玄宗又准备对付太平公主，环顾朝野，发现能依靠的，还是做藩王时的那班兄弟。仪表俊朗伟岸的高力士，如今随伺左右。玄宗一挥手，高力士与其他兄弟们再次血溅太极宫。刀光剑影中，玄宗看奋勇冲杀的高力士，内心一片安宁。

两次宫廷政变，除掉了所有敌人，玄宗改年号开元，终于觉得这个天下属于自己了。

等开始以天子的眼光看世界，玄宗却发现，曾经的好兄弟是现在的大

麻烦。

身为一个大唐皇帝，玄宗发现左右围着自己的，始终是四类人，臣僚、宗亲、外戚、宦官。大唐作为一台机器，就靠这四股力量推着走。

但玄宗由衷感慨，他们让朕很难放心啊。

臣僚是最庞大的一股力量。从最顶端的宰相到最基层的官吏，他们是大唐行政运转的基石。臣僚与皇帝是合作者的关系。绝大多数臣僚，身后都有一个自己优先效忠的家族，最忠诚的臣子，也需要皇帝给予相应的回报。如果皇帝没有利益可交换，这个皇帝的合法性就可能被他们动摇。

终其一生，玄宗与自己的宰相们，都是防范与合作的状态。李林甫那么会哄玄宗，玄宗也没发疯将天下大政交给他。

宗亲包括整个李唐皇室，是玄宗最忌讳的一股力量。从自己的儿子，到自己的兄弟，甚至皇孙们，在玄宗眼里，都是制度设计出来的合法的篡位者，会专门寻找机会取代自己。别人家打虎亲兄弟，自己家兄弟是老虎。于是玄宗盖了十王宅与百孙院，把他们统统打包塞进去，用酒池肉林圈养起来，一刻不敢放松。

外戚是玄宗又爱又恨的一股力量。玄宗爱的是贵妃们的风情万种，恨的是岳父岳母小舅子一家人，总不肯踏踏实实做个纨绔，老喜欢伸手要官要权，而偏偏有野心的不少，有能力的不多。最极致就是杨国忠，用逼反安禄山的方式证明自己不蠢，蠢到玩死了自己和大唐，是猪队友中的极品。

看来看去，玄宗只能看到身边的太监们最让他放心。太监都是无根之木，与主流社会割裂，是大唐上层世界的边缘人群体。有皇帝撑腰，他们呼风唤雨，没了皇帝的恩宠，立刻万劫不复。

玄宗最后总结，臣僚是合作者，宗亲是竞争者，外戚是寄生者，只有太监们是自己多出来的手和脚。这么一分析，玄宗再看高力士，越看越喜欢。

陪玄宗一起打天下的老兄弟们，后来都变成玄宗急于扔掉的包袱。

为消灭太平公主，当皇帝不满一年，缺兵少将的玄宗，能依仗的只有两个兼职做军师的玩伴——姜皎与王琚、两个亲兄弟——岐王李范与薛王李业、两个家奴兼打手——王毛仲与李守德、一个媳妇——王皇后、一个大舅哥——王守一、一位投靠来的宰相——郭元振。以及文武双全十项全能的公公，高力士。

就是这样一群人，灭掉了太平公主和她庞大的势力，扶稳了玄宗的龙椅。玄宗大摆庆功宴，搂着兄弟们哭着吼，兄弟一生一起走，谁敢掉队谁是狗。

哭过醉过，醒过来洗把脸认真做皇帝的玄宗，发现自己可能要被打脸了，形势比人强，想一辈子做兄弟，真的好难好难。

玄宗看到，无论做藩王时大家一起玩得多开心，等自己做了皇帝，兄弟们也只能跟着分流进朝中的四股势力：臣僚、宗亲、外戚、宦官，一下变成自己潜在的敌人。

姜皎与王琚是玄宗曾经最亲近的玩伴，同吃同睡同游。一朝变成君臣，玄宗开始猜忌，他们会不会结党，会不会图谋我，会不会被其他臣僚引诱？

为了斩断潜在的危险，玄宗杀了姜皎，外放了王琚。

家奴王毛仲与李守德，从小跟着玄宗，但家奴不是太监，他们还是要做将军求福报的。两个人替玄宗养马，为玄宗守皇宫，伸手要的权力越来越多。玄宗一时没忍住，就把两个人都砍了。

王皇后是患难夫妻，大舅哥王守一是难得不添乱能帮忙的外戚，但玄宗要移情别恋新欢，他们就只好去死。

最后，两个兄弟岐王李范与薛王李业，战战兢兢地等玄宗发落。玄宗拉着两人的手，哭着说：怎么能怀疑我要害兄弟呢，我只想对你们好，让你们做幸福的宅男。

后来，杜甫有诗为证：岐王宅里寻常见。

等所有兄弟们都消失不见，玄宗也已经两鬓霜雪。登上大明宫最高的楼，视野之内，只见一片蒸蒸气象，玄宗却叹口气：好寂寞啊。

孤家寡人，高处不胜寒，伴君如伴虎，原来如此。只有默默站在一旁的高力士，轻轻为玄宗披上厚厚的皮氅，不发一言。

玄宗是大唐开国以来，大力提拔太监的第一位天子。

唐太宗说，要倚重贤臣，哪怕嘴欠如魏征。

武则天说，要重用酷吏，用完了就当替罪羊杀掉。

唐中宗说，要信任妻子女儿，哪怕被她们用一块饼毒死。

没有一位大唐天子愿意重用太监，因为以史为鉴，太监就是潘多拉的盒子，打开了准会坏事。但玄宗反驳，历朝历代最后还不是要重用太监，因为皇帝是孤独的，臣僚、宗亲、外戚有自己的利益，和皇帝并不是一伙。必要的时候，皇帝还要和他们开战。

只有太监是皇帝的私产，休戚与共，是真正的一家人。大唐的豪族家家都蓄养家奴，奴仆的子女依然为奴，从小在主家长大，被称为家生子，最得主人的信任。

太监就是天子的家奴。

玄宗不敢把大权交给李林甫，却放心将所有奏折先让高力士过目，大事上报，小事自决。高力士从不误事，玄宗拍拍高力士的背：将军在，我安心。

太监们在玄宗手下大放异彩，大唐有品级的太监就达三千多人，高职称的太监超过上千人。太监做得好，一样有前途，当将军，封国公，娶媳妇，发大财。高力士在宫中，玄宗从不直呼其名，叫他将军。太子见面喊二兄，公主见面喊阿翁，驸马见面呢，叫高爷。

大唐的每一个重要角落，都有太监替玄宗守卫。有人负责领军打仗，有人负责巡边监军，有人负责外出敛财，有人负责做杂务，大唐的各条战线随处可见太监繁忙的身影。

臣僚们是一定不会开心的。有胆气又有学问的臣子，摊开厚厚的史书，指给玄宗看太监祸国的斑斑血泪。玄宗频频点头，等进谏的臣子说完，看看他，指着空荡荡的大殿：我曾经有一班兄弟，他们为我打下江山，都曾站在这个殿上，我发誓要与他们一辈子不相辜负，但现在他们在哪里呢？

臣子默默地鞠躬，退了出去。玄宗长吁一口气，想说点什么，却无人可说。

高力士陪了玄宗五十多年，做人做事都很漂亮，让玄宗觉得，太监里面有好人。

玄宗宠信的太监不止高力士，有几位和他一样受宠。太监们从玄宗手里接过权力，出去风光办差，回来大肆捞钱，长安城最好的园林宅邸，一多半都归了他们。

高力士也捞钱，也风光，史书形容他有钱，富可敌国。但他能做到让满朝文武不说他坏话，皇帝要办棘手的事首先想到的是他。别的太监浮浮沉沉，只有他岿然不动。

最后，高力士陪伴做了太上皇的玄宗，走完人生最后一段寂寥时光。玄宗死后，从贬谪地归来的路上，高力士闻讯吐血，死了。为这段五十多年的情谊画了一个句号。

对玄宗，高力士大义无亏。他帮过姚崇、张说这样的贤相，也为李林甫、安禄山、杨国忠美言过。大唐最著名的臣子，无论忠奸，都受过他的恩惠。等这些人败亡时，高力士也不会多一句嘴。

他就是玄宗对太监职能的理想范本，做自己的手与眼，帮他和臣僚、宗亲、外戚周旋，维护皇帝本人最大的利益。

如果大唐是一块饼，玄宗认为每一口都该是自己的，但抢饼吃的人有很多，皇帝就需要太监帮自己，防住这些人，不许贪吃。

自己吃撑了，玄宗便会拿一些饼渣分给太监。高力士知足地吃完自己的一份，对玄宗满是感恩，生死相许，做到了和玄宗一起打天下的兄弟们做不到的忠诚。

玄宗以为能掌控一切，但历史的惯性不会因此改变。

玄宗释放了太监们的欲望与野心。高力士很满足。可大唐这块饼，其他太监越吃越想吃，于是不断伸手要。等玄宗不给了，他们就自己偷偷拿。拿多了会害怕啊，于是想，我们是不是需要换一个更听话、更大方的皇帝。

于是太监变成了大唐皇帝的第四股敌人。他们是要跟皇帝一起从臣僚、宗亲、外戚手里抢饼子的，但抢到的饼子怎么分，他们想自己说了算。

想吃更多饼的太监，协助早想上位的肃宗夺了玄宗的皇位，交换来更大的权力。大唐宫廷当家做主的人，慢慢变成他们。普通豪族的家奴背主作乱，大唐豪族会一起发力灭掉他。但皇帝的家奴掌握了皇宫，就可以挟天子以令天下。

新一代成长起来的太监李辅国，是肃宗身边的红人。他想，太监的未来多璀璨啊，可不能被老皇帝给破坏了。于是绕开肃宗，将玄宗从住了一辈子的兴庆宫撵入逼仄的太极宫，圈养起来，就像玄宗曾对自己的兄弟儿子们做的那样。

高力士挺身而出，为玄宗出头。两代新老太监的斗争，当然是高力士败了。这位被新生代视为太监团队背叛者的老前辈，彻底从大唐宫廷出局。

玄宗在的最后两年，真的成了孤家寡人。他不缺锦衣玉食和歌舞乐队，但曾经熟悉的面孔一张都不在了。

玄宗想用辟谷断食来找回自己，在恍惚之中，仿佛又见到了那一班打天下的兄弟。大家嘻嘻哈哈地从身边走过，无人理睬他。

饿到头晕目眩的玄宗，仿佛听到有人说：你既然要吃独食，就不配再拥有一个兄弟。

多聊两句高力士。

高力士的形象不是很好。太监的身份是一个大槽点，又被李白拉去脱靴，做了笑傲王侯的背景板，人设彻底塌了。

但在当时，高力士口碑是不错的，谁提起他，都能竖个大拇指夸：高将军这人仗义！

这么捧他，当然是有求于人。高力士为玄宗处理奏折，是玄宗身边最信任的私人助理。你看你上班的公司，总监们不管背后怎样，只要想问老板多要点资源，是不是都会先找老板助理搭个话。

在大唐，但凡想成点事，都绕不开请高力士。高力士呢，从不让任何人失望。

姚崇、张说这样的宰相找他，说高将军啊，这件事有利于大唐，就是陛下可能要亏损点，要不您帮着通融通融？高力士笑眯眯地说，好的。

李林甫、杨国忠们找他，说高将军啊，这件事对陛下有大好处，咱们大家伙也能分点利，要不您帮着通融通融？高力士笑眯眯地说，好的。

只要有利于玄宗，又不令自己难做，高力士都乐见其成。所以玄宗一朝的重臣名将，不论忠奸，都受过他的恩惠。但等这些人得罪了玄宗，下场不好时，他也铁定不搭救。

做人一团和气，让最古板瞧不起太监的官员也能见面不吐槽，高力士就是这样让人如沐春风的一个公公。他比玄宗大一岁，两个人青年相识，相伴半生，后宫的爱妃换了一任又一任，朝里的宠臣杀了一波又一波，只有他岿然不动。

唯一一次惹玄宗发火，是高力士想做一次魏征。玄宗说天下太平啊，李林甫每天让我过得很开心，要不我把大权都交给他吧。高力士就不干了，讲了很重的话，意思是你冷静一点，别把自己玩死。

玄宗当场拉下脸，高力士立刻下跪认怂：我猪油蒙了心，老大你原谅我。玄宗很大度地赐给他一杯酒，这事就算结了。

以后高力士再没参与过李林甫的话题。玄宗心里明白啊，我一试就试出来了，老伙计是向着我的，暖心。

但如果谁觉得高公公是没牙的老猫，那就死定了。高力士一般不得罪人，一旦得罪就一定整死人。

王毛仲从小在玄宗家做家奴，玄宗杀太平公主，王毛仲和高力士还是一起打头阵的战友。但想做玄宗的心腹，位子就那么几个，有人坐了，有人就得站着。王毛仲于是开撕高力士：我以前是个家奴，但现在做将军，做勋贵，子子孙孙无穷尽。你以前是个太监，一辈子都是个死太监。

高力士一直做委屈状，不还击，瞅准一个机会，一下把王毛仲和他的小伙伴们全送去见太平公主了。一直猎狗一样盯着高力士犯错的其他太监，心服口服：大唐第一太监，您老当之无愧。

高力士九岁入宫，起初跟武则天混，后来跟中宗李显混，等陪玄宗久了，算彻底看透了，所谓大唐的事，和帝王家事是一回事，要牢牢站住脚，就得和玄宗家属搞好关系。

杨贵妃最受宠的时候，已经封了国公的高力士，每天乐滋滋为贵妃执辔授鞭，他很明白，什么高官显宦的头衔，都不如贵妃为自己美言。

玄宗杀了三个儿子，为立谁做新天子犯愁，问高力士，“你说选谁？”“我不敢说。”“别磨叽，快点说。”“反正儿子们你都不咋待见，按规矩，立最大那个好了。”

就这样，肃宗才做了太子。在后宫遇到高力士，肃宗都会恭恭敬敬道一声：二兄好。每次被李林甫欺负了，肃宗就会哭泣着找到高力士，二兄快来救我。

让玄宗全家子都喜欢，文武百官也不说自己坏话，高力士想，这辈子大概就这样了吧，虽然做太监不是我初心，但人生也算圆满。

可惜，高力士的退休梦被玄宗破坏了。安史之乱，高力士陪着玄宗逃出长安，恓惶如丧家之犬，一辈子的风光都被丢尽。在马嵬驿，玄宗说，他们为什么一定要我杀贵妃，我不想啊。高力士就叹一口气，我一辈子都努力做个好人，这次为陛下您，再做趟恶人吧。

高力士把贵妃带到佛堂，勒死了。一起勒死的，还有二十六岁那年，陪玄宗一起打天下挣来的一生骄傲。

晚年的高力士陪玄宗度过了最后的凄风苦雨，但没能守候到尽头。他被肃宗手下的太监从玄宗身边硬生生拉走。高力士恸哭求情，让我再见陛下最后一面吧。但除了他与玄宗，长安没人觉得有这个必要。

等七十九岁的高力士从贬谪地返回，中途听到玄宗已死，他停下了脚步，觉得这辈子可以到头了。两个人半个世纪的情谊，需要余下的那个人，用死亡做结。

10 李勣的江湖

李勣 17 岁的时候，实在做腻了富二代，干脆拎起一把刀，去做了一个山贼。

那是隋炀帝大业七年，杨广一系列骚操作，搞得天下烽烟四起，各地英雄豪杰就像地鼠，此起彼伏往上冒，大家达成共识：做山贼是一份很有前途的职业。

17 岁的李勣和乡友单雄信，一起随老大哥翟让扎进了瓦岗寨，与其他混吃等死的山贼团队不同，李勣是一心想创业的，他给老大哥翟让出了一个主意，说咱们不能在家乡打劫，抢不到多少油水，还会坏了口碑。要抢就去抢大运河，那里有杨广的龙舟，有来往的商旅，保管让咱们吃得膘肥体壮。

听了李勣的建议，瓦岗军的小日子果然舒服起来，没有刀，没有米，有杨广给他们送。但美中不足的是，杨广派了一个将军张须陀，带着部队来打瓦岗，张须陀手下还有一员猛将叫秦叔宝，特别能打，李勣打不过，只好东躲西藏。

瓦岗大当家翟让仰天长叹：谁能解决张须陀，我就奉他为山寨之主。这时，李密出现了。

李密不是一个普通山贼，祖上四世三公，本人名满天下，简直跟袁绍是差不多的履历。袁绍做过十八镇诸侯的盟主，李密也有大志向，要做整个绿林江湖的盟主。

李密说，张须陀让我来解决吧。他请翟让带一队人马去诱敌，自己拉着李勣打埋伏，张须陀果然一头扎进来，战死了。

一时间天下震动，杨广傻了，李密曾是他的近身侍卫，杨广很后怕：看吧，当时我就觉得这不是一个好人。翟让傻了：我这个大当家是让贤不让贤？

李勣也傻了，作为一个有志气的年轻山贼，李密让李勣看到，原来做山贼的学问有这么深。瓦岗寨初创三巨头之一的李勣，觉得眼前这位皮肤有点黑的新大哥，非常有内涵。

慢慢地，瓦岗寨就有了水泊梁山的味道，一有出征，李密就对翟让说：哥哥是山寨之主，不能轻动，就让小弟代劳吧。翟让位子坐得很稳，眼瞅李勣随李密带着大队军马到处砍怪。

李勣和李密配合无间，李密定战略，李勣出执行，瓦岗地盘越打越大，队伍越打越多。当时整个大隋遍地是山贼，但最让杨广叫苦的一支，必须是瓦岗。

秦叔宝归降了，裴仁基与裴行俨父子归降了，罗士信归降了，程咬金与魏征也来了。这天下的名将与名士，在 20 岁出头的李勣面前都要叫一声哥哥。李勣的心，挺满足。

精兵悍将在握，李密顺势发布了一份瓦岗未来发展计划书，历数杨广十大罪过，放言要逐鹿天下。李密问，谁赞成，谁反对？

所有人站在李密一侧，一起逼视老大哥翟让，翟让看看身边星星散散几个死党，叹口气说：我只想做一个小富即安的山贼啊，山寨之主，不如请李密兄弟来做吧。

李密被众星捧月推上高位，被架空的翟让与李勣对了对眼神，神情复杂。李勣眼含愧疚，但心头坚定，他相信，自己选择李密做大哥是对的。

这已是大业十三年，天下已进入大争之世，再过半年，杨广就会被属下勒死。人心浮动，所有认为自己能做皇帝的人，上至公卿，下至走卒，甚至是和尚，都纷纷亮出刀子。大家杀来杀去，今天威风八面，明天人头落地，没有谁有自信看到新一天的太阳。

选择一个好大哥，就多一份在乱世活下去的机会。秦琼是个厚道人，张须陀很赏识他，可瓦岗寨杀了张须陀，秦琼四处奔波，最后还不是投了瓦岗寨。身逢乱世，形势就是比人强。

李勣自信是个讲义气的人，但他更想让自己好好活着。

李勣的选择似乎没有错，他与李密像一对黄金搭档，两个人指挥瓦岗军攻城略池，打下了洛口仓与黎阳仓两个超级大粮仓，雪白的大米如河流般倾泻满地，四面八方的饥民围拢过来，变成了李密麾下一支支大军。

放眼天下，谁能与瓦岗争雄？

悄悄打起义旗，苟在河东猥琐发育的李渊，给李密写信称兄道弟。其他中原有名的山贼队伍，不是投靠就是示好。大隋的江山，仿佛眨眼就将落在李密的手中。

只有洛阳的王世充与从江都北上的宇文化及，像两只讨厌的苍蝇，但李密觉得解决他们也就是挥挥手的事。

心态发飘的李密，做了一个决定。他设下埋伏，一刀砍死瓦岗老大哥翟让。李密的意思是，江山要到手了，卧榻之侧，不容他人酣睡。

来赴宴的李勣猝不及防，被屠刀溅了一脸血，他愣了一下，发了一声喊，撒腿就跑，被人一刀砍中脖子，摔在地上。

血泊中的李勣，目光呆滞地看到翟让与死党一一被杀，老哥们单雄信扑通跪地磕头求饶。李勣看到李密走到自己身边，眼中带着一丝抱歉，李勣使劲摆摆手，意思是，我一点儿一点儿都不怪你。

但是，你可千万别杀我啊。

李勣没有死，李密继续委以重任，两个人好得一如既往。但彼此都心知，信任已经不存在了，瓦岗寨事实上已是分裂了。

李勣不知道该怎么看待李密，这个各路义军里出身最高，只有老李渊可以比拼一下的高贵山贼，带他见识了崭新的天地，甚至一度给了他一个叫希望的东西，却又随手毁掉。

李勣没怎么读过书，但李密的作为让八个字反反复复盘旋在他的头脑里：心胸狭隘，利令智昏。

李勣主动去了黎阳，替李密守大后方。李密独自带着秦琼、程咬金、单雄信、王伯当、裴行俨等，继续争霸天下。瓦岗寨如日中天，缓缓走进落日余晖。

杀掉翟让之后，李密的运气似乎一下子用完了。王世充与宇文化及两面夹击，瓦岗寨拼光了队伍，剩李密孤家寡人一个，一时不知该往哪跑。

李密打算投奔李勣，但亲信说，你砍了他一刀，他还能当你是大哥吗？

这个来自灵魂的发问，把李密逼进了李渊的怀抱。

一直闷声发大财的李渊，突然占据了长安，等互相打来打去的各路山贼定睛一看，发现李渊的大唐已经强得有点过分，成了备受追捧的绩优股。

王世充接收了瓦岗寨的残部，但在与唐军对阵时，秦琼与程咬金带队，一伙瓦岗旧将干了一件很不要面子的事情，他们齐齐跑出一截路，然后回身和目瞪口呆的王世充告别：您老太不靠谱了，我们还是得投唐去。

在长安做着闲官的李密，频频向东望去：李勣会怎么选择呢？

站在黎阳城头的李勣，内心同样五味杂陈，从李密入伙到瓦岗败落，人生的大起大落，不过就在匆匆一两年间。但从此，世间已无瓦岗寨。

做了7年山贼的李勣，已经24岁了，他数不清自己究竟杀过多少人，只清楚自己的膝盖，就拜过一个李密，还认错了大哥。

但李密这道选择题，虽然做错了，仍有补正的机会。

李密败了，瓦岗剩余的地盘都落在李勣手里，平生第一次做上了大当家，李勣赫然发现，群雄逐鹿的游戏，他也有资格加入了。但李勣问自己，我有这个能力吗？

李勣的结论是，他没有。他决定也去投靠李渊。

李勣摸摸脖子上的刀疤，每逢阴雨天气那里仍隐隐作痛。李勣想，就让我错认的这个大哥，送我一份锦绣前程吧。

李勣把瓦岗剩余的地盘，整理成一份清单，送给了李密，说这些本来就是你的，我一直为你看护，如今物归原主，你把地盘献上去，改善下自己的处境吧。这是一个小弟对旧日大哥最后的忠诚。

两手空空的李勣，转过头，缓缓对李渊称臣。李渊感动地快哭了，这个乱世，最不缺有能力的臣子、卖主求荣的臣子、野心勃勃的臣子，但像李勣这样厚道的小弟，他真是第一次见，必须褒奖，必须宣传，必须树成榜样！

李勣原本的姓名叫徐世勣，李渊说，以后你就跟我们家一个姓吧，好好干，大唐但凡有一块饼，就少不了你一口。

李渊命李勣继续守着黎阳，瓦岗的大片地盘仍由他看护。就像飞刀绕了一圈，又回到了手中，李勣没有失去地盘，还刷高了声望；李渊不仅扩张了势力，还收获了一位忠良。

只有李密，什么都没得到，只有砍了忠心耿耿的兄弟李勣一刀这个事，让世人更加不齿。

受不了命运落差的李密逃出了长安，决定继续去追逐称王称霸的往昔荣光，陪着他的，只剩下王伯当这一个兄弟。

李密当时有两个旧部可以投奔，一个是去黎阳投李勣，一个是去襄城投张善相，几乎不做思考，李密选择去襄城。但李渊派出来拦截李密的人马同样也想到了，早早埋伏在半路，等李密落网。

陷入绝境的李密，人生的最后不知是否后悔砍过李勣一刀，如果没有那一刀，他的选择也不会如此好猜，路也不会越走越窄。

李渊派人把李密的首级给李勣送去，盒子打开，大哥的人头血肉模糊，李勣哭成泪人，哭得李渊派来观察他反应的特使心里开始嘀咕：你该不会想造反吧。

他当然想多了，李勣哭完之后，整理一下衣冠，请特使帮他送一封信给李渊，准许他为李密收葬。兄弟故主一场，他能做的只有这么多。

李勣将李密埋在了黎阳山南五里处，坟高七仞。再次痛哭一场的李勣，眼泪鼻涕横流，自己也分不清到底是哭李密多一些，还是哭瓦岗多一些。

从此以后，瓦岗只是一个地名，李勣也只是大唐的一个将领。

这个年轻的山贼，真的找到了一份有前途的职业，在他75年的人生里，出将入相，位极人臣。

但后半生的李勣很孤独，他不缺朋友和属下，大唐天子换了一个又一个，都拿他当一块宝。但李勣再也没对新的大哥推心置腹过。

李勣后来做了一个梦，在梦里瓦岗变了一个样子，有义薄云天的大哥，有情深义厚的兄弟，有英雄之气，而无英雄之泪。

在梦里那个瓦岗，李勣发现自己不再是一个十多岁的青年，他变成了一个道士，能掐会算，和另一个老道魏征，一起担当瓦岗的两枚智囊。

梦里的瓦岗，有许多肝胆相照的好兄弟，有黄脸的秦琼，有青脸的程咬金，有蓝脸的单雄信，有白脸的王伯当，还有傻乎乎的罗士信，变成半大小子的裴行俨，改名叫裴元庆。

还有一个他没见过的白马银枪小罗成。

带头大哥翟让还是那么厚道实在，而出身高贵的李密再一次变成瓦岗之主，他带着兄弟们打了一个胜仗又一个胜仗，还抢到了杨广的传国玉玺，但李密色迷心窍，居然拿玉玺换了杨广的媳妇萧皇后……

李勣一下子坐了起来，劝阻的手缩回去，明白那只是一个梦。李勣突然有点想哭，他曾经热血豪情，真诚地信任过一位大哥，但将一颗心捧出来这种事，一辈子只有年轻时那一次。

李勣摸一摸脖子上的伤疤，那里已经很久不疼了。

11 李勣 × 最后的山贼

李二下决心去玄武门大开杀戒之前，派人给镇守边关的李勣捎了句话：我准备对我哥李建成下手，你有什么看法吗？

32 岁已经不做山贼好多年的李勣，使劲摆摆手：这种勾当就不要问我了，我什么都不懂！

后来，李勣发现李二也派人问过李靖，这位比他大 23 岁的老帅哥，给出了和李勣一模一样的回答。

真是一只老狐狸，李勣心有戚戚地想，却不知在李二眼里，他也已经是一只壮年狐狸了。

从名满天下的山贼修炼成一只狐狸，李勣下了很多苦功。

作为被老大哥李密砍了一刀的忠心小弟，李勣不忘旧主的姿态，让他在乱世赢了一个好口碑。但上苍似乎不想他从良之路走得太顺，凭空又添了一道坎，河北的大山贼窦建德强攻李勣镇守的黎阳，城丢了，李勣逃了出来，但老父亲落在了窦建德手里。

窦建德拿刀把李勣的老父亲逼上城头，呼唤李勣：再不现身，我就要撕票了！李勣无奈举着手走出来：我投降。

在一个山贼大乱斗的乱世，想做从一而终的忠臣，成本实在太高了。而山贼的生存逻辑必须是，想办法先活下来，哪怕做个几姓家臣。

比如瓦岗寨的老弟兄里，秦叔宝是出名的忠厚，但李密灭了张须陀，他投了李密；王世充灭了李密，他投了王世充；看王世充实在不靠谱，他就和程咬金几个兄弟，临阵叛逃投了李渊。

大家都是乱世求生，面子是互相给的，性命只能靠自己挣。

李勣受降之后，来见窦建德，不出意外看到一块守城的魏征也降了，两个瓦岗旧人也只能相视一笑。

硬气不投降的人当然有，李勣十五岁的弟弟李感，与秦琼、程咬金、单雄信们一块被俘，王世充叫他给李勣写信招降，他坚决不从，于是被杀。

留得青山在，不愁没柴烧，不想步弟弟后尘的李勣，默默劝慰自己。

三个月后，李勣找到机会逃回了长安，临走还想算计窦建德的人头，事情败露，只好撇下老父亲自己跑路。

窦建德是一个很有底线的山大王，比李渊忠厚，他没有一怒撕票，而是替李勣把老父亲养起来。但见过许多大场面的李勣，还是相信跟着老奸巨猾的李渊更有未来。

瓦岗军势力最盛的时候，李渊给瓦岗大当家李密写信，恭维他是天下盟主，自己这个老哥哥很愿意给他做小弟。李密就很开心地替李渊挡住中原各路势力，瓦岗的队伍差不多打光了，李渊却轻轻松松取了长安，一夜变强。

把瓦岗寨坑死的李渊让李勣信服。李渊对这个不离不弃的山贼的印象也十分好，就把他派到前线，跟自己最能打的儿子李二一起征战。

李二比李勣小5岁，这时只有22岁，特别能打。他组建了一支精锐骑兵，派秦叔宝、程咬金、尉迟敬德几个猛将统领，全军统一身着皂衣玄甲，视觉效果特别炫，每次打仗，李二亲自带头冲。

让李勣难以置信的是，打了数十场大仗，冲锋在前的李二居然毫发无伤。李二有个堂弟叫李道玄，是他的迷弟，也学李二这样打，但只冲锋一次就扑街了。

李勣琢磨：难道这就是所谓天命之子?

李勣观察李二同时，也被李二观察。在李二眼里，这个资深山贼有一股不一样的气质，比他能打的没他有脑子，比他有脑子的没他能打，比他又能打又有脑子的，那不就是自己嘛。

李勣帮着李二打了四五年仗，荡平天下。中原最厉害的两个大山贼窦建德与王世充，一块夹击李二，也被他开挂似的打到全军覆灭。

李二骑着马，居高临下地问被俘的窦建德：我打洛阳的王世充，你跑来凑什么热闹?窦建德苦着脸回答：这不是让你省个事嘛。

王世充也投降了，李勣看着这个毁了瓦岗寨也杀了自己弟弟的老对头，百感交集。仿佛是要和过去告别，在准备处决的名单里，李勣发现了自己的老哥们单雄信，当年他们俩都是瓦岗寨初创三巨头，但单雄信显然选错了路。

李勣拿自己所有官爵军功去找李二求情，李二坚持要杀，李勣只好给单雄信送行，单雄信说：兄弟，我知道你没打算真救我，你早就不想与山贼沾边了。

李勣大哭，一刀从大腿上割下一块肉，喂单雄信吃掉。李勣说：就让我这块肉跟老哥你一起入土吧，当以前那个我陪你死了。

一瘸一拐的李勣转身而去，身后倒下去的，不只是单雄信，还有他的前半生。

李二邀请李勣帮忙除掉亲大哥李建成时，李勣已经进化成一个完美的臣子，几乎闻不到一丝山贼的味道。

但山贼的生存逻辑李勣从没忘记：当你很有实力，就别轻易下注，任何拉拢你的一方虽然看不惯你，但也灭不了你，最后还得用你。

此时大唐的江山已经稳当，只是雄兵猛将虽多，能带兵打胜仗、打大仗的靠谱统帅，全大唐只有李二、李靖和他李勣。

李建成与李二谁最后赢了，不都要请人帮他开疆拓土吗？在这场夺嫡大战里，李勣发现他只需要等一个结果，其他什么都不需要做。

反观缺少底牌为活命苦苦撕咬的瓦岗老兄弟们，魏征鼓动李建成先下手为强，团灭李二与他的手下。秦叔宝程咬金也拼命激励李二快快动手，大家谁也不想被李建成活埋。

站干岸的李勣，轻轻推辞了李二的邀约，收到回复的李二反而很开心：李勣肯保密，那就算支持嘛。只是少不了腹诽一句，这个老山贼，真是只狐狸啊。

6月的玄武门腥膻如许，李渊的天子梦一朝到头，长安的百姓一夜醒来，发现大唐换了一个新主人。李二拿到大唐的全部股权，创业成功，整个班底都得到了股权激励，什么都没做的李勣居然也封了一个功臣。

然后他就被李二派到太原镇守边关，一待就是十五年。李二得了便宜还不忘卖乖，说秦始皇还要修长城，你看我用一个李勣就够了，省下多少钱。

但李二索取的回报不止于此，突厥是大唐立国最大的威胁，李二曾对着李渊与李建成、李元吉发下豪言：十年灭突厥。这个誓言，他要李勣、李靖两个在玄武门站干岸的家伙帮着兑现。

李勣与李靖证明了自己果然有站干岸的资本，李靖帅三千骑兵千里大奔袭，打得突厥颉利可汗狼狈逃窜。等李二派大臣去招降谈判，李勣与李靖两个黑心肠的家伙马上决定再偷袭一把。

部将张公谨听了计策有点为难：咱的大使还在突厥大营谈判呢，会不会被连累死？李靖绷着脸说，天赐良机啊，死几个文臣算个什么事。站在一边帮着出主意的李勣，此刻光点头，不说话。

强横多年的突厥就这么灭掉了，举国狂欢，连李渊都开心地弹起了土琵琶。只是立下最大功劳的李靖还没回去，就被他得罪狠的文臣们口诛笔伐，闷声领了全额奖金的李勣悄悄回了原单位。

作为一个从良的山贼，枪打出头鸟这种事，他一直很懂。

等李勣再一次回到长安，已经 47 岁了，李二提拔他做了副宰相，书生们向往的出将入相，一个山贼给实现了，李勣表示，很爽，也很怕。

从隋末大乱世逃生出来的人，求生欲都格外强烈。魏征对李二讲过一个理论，要做良臣不做忠臣。良臣是君臣一起发财，你好我好的双赢；忠臣是我为你耿直而死，你却把江山丢了，大家一起倒霉。

李勣拍案叫绝：老魏不愧是混过山贼的，读书又多，说得就是到位。

李勣就想一辈子认真做一个良臣，但李二不答应：不，你不想，你要做忠臣。这一次，李二新开了一局夺嫡大战，到底把李勣拉下了水。

李勣在宫廷正参会，李二突然把群臣全赶走，只留下他与长孙无忌、房玄龄、褚遂良。李二也不说话，趴在胡床上大哭，然后又跳起来拔刀要自杀。吓得几个老汉拼命去抢，李勣一头汗：这唱得哪一出啊。

李二就诉苦，我的大儿子李承乾要造反，二儿子李泰说只要让他当皇帝，他可以杀子证道，我养了一群什么娃啊。你们说，我立小儿子李治做太子好不好？

长孙无忌立刻表态：陛下英明。其他几位也赶紧跟进力挺。李二当下表示，新天子以后托付给你们啦。说完，拿眼睛特别看了一眼李勣。

李勣无语，我认真做一个良臣不行吗，谁当皇帝我真不介意。但李二的心思也很清晰，跟着他打天下的老臣们，大多数老死病死了，未来能让儿子李治依靠的，只有长孙无忌、褚遂良、李勣三个正当年的。

长孙无忌是舅舅，有亲情；褚遂良是文臣，要名声；你李勣一个山贼出身，又是大唐如今唯一能打的老将，你的忠心在哪里？

于是李二与李勣就效忠问题展开了窒息的攻防。李勣病倒了，大夫说要用胡须灰做药引，李二一听割下胡须就给李勣送去。李勣还能怎么办，只好对着李二狠狠磕头鸣谢，磕出一脸血。

李二又摆宴席，多喝几杯后，喷着酒气找李勣话家常，说我那小儿子李治以后全拜托你了，你当年都能不辜负砍你一刀的李密，应该也不会辜负我吧？

李勣一腔酒水顿时化作一身冷汗，使劲磕头这一招用过了，还有什么创意呢？李勣一咬牙，把手指咬得鲜血横流，对着李二的脸举高高。

这种每天都要创意表忠心的日子太难了，一直熬到55岁，李勣才算解脱。李二死了，临死前，他下了一道旨，把李勣贬出长安。李勣拿到圣旨，二话不说拍马就去赴任。让李二埋伏在暗处的刀斧手顿感失望。

直到死，李二也没真的相信李勣会给儿子做个忠臣，但他还能怎么办呢，与玄武门那一次一样，李勣的使用价值太大了，只好姑息。

李治的皇帝做到第六年，李二一直期盼的李勣做一个忠臣的机会，终于来了。

李治执意要立武媚做皇后，长孙无忌与褚遂良拿出一副誓死抵制的姿态，看得李勣心惊肉跳。下一次李治再拉他们几个来商量，李勣干脆开溜了，压根不出席。

事后他听说，褚遂良激烈到又骂又撞头，被李治轰了出去。武媚隔着帘子开骂：咋不把这老货弄死呢！李勣想，这个女人有点吓人。

这一次，由不得李勣再站干岸，等被李治逼到墙角要求明确表态，李勣的头脑快速回想了一番李二殷殷寄望的往事，然后李勣开了口："此陛下家事，何必更问外人！"

在后来人眼里，武媚窃唐立周的多米诺骨牌，就是李勣这一句话推倒的。

李勣这句话有多厉害呢，82 年后，玄宗李隆基想废太子，李林甫有样学样说："此陛下家事，非臣等所宜豫。"于是玄宗一天杀了三儿子。

但是站在李勣的立场，他能怎么做呢？做一个尽忠职守的良臣不好吗，大唐老一代名将死光之后，是他去打辟延陀，跟着李二两伐高句丽，流血流汗，他一点儿也不含糊。

但是让他忠心耿耿去死，对一个从尸山血海爬出来的山贼来说，太强人所难。

如果他要尽忠，李密杀翟让时他就该死了，李渊杀李密时他也该死了，被窦建德破城俘虏时他同样该死了。甚至老哥们单雄信被处决，他都该陪着一起死。

他用尽全力活下来，为什么为了立一个女人做皇后这种事，就要他带着全家去死？

长孙无忌是要保他一手遮天的权势，褚遂良是要保他的地位，而他李勣没有这些企图心啊，为什么要死力反对？

投了赞成票的李勣平静地离开了宫廷，他能想见身后一石激起千重浪。

武媚如愿做上皇后，长孙无忌与褚遂良果然全家倒大霉。李勣得到了李治夫妇隆重的感谢，武后册封的仪式由他主持，后来去泰山封禅的国家大典也交给他操办。

一直到死，李勣都受到李治与武后的礼遇。他投桃报李，最后一次统军攻伐高句丽，灭国而归，帮李治实现了杨广与李二都没能完成的功绩。

李勣一直活到 75 岁，死之前，他已经德高望重到没有一个人去提他曾是个山贼的往事。但李勣自己反而爱说这个，“我年十二三时为亡赖贼，逢人则杀。十四五为难当贼，不高兴就杀人。十七八为佳贼，只在打仗时才杀人。二十为大将，开始用打仗的方式，救更多人活下来。”

我总觉得，这是李勣给自己后半生的一个解释。

临死之前，李勣喝了几杯酒，交代弟弟李弼好好谨守家门。李勣说，你们看房玄龄杜如晦，努力一辈子，子孙走错一步，全家就灭门了。我一生努力求活，实在不想也有这一天。

李勣的心愿显然落空了，他以一句话支持崛起的武后，在李勣孙子徐敬业造反时，动手灭了李勣满门，李勣的坟墓被挖开毁掉，他的子孙只有个别人逃到青藏高原活了下来。像极了一出黑色幽默。

如果泉下有知，李二大概会嘲笑李勣：你看，我千方百计请你做一个忠臣，你不听，后悔吧?

李勣大概没什么特别好说，作为一个山贼，他已经逆天改命很久了，更多的，还能要他怎么办呢。

12

张巡·小人物的命运守护

张巡未曾想过，自己这辈子会与一座城牢牢绑在一起，并为此背上吃人的名声。

在与命运迎头相撞之前，张巡只是唐玄宗治下1850个县令中的一位。大唐常年有1.7万多个官员，4万多位宫女，3千多个高职称太监为玄宗效力，张巡是其中并不引人瞩目的一员。

其实，张巡本可以活得更出彩。

他不缺才情，大唐的进士每年只录取十几二十个人，张巡30岁出头就登科及第，春风得意不让他人。他过目不忘，翻开《汉书》随便起个头，张巡就能滔滔不绝背下去。他才思敏捷，写文章一挥而就，不像王勃还要打一遍腹稿。

张巡相貌也不错，七尺身材，须髯若神，是风度翩翩的美男子。他还有一个哥哥在朝中为官，兄弟俩本可以提携互助。但这么多好条件都被浪费了，别人是宦海浮沉，他是宦海沉沉，屁股坐在县令的位子上，纹丝不动。

任满赴京，等待吏部安排新的岗位。有朋友劝张巡说：现在不是嫉贤妒能的李林甫当政了，老贼见到能干的人就狠狠地踩。现在是见钱眼开的国舅爷杨国忠说了算，你只要拿上厚礼和一筐奉承话，一定可以给自己谋一个肥差。

张巡听完呵呵两声笑，说我要这样子就能换来高官，那才是国家出了怪事，我不做！

死脑筋的张巡继续被安排做县令，这一次给他换了一个地方，去中原东部的真源县。此时是天宝末年，大唐一片歌舞升平，而距离安史之乱已经不远了。

玄宗眼里，看不见张巡这样的小人物，他两只眼睛滴溜溜转，看到的只有贵妃的美貌，杨国忠的能干，和安禄山的赤胆忠心。

太平天子做太久了，玄宗实在提不起精神让已经万国来朝的大唐再上一层楼。他只感觉钱不够花，民间抛家舍田的农户越来越多，四方官吏收上来的钱，养不起玄宗的爱情与文艺追求。只有李林甫与杨国忠忠心耿耿，拼命为他捞钱。

兵戈不断的边疆，也成了一个巨大的财政包袱，玄宗于是把全大唐的边境切割成十块，封了十个节度使，让他们在自己的地盘上弄钱养军队。安禄山是玄宗最宠爱的将军，独占平卢、范阳和河东三镇节度使，近二十万精锐边防军，全攥在他的手里。

大人物们忙着宰割天下，下一盘大棋，作为棋盘上一粒不起眼的棋子，张巡乖乖收拾好行囊，去真源县做县令。

在玄宗眼里，这个天下是靠着他的英明神武以及杨国忠、安禄山、所有他宠爱的文臣大将们来守护的。但在张巡眼里，他既然奉了令，那就要为国守土，哪怕是一座小小的县。

一到真源，张巡立刻施展手段，打压了各方不良势力，让政令民风焕然一清。张巡想，即使自己的治下只有一小片土地，他守护的也是大唐啊。

天宝十四年十月，张巡 47 岁，陪在身边的只有亲姐姐与一个爱妾。不久消息传来，安禄山率 20 万大军，造反了。

一个月后，河北全境沦陷，叛军杀入中原，决定张巡命运的时刻即将到来。

长安城的天子与文武百官五味杂陈，玄宗伤感一片真心喂了狗，杨国忠却满面春风：看吧，我一直说安禄山要造反，一直逼他造反，现在他真的反了，哈哈哈。

君臣们并没将安禄山太当回事，大唐什么风浪没见过，会怕一个胖子？

但此时的大唐已经是一个虚弱的巨人，多年未见兵火，中原兵备松弛，河南节度使张介然临阵战死，守洛阳的大唐名将封常清打不过安禄山的边防军，旋即洛阳失守，中原全境被打烂，叛军直冲长安而去。

群龙无首的中原大地，一座座城池被叛军攻陷屠戮，许多守土的官员未战先降，张巡的顶头上司也投降了，逼着张巡担任伪职，要他去迎接叛军。

张巡狠狠拂了把颌下长髯，带着几个属下在太上老君庙大哭一场，他站直身子，问围拢过来的全县父老青壮，谁愿意跟我一起去杀贼？转眼间，一支千人队伍拿着粗陋的兵器，随张巡出城而去。

而此时，中原板荡，死守潼关的高仙芝与封常清被玄宗派太监杀了，安禄山在洛阳称帝，半个大唐生灵涂炭，张巡站在如血残阳里，双目通红，一头撞向人生最后的命运。

张巡开始拼命的时候，大唐的局面其实并不算坏。

奉命守潼关的哥舒翰，牢牢堵住叛军南下的路。郭子仪守住西线，张巡与其他残存的中原军队守住东线。颜真卿与李光弼绕到安禄山身后，切断了他的退路。一时间数十万叛军被堵在河北与河南的平原地带，随时有覆灭之灾。

安禄山彻底慌了。

但长安城的大人物们弄砸一切。惶惶不安的玄宗希望叛军离长安越远越好，与哥舒翰不和的杨国忠担心后者手握重兵会杀自己。被不停催促出战的哥舒翰，害怕不听话就会像高仙芝封常清一样被杀掉，只好含着眼泪，带着 20 万拼凑的杂牌军出城了。

结果一战尽墨，潼关沦陷，解套的安禄山，指挥大军拍马冲向长安，局势彻底崩坏。

哥舒翰跪在他一直看不起的安禄山膝下，两个大唐权势最煊赫的将军达成了协议，哥舒翰帮安禄山招降所有还在抵抗的城池，安禄山则饶他一条命。

抢在叛军进城之前，玄宗带着贵妃一家人仓皇逃走。按时来上班的文武百官，惊愕地发现皇帝不见了。等叛军冲入大明宫，百官们如果不想殉国，就只有投降。

当败坏了天下的大人物们作鸟兽散时，小人物张巡已经在最前线孤军血战几个月了。

起初张巡选择在雍丘县死守。雍丘与宁陵是两个小城，拱卫着睢阳，三城构起的防线连着大运河，遮蔽着大唐最富庶的江淮地区。

把叛军的兵火挡在睢阳之前，就是守住大唐的钱袋，也就是守护着大唐。

张巡的想法很简单，他是县令，就要守好一县之土，即使被迫转移，也要履行自己的职责，牢牢挡在叛军身前，不死，就不退。

雍丘县原来的县令令狐潮，出城投叛军，张巡趁机冲入城中，当着令狐潮的面，张巡杀死了令狐潮的妻子孩子，灭了他满门。令狐潮指挥四万叛军，围攻了四十余日，张巡和他的两千守军，大小数百战，人人带伤裹疮，不死，就不退。

此时玄宗已逃往西蜀，肃宗在灵武登基，安禄山在洛阳称王。被朝廷不闻不问的张巡，全不知江山巨变。令狐潮在城下如实相告，他问张巡：天子可以弃土逃窜，享尽荣华权位的卿相、王侯、将军、才子，可以投降变节，你一个小小的县令，为什么不可以降呢？

张巡站在城上，微微侧目，仿佛能看到运河如画，江南如翠，一时默然。终究，他还是选择不死，不退。

张巡的作为，让狼狈四窜的大唐君臣们又撼又窘。一个小小的县令，带着数千疲惫之卒，死守着江淮一线，让十余万兵强马壮的叛军死伤枕藉，不能向前一步。

偌大一个中原，该负起守土之责的长官们，要么逡巡不前，要么投降屈膝，只把一个小人物张巡，推在了最前列。

张巡从不是一个单纯的书生，他有两个儿子，一个取名亚夫，一个取名去疾，对应的，就是汉代名将周亚夫、霍去病。

哥舒翰、高仙芝、封常清，曾经位高权重的大将军们，死的死，降的降。风头正盛的郭子仪，指挥着全大唐的精锐，与安禄山鏖战。而县令张巡，能依仗的只有一群仓促成军的百姓。

张巡在雍丘守了十个多月，他豪情勃发，能激励每一个士兵死战，能让壮士南霁云一见倾心，誓死效力。他过目不忘，一城军民，大多数都能被他叫上名字。

他没带过兵，却是天才的将军，草人借箭，声东击西，烧粮退敌，阴谋百变，诸葛亮在《三国演义》里才能做成的事，张巡都做到了。

但叛军的包围圈越收越紧，友军的城池一一被攻破，为了集中最后的力量，睢阳太守许远请张巡与他合兵，共守睢阳。张巡答应了。

在睢阳，张巡与他一生最后的命运，终于牢牢连在一起。

张巡与许远合在一起的守军，也只有六千八百人。而睢阳遮蔽的江淮，却是大唐唯一的生命线。

没有遭到叛军肆虐的江淮，贡献着大唐最多的税赋，这些钱粮物资沿着水路，被运入秦岭，中途要绕开被叛军占据的长安，送入扶风，再辗转送到玄宗所在的西蜀、肃宗所在的灵武。苟延残喘的大唐，全靠这条补给线续命。

与江淮对大唐之重相比，是守护江淮的张巡得到的支援之轻以及受到的掣肘之烈。

一手酿出安史之乱，被迫做了太上皇的玄宗，不忘与儿子肃宗隔空斗法，他委派三位皇子出任节度使，与肃宗抢权抢地，派到江淮的就是永王李 。

在中原战区，玄宗委任虢王李巨做河南节度使，而肃宗则委任贺兰进明去代替李巨。本该支援张巡的李巨带走了全部精锐，并强行分走睢阳一半的粮食。

身为中原最高军事长官的贺兰进明，把驻地放在远离叛军的地方。他嫉妒张巡打出的功绩，推脱无兵可以支援。

肩负平叛重任的宰相房琯，一心给贺兰进明拆台，他给贺兰委派的副手许叔冀，官职几乎与贺兰相当，后者拥兵自重，根本不听指挥。

踩着老父亲上位的肃宗，害怕盘踞江淮的永王李　会划江而治，干脆把本该支援睢阳的东南重兵，全派去打自家兄弟。

每一个大人物的每一点私心，慢慢汇成一张网，把张巡逼上了吃人的绝路。

而打不过张巡，又迫切想去江淮抢一把的叛军，干脆撤掉了没用的宇文潮，派大将尹子奇率领十三万精锐，全力围攻睢阳。

从一月入城，张巡带着全城守军坚守了 10 个月。被张巡花式毒打的叛军，想攻城打不赢，想绕过睢阳直扑江淮，又担心被张巡断掉后路。干脆把睢阳围紧，坐等张巡们活活饿死。

叛军以胡人居多，一到夜晚，登上城门楼子的张巡，就能听到四面羌笛声起，像极了垓下的项羽，已经精疲力竭的张巡，满腔孤愤不甘，他写下了这样几行诗：

忠信应难敌，坚贞谅不移。无人报天子，心计欲何施。

张巡转战雍丘睢阳的两年，他的姐姐与爱妾一直伴着他。姐姐留在军中，帮着士兵们做针线缝补，虢王李巨带兵弃城而走时，姐姐跑去阻拦，没能拦下来。

睢阳激战最惨烈的时候，姐姐先张巡而死。

壮士南霁云奉命突出重围，先找许叔冀求救兵，不给。再找贺兰进明，贺兰说，睢阳肯定保不住了，你干脆跟我做事吧，升官发财不会少你。

南霁云当众切掉一指，骑马而去，忽然一转身，一箭射入佛塔的砖石。他发誓，如果能活下来，一定找贺兰报仇。

杀回睢阳的南霁云，一句话不用说，还活着的人们就明白，他们死定了，睢阳要丢了。

六千守军只剩下千余人，粮尽的时候，吃光了树皮鼠雀，张巡推出了自己的爱妾，把她杀了，命令活着的人吃下去。哭着吃下去。

他们守护着身后的大唐，不死，就不退。被他们死命守护的大人物们，却各怀私心，逼得守护者们去吃人。

十月，已经站不起来的守军们再也挡不住叛军，睢阳城破。满城几万军民，仍活着的仅有几百人。

叛军大将尹子奇用刀撬开张巡的嘴，看张巡是不是像传说的那样，每一次指挥作战都要瞪破眼睛，咬碎钢牙。尹子奇看到，张巡的嘴里只剩下几颗牙。

尹子奇问张巡：你可以投降的。张巡反问他：我会投降吗？

临刑前，张巡面色不改，只是心头留下无尽遗憾，作为一个县令，他守土的职责至死而休。而他用尽全力守护的大唐，终究没能守住。

死不瞑目！

与张巡一块守城的许远，被押送到后方，当叛军大势已去时，守城不退的许远与屈膝求生的哥舒翰，同日被杀。

睢阳陷落三日后，援军就来了。一城亡灵有知，也只能呵呵。十日后，沦陷两年的东都洛阳也光复了。

张巡用命护住的江淮安然无恙。城中粮尽时，他们曾商量过要不要退走，最后决定不退。他们能退，大唐还能退吗？

但大唐的大人物们是可以一退再退的，肃宗向回纥借兵平叛，交换的条件是，允许回纥收复洛阳后大肆劫掠。

小人物才分对错，大人物只讲利弊。

在光复的长安，肃宗迎回老父亲玄宗，因为一己私欲，害得全国人口损失了近三分之二以后，玄宗安享晚年。

在含元殿前，接受了叛军伪职的百官们被迫光着脚站成一片，但大度的肃宗挥挥手说算了，除了几个倒霉蛋被砍头，大部分投降者得到了宽恕。

被张巡力挽狂澜救回的大唐，也只是吊着半条命，肃宗与叛军的战争还将持续几年。他担心惩罚叛臣过重，剩下的投降者们会死心塌地跟自己干架。

而守一城、捍天下、宁死不屈的小人物张巡，在论功行赏时，却让大人物们纷纷头疼：他怎么能吃人呢？

张巡的好友李瀚劈头盖脸骂过去：他吃人，不就是你们逼的。

活着的张巡默默无名，死去的张巡被立了庙，成了忠肝义胆的化身，千年香火不绝。但这会是他想要的吗？

在姐姐死去，救援断绝，亲手杀了爱妾分食其肉时，张巡是怀有多大的决绝与悲愤，他很清楚守城而死与为守城吃人，对他名誉的决定性差异。

但是他就是做了，只为能把城多守几日。

当我们纠结张巡该不该吃人时，更该挨骂的是那些把私欲放在首位，以至造成这一结果的大人物们。

司马光就愤愤不平地提问：

为什么像张巡这样的义士，治世时只能沉沦下僚，乱世了就活该被顶到最前面？为什么为善者不得好死，为恶者前途无量？为什么总是亏待忠义之人，而厚待奸邪小人？

司马光在《资治通鉴》里没有找到答案，为守护大唐流尽最后一滴血的张巡，大概从没想过需要答案。

如果一定要有一个答案，我只能立刻想到鲁迅先生的一段话，把它放在这，实在太贴切了：

我们从古以来，就有埋头苦干的人，有拼命硬干的人，有为民请命的人，有舍身求法的人，……虽是等于为帝王将相作家谱的所谓“正史”，也往往掩不住他们的光耀，这就是中国的脊梁。

唐朝的浮光与掠影

唐朝的10个瞬间

第三部

01

僧人 国王 少女

有一年，一个年轻的僧人从长安来到西域，他牵着一匹老迈的红马，孤身走入浩瀚的大漠。只走了百余里就筋疲力尽，一不小心打翻了水囊。沙海渡客，无水等同死亡。

僧人犹豫了良久，掉头东返，走出十余里，他突然站定，问自己是否忘记了十三岁时立下的誓愿：这一生献身佛门，近光遗法，远绍如来。

僧人再不犹豫，转身继续西进。僧人对自己说：宁可向西而死，绝不东归而生！

没有人知道他在沙漠里的五天四夜都经历了什么，当僧人终于走出大漠，进入一个叫伊吾的小国时，已奄奄一息。那片隔开中土的沙漠，实在是太大了。

僧人只有二十七岁，是誉满长安的佛门千里驹。穿越大漠之前，他在凉州为各国来往的商旅讲经弘法，众人为之倾倒。等回国后，纷纷向国主赞美僧人，说这位年少德高的法师，即将西行求法。于是西域沿途各国的国主，翘首以盼。

在僧人歇脚的小国伊吾一旁，盘踞着一个西域大国，举国崇佛，国王更是虔诚。他知道自己的王国不在僧人西行的路线上，早早派出使者在伊吾守候。等僧人入境的消息传来，大喜的国王立刻派朝中贵臣，带着数十匹良马与骆驼，接僧人抵国一晤。

国王盛情相邀，僧人只好答应。他却不知，这一去将横生无数波澜，至千年而不灭。

在一个宁谧的午夜，一身霜尘的僧人策马来到王城，目光越过城墙，远处是高耸绵延的葱岭。

国王与王妃已在宫门前久候，当翘首期盼的高僧从夜幕下走出，国王亲自举起烛炬，走在前面为僧人引路。宾主二人步入宫廷，在重阁宝帐里相对而坐。宝帐里的珠翠金箔熠熠生辉，国王看向僧人的眼睛里也闪着光芒。

僧人不曾料想，远离中土的西域，竟会遇见这样一位汉人国王。异域相逢，彼此甚为投契。僧人在宫中停留了十余日，待辞行时，国王苦苦挽留，对僧人说：弟子的国家虽是西域小国，但国土也有东西八百里，南北五百里，人口三万，僧侣三千，弟子愿以举国之力奉养法师一生，唯愿法师留下，不以西游为念。

僧人婉拒了国王，表示自己从走出长安的那一天起，志在西行求法，决不半途而废。

国王仍不死心，很动容地说：当年我与父王曾拜访大隋，跟着隋炀帝游历长安、洛阳，走过大半个中原，见过许多名僧，但内心从无波澜。只在听闻法师的那天起，便心生欢喜，望法师留下，做我一国的导师。

僧人西行的心坚如磐石，国王却也执拗无比，一僧一王，互不让步。慢慢地，国王无名之火腾起，他威胁僧人：我如不同意，法师能去哪里？要么留在我邦，要么遣送回国，请法师三思。

高大的葱岭阻不住僧人求法的脚步，但权势的沟壑却难以逾越。僧人沉默着闭上了双目，唯以绝食作答：这把枯骨可留，识神必欲西去。

西域高僧如云，一国富贵难求，但在国王与僧人眼里，那都是很好很好的，可是我偏不喜欢。

僧人绝食的第四天，气息奄奄，国王坐不住了，向僧人稽首道歉，允诺放他西去。但国王提出一个条件：要与僧人结为兄弟。

于是一僧一王，在国王母亲面前叩首结义。两人誓言约定：待僧人求法归来，一定回这里讲经三年。

西行路途险恶，不仅有雪山大漠，更要横穿二十四国，一个人仅凭双脚，实在寸步难行。国王对僧人说，你我已是兄弟，这王国自当共享，我将举全国之力助你西行。

国王请僧人多留一个月，在王城升帐讲经。王子妃嫔、文武大臣、高僧大德悉数到场。每次开讲前，国王亲自手捧香炉引路，并在高台下伏地低跪，请僧人踩着自己脊背登台。

一个月后，国王给僧人的行装准备完毕。他请僧人收下四位弟子，以便沿途服侍。并赠予僧人僧服三十套，黄金一百两，银钱三万，绫及绢等五百匹，足够僧人未来二十年所花。

国王同时给僧人沿路要经过的二十四国国王写信，并附上重礼。在西域，西突厥是最大的霸主。国王以卑微的语气给突厥可汗写信，并献上绫绢五百匹、果味两车，请突厥可汗遣使护送自己的义弟。

国王没有食言，他确实倾举国之力，为僧人打开了西行的通路。

出城的那一天，僧人骑着国王赠予的白马，与国王洒泪而别。他的身侧，是一支由三十匹骏马、四位弟子、二十五位扈从、一位国王使者组成的西行队伍。

国王相送数十里，终于不得不止步。他望着越走越远的僧人，大声喊：义弟，千万不要忘了我们的约定。僧人带住白马，转身稽首：等我求法成功，一定回来讲经三年。

只是，两个人的约定，永远落空了。

十五年后，僧人骑着老去的白马，求法归来。他特意借道于阗国，准备去找义兄履行讲经三年的约定。但于阗国的商人告诉他，三年前，僧人的国王义兄惹怒了大唐，被大军破城，已经身死国灭。

僧人怔住了。

他当年只身西行，如今煊赫归来。他从印度带回了浩繁的佛家经卷，带回了无数佛像法器，带回了举世无双的佛门声望，而这一切，都源自那位国王义兄的倾国一诺。而国王却没能等到他的义弟骑白马归来，赴一个讲经三年的约定。

僧人后来听晓了义兄亡国的经过。作为夹在西突厥与大唐间的小国，他的义兄站错了队。虽然他是汉人，却不甘心被大唐控制一切，国王对唐太宗的使者说："鹰飞于天，鸡伏于蒿，猫游于堂，鼠鸣于穴，大家各得其所，岂不是很好吗？"

震怒的唐太宗派大军横跨沙漠攻来，国王紧急集合能工巧匠，建了一座隐秘的迷宫，打算守不住王城时，就躲进这里。但唐军来得太快，一下子兵临城下，国王惊惧交加，死了。他的子嗣与满朝大臣都被迫迁入长安，他的王城上空，高高悬起大唐安西都护府的旗帜。

一年后，僧人骑着白马，带着庞大的取经队伍，重新踏足大唐的土地。白马已经老了，他毕生的事业却才刚刚开始。只是僧人心中怅然：那位恩重的义兄，与那个落空的约定，将一起被埋在心底，永远不能提起。

僧人就是玄奘。他用十七年西行求法，又用余生译经一千三百三十五卷，完成了自己“近光遗法，远绍如来”的誓愿。

国王名叫麴文泰，是传国一百三十四年的西域高昌国最后的国王。

《西游记》里玄奘的义兄唐太宗，在真实世界里，覆亡了玄奘义兄麴文泰的王国。对此，玄奘什么也说不得。

回到长安的玄奘，开始了漫长而艰辛的译经事业。他需要得到唐太宗的许可与帮助。作为回报，玄奘用一年多的时间，写成了《大唐西域记》，题献给皇帝，作为天可汗拓疆西域的地理智库。

又过了一些年，玄奘向弟子口述《三藏法师传》前五卷，讲述他离开长安求法，游历西域与印度，直至学成返国的十七年人生。

他只在自传的开头，讲述了与义兄麴文泰的相识，却在重返大唐的收尾处，对高昌国与义兄的命运只字未提。

佛家有言：一切有为法，如梦幻泡影。

唐高宗李治麟德元年，六十二岁的玄奘深感死期已至，从此绝笔翻译，向诸位弟子预嘱后事。从印度带回的佛经远远没有译完，但人力有时而穷，他已无须遗憾。

唯一的抱憾，只有许多许多年前，他与高昌国国王那个落空的讲经之约。当玄奘听闻义兄麴文泰的儿子将出任西州刺史，重回原高昌国的王城上任。他派弟子送去了一本手抄的《大唐西域记》。

那些年轻时错失的故事，在油尽灯枯时，也只能空添一段残笔。

高昌国覆亡很久很久以后，终于有一匹老迈的白马，驮着一个身影出现了。

但那不是已经荒废的高昌古城曾经久候的高僧，而是一个名叫李文秀的美丽少女，满面愁容，被白马带着，缓缓踏入古高昌人修建的迷宫。

少女的师傅向她讲述了高昌国覆亡的故事，但师傅也不知道，曾经高昌国的末代国王，曾与一位叫玄奘的僧人，有过一个落空的约定。

即使知道，少女也不会在意，她的心里，只装着一个得不到的情郎。即使玄奘再有学问，译过再多的佛经，也不能解答她：如果你深深爱着的人，却深深地爱上了别人，有什么法子？

就像很多很多年前，玄奘骑着白马返回大唐，李文秀也被白马带着，一步步地回到中原。

白马已经老了，只能慢慢地走，但终是能回到中原的。江南有杨柳、桃花，有燕子、金鱼……汉人中有的是英俊勇武的少年，倜傥潇洒的少年……

但这个美丽的姑娘就像古高昌国的国王和他的僧人义弟那样固执："那都是很好很好的，可是我偏不喜欢。"

02

韦应物 · 我有一瓢酒，可以慰风尘

那一年，少爷十五岁，是长安城远近闻名的纨绔少年。

少爷的太爷爷做过武则天的宰相，少爷的父亲是有名的画家，少爷自己生得仪表堂堂，却大字不识几个，只爱飞骑走马，拉弓射猎。凭着显赫的家世，少爷被玄宗皇帝看中，入了宫，不是做妃子啦，是做玄宗的贴身侍卫。

少爷本人很得意，但家人气得想揍他。少爷本家姓韦，和另一个大家族杜家，合称“城南韦杜，去天尺五”。这是大唐最鼎盛的两个世家，韦家出了十七个宰相，杜家出了十一个。

而少爷竟不肯好好读书做官，喜滋滋跑去给皇帝做保镖，真是块豪门朽木。

长安城想揍少爷的人实在太多了。身为长安恶少，天子红人，少爷很有觉悟，像横行乡里，欺男霸女，聚众赌博，窝藏凶犯，花天酒地，斗鸡走犬这些事，自然一个不落。

执法官吏想打压他的嚣张气焰，但少爷站在大明宫高高的白玉台阶上，只冷眼一瞥，便谁也不敢上前动手。

少爷清楚自己的胆气都来自玄宗的赏识。每一年，热爱生活、音乐与杨贵妃的玄宗，都要在春天去曲江赏花，冬天去骊山泡澡。少爷就和其他受宠的勋贵少年一起，排成威武浩荡的队列随行扈卫。

那是天宝十四年，开天盛世，歌舞升平。玄宗在冬日的华清宫大宴百官，举座长缨，中堂霓舞，珍馐百味在通明的烛火下流转传递。站岗辛苦的天子侍卫，被玄宗开恩赐浴，纷纷跳进热气腾腾的池子里，洗掉一身风尘。

被温泉蒸得懒洋洋的少爷，感到这就是他想要的生活。

而此时一个冻得瑟瑟发抖的中年旅人，正深一脚浅一脚地从骊山下踟蹰而过，山顶明亮的宫殿飘忽传来阵阵仙乐，他的心头忽然涌起两个句子：朱门酒肉臭，路有冻死骨。

慵懒躺在在温泉里的少爷，是怎么也想不到的，他眼前得到的这一切，马上就要失去了。

天宝十四年，渔阳鼙鼓动地来，惊破霓裳羽衣曲。

安禄山的大军杀向长安，玄宗被千乘万骑簇拥着，逃往巴蜀。逃跑的队伍，忘了带上少爷。

少爷失业了，他慌乱地走在大街上，身边是同样慌乱着逃离长安的人群。那些盛世华梦，转眼就很不真实地被叛军的铁蹄踏碎。

兵荒马乱的年月，到处是兵火焚城，生离死别，胡人的骑兵在长安大街上肆意跑马，世家大族与升斗小民一起被惨遭践踏。

少爷和家人避难在深山里，没了玄宗撑腰，少爷发现日子格外难过。他披着满是破洞的裘袄，骑着羸弱的老马，四处乞食求助，受尽折辱，甚至差点冻死在野外。

一个好心人收留了他，暖酒入口，少爷惊魂略定，他开始琢磨以后的日子该怎么过？

少爷这一年二十岁，已经结婚了，夫人元苹只有十六岁，也是世家出身，饱读诗书。少年夫妻患难情深，只是小两口偶尔拌嘴，夫人会取笑少爷大字不识，规劝他学学经世文章。

少爷没学宝玉勃然大怒，看看家徒四壁，少爷说：夫人，你说得对。

又过了一年，郭子仪率军收复长安，新皇帝肃宗登基，玄宗做了太上皇。少爷一家也回来了，他和其他家业丧尽的勋贵子弟挤在皇宫前，求一个生计。肃宗说，朝廷现在没那么多工作岗位，你们都去国子监读书待岗吧。

少爷平生第一次认真拿起了书卷。山河破碎，叛军仍在肆虐，大唐处处是人间惨状，能有一张安静的书桌，少爷前所未有地满足，曾经无法入眼的文句，忽然很容易就流入心底。

折节读书的少爷，慢慢洗去往昔的粗豪戾气。在大唐，想做官，要先做一个诗人。少爷试着学作诗，一笔一画地写，学人家在月下苦吟，花间咏叹，渐渐地有人开始叫好。但少爷并不开心，他觉得这不是自己要写的诗。

玄宗死讯传来的时候，少爷一阵怅然，大唐曾经的梨园天子与自己荒诞不经的青春一起永远过去了。

少爷二十七岁，正式做官，起步是低品级的洛阳丞。

洛阳是大唐的东都，肃宗借回纥兵从叛军手里夺回，但也惨遭回纥军队洗劫掳掠。少爷到任时，满城疮痍，房屋烧尽，幸存的百姓衣不蔽体。少爷只觉得一股气血上涌，悲从中来。

他年少时横行长安，折辱过别人，他落难时四处求乞，也被百般折辱过。如今，他只想凭着本心，为受难的百姓做点事。

有太监撑腰的军官在洛阳为非作歹，少爷按律令抓捕惩办。想当年他仗玄宗势胡作非为时，官吏也不敢过问的。这种权贵游戏少爷心知肚明，伸张正义需要付出代价，但他就是想这么做。

上司的打压很快就来了，少爷想了想，写了一封请长期病假的信，走了。

虽然走得洒脱，其实哪也去不了。官俸是少爷全家唯一的收入，虽是世家出身，但到了他这一代，已经穷得不剩什么。没办法，少爷向僧人求助，暂时寄居在同德寺。

少爷对拖儿带女的夫人说，对不起。夫人不责怪他，只是说，相比做长安恶少时的你，如今你的样子更让人喜欢。

少爷下次出来做官，已经要十年后。在洛阳寄居数年，一家人才凑足盘缠回到长安。那些个贫瘠而自由的日子里，少爷默默锻造着诗情，寻觅自己最想要写的诗。

只有在山水田园间，他才能获得身心上最大的舒畅。少爷疯狂迷恋上了陶渊明，那些古朴浅白的诗句，透着的是人生的从容，人活一世，心安理得四个字，或者比功成名就更值得追。

四十岁上，少爷在长安的高陵县做县宰，他的主要工作是下乡催征赋税。

此时的大唐盛世不再，军阀四处为乱，朝廷东征西讨，府库入不敷出。少爷同情乡间的百姓，也喜欢乡野的生活。他内心充满矛盾：严格执行命令，看不得乡民受苦，网开一面，又怕惹祸上身。

少爷一咬牙，又用了老办法，又一次请假归去。

少爷兴冲冲回到长安租住的宅子，推开门喊，夫人，我回来了。但夫人重病缠身，没有出来迎接。

夫人死的时候只有三十六岁，少爷完全懵了。结发二十年，相濡以沫，他记得两人新婚时长安的兵火，他记得滞留洛阳时一家人的苦中为乐，他记得这些年夫人陪他一起吃过的苦，受过的穷。

少爷摩挲着夫人用过的席子，穿过的衣裳，但斯人已去，他痛恨早年纨绔，半生蹉跎，让夫人"生处贫约，殁无第宅"。五岁的小女儿懵然不知，抱住少爷要去中庭玩耍，少爷摸着女儿的头百感交集，泪如雨下。

此后，这世间只剩他一个，继续孤零零向前走。

少爷带着两女一儿搬到了沣水边的善福寺，他与乡民为伍，每日出入田间，伐竹耕作，自食其力。他的身形日益清癯，面容沉静，像一截田间的老树。

当初一起做玄宗贴身护卫的少年玩伴，偶尔遇到少爷，惊诧到失声。玩伴问：你怎么会变成这个样子，你可是长安有名的游侠啊！少爷只是轻笑，和玩伴一起畅聊当年陪玄宗出游的盛况。说到后来，两人各自叹息，少爷说，那都过去了。

一个人的时候，少爷徘徊在山野田间，眼望云山，俯视流水，从内心萃取最想要的诗句。他感到，他这辈子最想写的诗，马上就要找到了。

朝廷却先找到了少爷，一纸任命，派他去战火未歇的滁州做刺史。少爷二话不说，收拾行李，上任了。

只在路经洛阳时，少爷特意去一家人寄居多年的同德寺看了看，当年生活过的痕迹依然留着，窗前的鸽子，日暮仍会绕庭乱飞。

少爷掐指算了算，夫人已经离开七年了。

在滁州，四十七岁的少爷一心奉公尽职。自二十七岁入仕，二十年来但凡为官，他必定兢兢业业，一旦去职，也立刻洒脱放下。

他爱陶渊明，但对官与隐的态度更从容自然。他爱山水田园，但像王维那样尸位素餐，他做不来。

滁州四面环山，战乱过后，民生凋敝。少爷抱病思归，又总感到自己为治下百姓能做的太少。这烦恼缠绕着他，撕咬着他，逼着他写诗向朋友倾诉：身多疾病思田里，邑有流亡愧俸钱。

朋友说，你尽力而为就好了。少爷点点头，面容依然凝重。

他身在尘世，活得却越来越像一位老僧。不论访友还是闲居，所到之处，少爷都要焚香扫地，盘膝而坐。当年长安纨绔少年郎，已经恍如隔世。

少爷的大部分时间，都待在滁州的乡野，不是慰问农家，鼓励耕作，就是游荡在滁州的郊野山涧，以山水自娱。

人生多不自由，只是在滁州的山水间，少爷慢慢觉察，他在接近心中一直想写的诗。有一天，他心血来潮，思念一位远在全椒山的道士朋友，虽身不能往，但心可以化诗飞去：

今朝郡斋冷，忽念山中客。
涧底束荆薪，归来煮白石。
欲持一瓢酒，远慰风雨夕。

落叶满空山，何处寻行迹。

这首诗有多好呢，后来苏轼看到了，喜欢得不得了，忍不住仿写了一首，但完全失败。

少爷却感到，这仍未抵达他内心最深的枯寂。

少爷经常独自一人，在滁州的西涧流转迟疑。他宦游半生，已接近生命的暮年。他曾亲附玄宗，自高自大，后来摔得极惨，发现自己不过是权势光环外的一层泡影。

他曾见过开元天宝的盛世，也尝过安史之乱的兵火。他曾是长安纨绔，后来屈沉下僚，游宦地方，深知乡野乡民的痛楚。想有所作为却时常感到无力，欲要无为时又内心不忍。

二十余年仕宦，四十多年人生，进，是苦，退，也是苦。

看着雨后山涧，渡口渔舟，少爷苦笑一声：到最后，只有这山这水知我心。他突然心头一动，默不作声，但内心告诉他，那首他一直想要写的诗出现了：

独怜幽草涧边生，上有黄鹂深树鸣。春潮带雨晚来急，野渡无人舟自横。

扔下笔，少爷长吁一口气，已经搞不清自己在写景，还是写心，写自己。

少爷自然是韦应物。

他出身韦氏宗族，在新《旧唐书》上有名有姓的就有几百人，但都没有韦应物的传，《旧唐书》甚至没有提过他。他的人生经历，只能用一生写的五百多首诗拼凑出来。

与那些真正的大唐天才与名臣将相对比，韦应物太微不足道了。一个前半生文盲纨绔，后半生有古怪洁癖的中层官员，很难令人留意。

但一个能从游侠恶少变成爱民君子的人，他的诗与他的人生，值得一说。

韦应物的诗风，像极了他后半生的人，冲淡平和，不动声色。他的诗里看不到激烈的情绪，只有古朴的文字，从不流丽迫人，但韵味无穷。

苏轼就很是爱他，不惜以诗表白："乐天长短三千首，却爱韦郎五字诗"。

韦应物后来在苏州做了三年刺史，这是他一生的成名地，后来人就管他叫韦苏州。但他最好的诗是在滁州写成的。

苏州罢任后，与从前一模一样，韦应物没有回家的路费，寄居在苏州永定寺。那一年，他五十四岁。

两年后他去世，家人凑足盘缠，将他的遗体带回到长安老家杜陵贵胄里。又要过五年，他才能与夫人元苹合葬。

用一句俗滥又贴切的话去形容他，就是愿你出走半生，归来依旧少年。但韦应物是会笑的，他说，我也有一句很俗滥的诗，可以形容下自己，那就是：

我有一瓢酒，可以慰风尘。

03

聂隐娘·我不是刺客，只是命运的一个玩笑

贞元二十一年是十分奇异的一年，这一年大唐先后换了三位皇帝。

正月的朔风里，老皇帝德宗撒手人寰，将一个破碎的大唐留给了身体瘫痪、口不能言的顺宗，一百八十六天后，顺宗的儿子在宦官的簇拥下，请父王做了太上皇，登基上位，是为宪宗。

五个月后，大唐进入元和元年，一派祥和中，顺宗猝然辞世。

此时距安史之乱已经过去四十余年，天下板荡依然。魏博、成德、卢龙、淄青、宣武、淮西，这些硕大无朋的藩镇，像一个个独立的王国，与长安的李唐朝廷对峙着，拉锯着，扰攘得生灵难安。

乱世飘蓬，有人正在倒霉，有人看到机会。

在大唐荒蛮的南边，随顺宗倒台一起遭殃的柳宗元，正黯然在永州看着江雪，而贬到朗州的刘禹锡则坚信，顺宗是被害死的。

在长安城，九品小官白居易，与形影不离的元稹，商量着一起租房备

考，一朝天子一朝臣，他们相信自己的时代来了。

在大唐最强大的藩镇魏博，节度使府的花园里，嘉诚公主又咯了一口血，十多年前从京师带来，长得甚好的上百株白牡丹，一夕枯萎了。

嘉诚公主已经有些记不起长安的样子，她的皇兄德宗死了，皇侄顺宗也死了。眼看着大唐岌岌可危，她硬按着魏博十几年不能妄动的手，慢慢无力。弥留之际，嘉诚公主只喃喃地喊着一个人的名字。她说，对不起窈娘。

窈娘就是聂隐娘。

身为大唐绝顶的刺客，就像大唐绝顶的诗人们，隐娘有自己摆脱不掉的烦恼。她能刺猿猴虎豹，能凌空腾起，刺鹰隼无有不中，更能白日刺人于闹市，速度快到周边无人觉晓。

但再厉害的剑术，也解决不了一个难题：如果心爱的情郎被人抢走了，你又能怎么办呢？被这个问题一直困扰的李文秀，直到牵着白马离开大漠，也没能想出一个答案。

隐娘则容易许多，道姑师傅替她想了一个办法。师傅递给隐娘一柄黑色羊角匕首，吩咐说：“你的剑术已成，而道心未坚，今送你返回魏博，杀你表兄田季安。”

面如古井无波的隐娘，默默躬身受命。她想起七岁那年，自己的父亲将风热发作命在垂危的田季安，用竹篾卷起，竖在荫凉处听天由命。三日三夜，她守在一边，任谁都拉不走。

隐娘心知竹篾隔着的表兄能感触到她的目光，一双小儿女，不曾直言过什么，但死生契阔，此生已然相许。

只是后来，表兄还是娶了旁人的女儿，成了魏博新的霸主。她却被道姑师傅带入山林，训练成一个铁石心肠的刺客。

如今，刺客聂隐娘，奉了师命，要去杀掉这个负心人。

一袭黑衣的隐娘跟着师傅，走进了睽违十三年的魏州，内心满是挥不尽的无力。此时是元和四年，元稹已经在剑南遇见了大他十一岁的薛涛。白居易写出了《长恨歌》，在朝廷上激扬文字，正是一生最好的时光。

但天下新的危机已经现出端倪。野心勃勃的藩镇节度使们，与锐意进取的李唐君臣，渐渐从暗斗升为明争。就像一群庞然巨物撞在一起，所有人都被席卷其中，难以挣脱。

来去无影，刺大僚如刺飞鸟般容易的隐娘，同样挣脱不得。道姑师傅说，你的心上人田季安，是天下最强大的藩镇魏博的主人，他暴虐凶残，对抗朝廷，是个大大的恶人。杀一独夫而令天下安宁，免去生灵涂炭，这么简单的道理，你不会不懂吧?

隐娘没有回答，她站在景物依然的自家门前，隔着高墙，仿佛又看到十二岁的自己，穿着美丽的衣裙，在秋千上高高荡起，突然一脱手，如一只凤凰投入碧天……

她终究不是凤凰，受人心羁绊，还是落回到地面。

隐娘原本叫聂窈。窈窕淑女，君子好逑。

十二岁时，表哥田季安的养母，对她也宠爱有加的嘉诚公主，将一对羊脂玉玦赠给两个人，这是大人们要玉成一对青梅竹马的意思。

一年后，得罪了朝廷的洺州刺史元谊，带着整个家族和五千军队投奔魏博，婚事突然生变。十五岁的表哥被安排与元家十三岁的女儿站到一起，两家的大人们纷纷赞美，多么珠联璧合的一对儿啊。

与强强联姻带来的丰厚回报相比，小儿女的情事实在太轻了。小隐娘默默看着大人们出尔反尔，她愤怒委屈，却无从发力。

她一直敬爱如天人的嘉诚公主，那么高贵美丽，却屈叛了她。公主事后没解释什么，只是吩咐做了道姑的妹妹，将出离愤怒的她带离魏博。

十三年后，回家的隐娘和母亲坐下来谈心，母亲仪容恬雅，是那种常年于荣华富贵与浸淫权力斗争磨出的气质。不肯换掉黑衣的隐娘，更像一个野孩子。

母亲说，嘉诚公主四年前去世了。很多很多年前，她奉皇兄德宗皇帝的旨意下嫁魏博，起誓要凭一己之力，维持朝廷与魏博的和平。这么多年，她守住了誓言。守誓的代价之一，是拆散了你和表哥，有负于你。

隐娘忍不住捂住面庞，小声啜泣。

她不只是伤心被最敬爱的人背叛，失去了最初的爱情。更伤心身为权力夹缝间的女子，大家能走的路，太少太少。

要么像嘉诚公主一样，把自己的婚姻变成一个工具，任人利用。要么像道姑公主一样，把自己的命运变成一把匕首，任人指使。

天地很大，命运太小，简直无从隐身。

隐娘在节度使府先后潜入三次，借着云翳明灭的瞬间，穿行跳跃在廊檐柱上，无人能够觉察。她看到了心心念念的表哥田季安，果然刚愎暴虐，对朝廷心怀不轨。但隐娘并不关心这些。

她的眼里，是十三年后那个有些陌生的身影，透过柱影纱幔，隐娘看表哥陪着儿子们摔角嬉戏，看表哥与爱妾胡姬依偎恩爱，看他在十三年的时空里一点点雕砌出自己的世界。

这个世界里，没有留给她容身的位置。

隐娘摸摸手心里嘉诚公主赠予的羊脂玉玦，那块玉冷硬而锋利。她有两次机会可以手刃表哥，但她怎能狠心下手。

刺客生涯之初，她奉师命去杀一个大僚。在殿宇榻边，大僚抱着幼子酣睡，她踟蹰良久，悄悄退了回去。

师傅问，为什么不杀？隐娘说，见孩子可爱，不忍心下手。师傅看着她，意味深长地讲：以后遇此辈，先断其所爱，然后杀之。

所以杀死表哥的正确方式，是在表哥的面前，先杀掉他的儿子与爱妾，再用匕首割断他的咽喉。

但隐娘心知，师傅的话不能从命。她的爱情，已经做了权力的牺牲品。她不能让自己残留的命运，再变成别人手里麻木不仁的刀。

说到底，是嘉诚公主辜负了她。不管是先玉成此事又拆散她与表哥姻缘的嘉诚公主，还是教她一身本领又令她以刺杀为业的道姑公主，她们对她或怀有深爱，但依然将她作为一件工具。

公主们有牺牲自己甘心为家国天下效命的觉悟，但隐娘却不愿割舍人生的自由。

在节度使府，隐娘还遇到了元家那个女孩子。当年她与表哥站在一起，被大人们赞誉是好一对玉人。如今她是春闺冷寂的节度使夫人，是每一次表哥田季安进门，她都要叫出三个孩子，意图留下丈夫的幽怨妻子。

但她从未成功，丈夫眼里只有冷漠与戒备。她的元家想要取代丈夫的家族，执掌魏博。她的婚姻是阴谋与野心的一部分，注定被丈夫仇恨。

隐娘更发现，这个女孩子的另一面，是负责为元家剪除异己的刺客精精儿。当她们在林间重遇，舍生忘死激斗，隐娘划开她的面具时，两个人各自流血对立，一言不发，心中却百转千回。

隐娘是走到半途的精精儿，精精儿是彻底交出自己命运的隐娘，她就像嘉诚公主与道姑公主合在一起的样子，彻底完全地成了一件工具。

隐娘默然转身离去，她又想起十岁时嘉诚公主对她讲过的那个故事，一只青鸾被束缚住，不鸣不动，只有在面对一面铜镜时，才一夜悲鸣飞舞，力竭而死。公主说那是无比的孤独。但隐娘明白，那是对自由的渴望。

隐娘离开了魏博，把父母家人与表哥田季安都落在了身后。从她十三年前离开那天起，这个世界就已不再属于她。

她回山复命，道姑师傅看着她的眼睛，洞悉了一切。隐娘解释说，杀死田季安，他的孩子年幼，魏博必乱，弟子不能杀。

道姑师傅深深一叹，我知道你心里的意思。

师傅说：剑道无亲，不与圣人同忧。你的剑术已成，唯不能斩绝人伦之亲……你去吧。隐娘叩拜师傅，转身离开。她当然没有走远，师傅如一只白鸟从身后袭来，隐娘出剑，交手，收剑，转身离去。

道姑师傅白色的道袍胸前，划开了一道剑痕。

那句听起来很酷很酷的“剑道无亲，不与圣人同忧”，其实就是在说，你是个工具啊，怎么应该有自己的情感呢。不听话的工具就应该被毁灭，但师傅打不过隐娘，只好放她走。

恢复自由的隐娘，选择了一个与大唐毫无关系的磨镜少年，陪着他前往新罗，再从那里渡海返回日本的家乡。大唐与藩镇这两个庞然大物间的争斗，她左右不了，也不想再被席卷其中。

磨镜少年就是隐娘给自己挑选的爱情归宿吗？我觉得这会把隐娘看小了。这个静默着不爱说话的姑娘，相比起如天光云影一样不可靠的爱情，她更在意的，是牢牢握住自由的命运。

任谁也别想夺走。

作为隐娘离去的余绪，三年后，三十二岁的田季安暴死，正妻元氏的儿子田怀谏如愿成为魏博新主，但他太年幼了，大权旁落给私奴蒋士则，魏博大乱，军队拥立新的主人，田怀谏被送去了长安，一生再未踏足魏博。

阴谋诡计一场空的元家，与失去大权的田家一起，从魏博的土地上被抹去。新的霸主换了又换，继续和李唐朝廷缠斗不休，直至九十余年后，大魔王朱温将两家屠杀殆尽，这段恩怨才戛然而止。

权力的游戏开了又关，只有白居易的《长恨歌》，与隐娘的故事一直流传。

在唐代传奇里，隐娘依然是一个刺客，她剑术高妙，能折纸为马，会像孙悟空一样钻入人的肚子。但不同的是，她不再是一个沉默克制的姑娘，她会大声说出自己想要的，不管是丈夫还是新的生活，无人能阻止她，她如飞鸟般自由自在。

两个故事里的隐娘，终于在人生的选择上，叠合在一起。隐娘的故事，当然来自电影《刺客聂隐娘》，与那篇唐传奇《聂隐娘传》。

电影的剧情其实简单，讲一个女刺客面对昔日爱人，深爱到无爱，要杀而不杀。但把隐娘放在爱情层面，实在看低了她。从始至终，她对抗的都是强加给自己的命运。

隐娘最精彩的一笔，是她回刺命运一剑，转身从桎梏的世界里隐去。她摆脱了作为工具人的命运，自己给自己画了一个未来。至于那未来凶险吗，美满吗，甚至都没有那么重要了。

04

疯王、巨龙与黑暗传说

十三郎十岁的时候，父皇驾崩了，他独自走在大明宫空旷的殿宇间，内心满是对未知的惶惧。

三哥成了新的皇帝，有谋害父皇嫌疑的太监成为新天子的臂膀。站在离龙椅很远的地方，十三郎仿佛看到黄袍在身的三哥眼眸闪过一丝无奈，像一个华丽的提线木偶。

父皇死后，十三郎从梦里惊醒。一只巨龙不断出没在梦中，时而冲他狞笑，时而驮着他一飞冲天。他把梦告诉了母亲郑氏，母亲慌张四望：嘘，一定不要出去乱讲。

十三郎理解母亲的谨慎胆怯。如果你是一个叛臣的侍妾，被拘入后宫做皇后的侍女，又被父皇看中，生下了皇子，你在宫中的每一日也将惶惶不安。

一个卑微的皇子无人在意，十三郎觉得这样也很好。直至有一天，重疾忽然袭身，生与死的边际慢慢模糊，那只时常出没的龙突然撞了他一下，他醒了。

跳起来的十三郎做了一个动作，他正身拱揖，像一位面对朝臣参拜的皇帝。三哥恰巧走了进来，吓坏的姆妈慌忙解释他的脑子烧坏了。但十三郎从三哥眼里，看到了光。

新皇帝抚着他的背，意味深长地说，这是我们家的英才啊。临走前，三哥命人取来玉如意、御马、金带，通通赠予他。

十三郎再一次行走在大明宫，总感到背后有无数双阴冷的眼睛从暗处刺来。转过身，却只见巍峨的宫殿，与明朗的天地。他轻轻叹了一口气。

一个夜晚，一群刺客冲入禁宫，与十三郎狭路相逢。刺客很快被拿下，但受惊的十三郎，一下子疯掉了。

三哥做了五年花天酒地的皇帝，撇下了江山，终于解脱了。

十六岁的大侄子成了新的皇帝，身边同样站着一位有拥立之功的太监。比大侄子还小一岁的十三郎拜见新皇，遭到了一阵调笑。这个惊吓之后就忘记怎么说话的皇叔，成为大明宫最受欢迎的傻瓜。

两年后，大侄子被太监灭掉，二侄子登基为王。新皇帝想反抗一下，却被太监血洗宫廷，一口气杀掉几百位大臣，从此二侄子只好饮宴嬉戏度日。

十三郎总是天子取笑的对象，他一出现，宴会上就充满快活的空气。二侄子说：十三叔，你今天还不准备说话吗？十三郎做出一个很无厘头的手势，于是大家又一阵哄然大笑。

十三年后，活够了的二侄子，被等够了的太监杀死了，五侄子被扶立为皇帝。新的天子颇为英明神武，一番上下腾挪，稍稍从太监的钳制中松了口气。

有了闲暇的五侄子，把目光投向了自己的十三叔：这个已经呆傻了二十多年的皇叔，会不会一直在伪装？如果是真的，这人的心智就太可怕了。

十三郎能读出五侄子眸子里的恶意，但他毫无办法。他们这一家，父杀子，母杀子，妻杀夫，子杀父，兄弟姐妹互杀，实在司空见惯。人在风暴中，半点不由身。

五侄子终于下手了，他命人把十三郎绑成一个粽子，扔进厕所熏杀。负责动手的太监说，这样太慢了，干脆一刀杀了吧。五侄子犹豫了一下，眼光一狠，点点头说，好！

太监来到厕所，看着木讷到不知恐惧的十三郎，做了一个智力测试，验出十三郎真是个傻瓜。这个爱读史书的太监想起了吕不韦奇货可居的往事，就偷偷放掉了十三郎。拿出一副熊的肝脏回去交差。

五侄子没有一面会说话的魔镜，于是他相信危险的十三叔真的死掉了。

逃出生天的十三郎开始浪迹天涯。他跨过山河大海，穿过人山人海，见天地，见众生。他看到父皇为之奋斗一生的天下，遍地生灵涂炭，官吏不法，军阀肆虐。

梦中久违的巨龙重新回来了，瞪着幽深的龙眼，沉声问他：你准备好拯救这天下了吗？十三郎沉默着，握紧拳头。

他藏身在中原的杳严寺，主持智闲禅师很照顾这位不说话的中年人。小沙弥来告状：师傅师傅，这个人光吃闲饭不干活。禅师说，那给他多加一个菜。

阴魂不散的五侄子，下令全国禁佛。一个月黑风高的夜晚，智闲禅师与十三郎一起离寺出走，一路逃上了庐山。两人看着一道瀑布，禅师忽然吟咏了两句诗：千岩万壑不辞劳，远看方知出处高。说完，期待地看着十三郎。

十三郎沉默半晌，心底那条巨龙突地腾起，通体金光焕发，不可抑制，他猛然抬头，二十多年后第一次重新开口：溪涧岂能留得住，终归大海作波涛。

山涧水击轰鸣，大明宫上空挥过一道闪电，天子从卧榻悚然惊起，吓得太监宫女全围过来。只听五侄子说：那个人，要回来了。

求长生的五侄子，死于丹药中毒。太监们商量着新皇帝的人选，要听话，要好控制。一个太监一拍额头：我有一个宝贝。

三十七岁的十三郎回到了大明宫，熟悉得不能再熟悉的龙椅，这次换他来坐。身边是轻笑的太监们，眼前是看白痴一样看他的文武百官，登基大典快成一出猴戏。

疑似猴王的十三郎，木然死气的双眸突然精光大作，他仰起头，身躯倏忽挺拔起来，巨大的气场瞬息占满宫殿，所有人一瞬间感到艰于呼吸。

群臣偷偷看十三郎，威严得不可凝视。不止一个人心中点赞：影帝啊，演技太好了。

拥立十三郎的太监们全呆了，到底他们找来一个傻瓜，还是自己是傻瓜啊。十三郎看了一眼那位以为他奇货可居的太监，仿佛说，你读书少，我真的在骗你。

一举手就夺回权柄的十三郎，心头的金龙怒然嘶吼。当年三哥探视他，看他模仿皇帝的样子，眼里闪过的那道光，就是兄弟间的约定。

三哥说：我是不行了，拯救大唐，消灭阉党的重任，托付给你了。

十三郎从龙椅站起，俯视满殿文武，缓缓举起了手。

五侄子的所有亲信，全被他一扫而光。父皇时代的老臣后裔纷纷被提拔。十三郎问新宰相：我父皇下葬时，中途下雨，只有一个老臣仍坚持扶住灵柩，他是谁?

宰相说，他是已死的令狐楚啊，他儿子令狐绹挺有才气。十三郎说，让他明天来上班。

朝堂与宫禁都换成自己人的十三郎，心中的金龙呼之欲出，他扭过头，冷眼看瑟瑟发抖的太监们。气焰嚣张的太监被死死摁住，但这些手握禁卫军的天子家奴，十三郎也不敢彻底清算。他只好励精图治，等待时机。

太宗皇帝李世民是他的偶像。他把《贞观政要》写在屏风上，每天默读一遍。每次大臣上疏，他都要焚香洗手，才打开阅读。

因为曾流落民间，十三郎深知人情真伪，官场底细。他酷爱微服私访，没有遇见过美人，但收获了许多英才。他命人整理所有中层以上的官员档案，天下郡县的基础情报，硬背下来，让自己不受蒙蔽。

他与心头的巨龙一起盯住整个天下，从无一刻放松。所有地方长官上任，十三郎都要亲自面试。建州新刺史心想我离长安八千里，你还真能知道我干些啥?谁知降职的罚单立刻递到。十三郎表示，这个天下，谁也躲不过我的眼睛。

他最爱玩君心难测的游戏。朝政之余，十三郎和蔼地说，大家活跃一下嘛，宰相们就兴致勃勃地分享各种八卦。突然十三郎脸一黑：各位要好自为之啊，我常常害怕你们犯了错，明天就见不到大家了。委屈的大臣纷纷表示，这皇帝怎么就这么磨人呢!

做了十年宰相的令狐绹后来诉苦，别看皇上那么喜欢我，每次向他汇报工作，我都汗流浃背。

就这么五加二，白加黑，事必躬亲许多年，丢失百年的河湟土地收复了，桀骜不驯的藩镇表示我服了，杀皇帝如屠狗的太监们不嚣张了，摇摇欲坠的天下稳住了。

十三郎行走在大明宫，身后群臣看着他的背影，眼冒星光：帅啊，这就是太宗复生。

只有夜深人静，十三郎会从噩梦里惊醒，他环顾祥和一片的寝宫，总感到潜伏的太监正磨刀霍霍。

十三郎悄悄找来朝中最有智慧的几个大臣，询问怎么能将掌权的太监连根拔起。想破头皮的大臣最后摊手：要不让他们老死算了？

失望的十三郎，心灰意懒，觉得多年的努力，只是裱糊了残破的天下。心中那条金龙，颓然地黯淡下去。

变得喜怒无常的十三郎，身体风毒加重。像祖上许多皇帝一样，他开始服食丹药。他只觉得心底的巨龙，金色慢慢退去，越来越幽暗无光。

传说活了几百年的道士轩辕集，被召回了皇宫。十三郎对大臣们解释，我不求长生，只想长寿，这天下还需要我继续努力。

他问老道，我这皇帝能当多久呢。轩辕集写了一个四十，十字微微上挑。十三郎就笑了：真有这个福分，三哥托付我的使命，就有机会实现了。

呕心操劳日益老迈的十三郎，梦见了太宗皇帝。他问，我拼命模仿你，为什么越做越累，天下却没有变好呢？

太宗说，你只学了我的皮，其实不敢相信任何人，身边只敢留唯唯诺诺的庸才。以你一人的智慧，要做完天下所有事，怎么可能？

但他怎敢放松权柄呢，身侧的太监像幽灵一样等待着机会。有大臣说，您该培养接班人了。十三郎阴恻恻地，答道：那我不就失业了。本朝失业后做了太上皇的皇帝，有几个得以善终？

但死亡还是来了。五十岁的十三郎，背疽突然发作，他掐指数了下，原来老道轩辕集说的是十四年。这就是自己的天命吧。

十三郎对已经完全发黑的巨龙说，老伙计，看来我们只能到这里了。巨龙温柔地安慰他，你已经尽力了，大唐再没比你做得更好的君王。

一生都在防范太监的十三郎，临死却只能将立储大事交给身边的太监。但另一伙太监杀光了这些人，拥立了新的皇帝。大明宫的轮回重新开始，直至最终的毁灭。

十三郎自然是晚唐的宣宗。

宣宗的身世很传奇，他的母亲郑氏是叛将李锜的侍妾，李锜谋反失败，郑氏被充入唐宫，一起入宫的还有张好好。但张好好没有一个能干的儿子，年老时被遣送回乡，贫病交集。杜牧为她写过一首《张好好诗》。

宣宗三十七岁即位前，一直以沉默呆傻的形象处世，等登上皇位，想拿他当傀儡的太监愕然发现，他比谁都精。

宣宗是大唐最后一位能干的皇帝，被称为小太宗，司马光认为他的“大中之治”不次于文景之治。但这样一位英主，也不是所有人都钦服。杜牧晚年在他身边做事，却无心表现，只想安稳度过余生。

杜牧敏锐地察觉到，已经日薄西山的大唐，不是任何个人可以力挽狂澜的。宣宗死后，他的儿子十分不成器，大唐再也没有翻身的机会。

宣宗也爱音乐与诗歌。他一登基，就想提拔白居易做宰相，但那时白居易已经去世几个月了。作为粉丝的宣宗，对白居易做了最脍炙人口

的总结:

童子解吟《长恨》曲，胡儿能唱《琵琶》篇。文章已满行人耳，一度思卿一怆然。

这就是疯王宣宗的故事。

05

元载·带娘子奔跑在长安，一个时辰都不能停

元载与王蕴秀初见，不在长安城。但他们未来将携手走进这里，铺开他们自己也想不到的人生。

元载如何娶到王蕴秀，像一团谜。一个老家在岐山的贫苦文士，没有进士功名，凭什么与大唐豪门太原王家攀上亲?

但元载做到了。手握大唐一半军队的战神王忠嗣，同意了这门婚事，把小元载很多岁的爱女嫁给他。

那是开元末年，盛唐气势未衰，人们看重一个人的家世与门第，但同样推崇一个人的天才，相信个人奋斗，相信英雄造时势。

王蕴秀或许像红拂一样，慧眼识英雄。或者是已经位极人臣的王忠嗣，看出了元载具有别人看不到的能量。总之，元载与王蕴秀结婚了，感情还挺不错，婚后住在王家。但嫌贫爱富才是人之常情。住得久了，王家兄弟姐妹的闲言碎语都来了。

元载姓什么，同样是个谜。《旧唐书》说他随母亲改嫁，跟继父改姓

元。《新唐书》说他的父亲讨得曹王妃元氏的欢心，所以改了主母的姓。总之，一个姓什么都不好说的失败者，凭什么赖在高贵的王家？元载夫妇被娘家人花样嘲讽。

元载绷不住了，他有野心，有心机，能隐忍，当个实际上的入赘女婿也无妨。但同时，这不代表他不要尊严。他感到尊严受伤，给妻子留了一首诗，表示要独自去长安求取功名，不成功就不回来了。

性格刚烈的王蕴秀，不缺骄傲与才华，她回了一首诗："路扫饥寒迹，天哀志气人。休零离别泪，携手入西秦。"

王蕴秀说，要走一起走，我们离开这个无情无义的地方，一起去长安奋斗。这是那个年代的京漂了。

长安米贵，每一个时辰都更贵。来到长安的元载夫妇，开始与时间赛跑。

元载婚前落第很多次，他满腹才华，但缺少贵人与运气，现在两样都有了。王蕴秀指点丈夫，要去拜见真能帮忙的王公贵胄，千万不要学李白，到处讨人嫌还不自知。

凭着王家女婿的身份，长安豪门多少给元载几分薄面。玄宗皇帝也来凑趣。他把儿媳变成了女道士，顺手把科考内容从诗赋策论改成了老庄学说。这事放在宋代，读书人是要哭闹的，你想想欧阳修与刘几。但在大唐不算个事。从小爱读道书的元载大喜过望，一举及第。

二十九岁的元载，开始做官了。他先在长安郊县做县尉，会做人又能做事，不久被上官提拔为从八品的大理寺评事。长安城闹狼卫的时候，元载已经不需要趁机找娘子，他与王蕴秀连孩子都生了。

但长安水太深了，元载想出头不容易。这是权相李林甫一手遮天的长安，他容不下太子，也容不下大唐的骄傲王忠嗣。机关算尽，终于把战神斗倒。天宝八年，四十五岁的王忠嗣暴死在贬谪地，元载的靠山倒了。

在长安只能靠边站的元载，一边啃着冷冰冰的胡饼，一边看李林甫翻云覆雨，看杨国忠权势熏天。元载心里想的却是：大丈夫当如是。

与他一起苦捱的王蕴秀，是元载的知己，也是最好的智囊。她看惯了大唐权宦的骤起骤落，娘家衰败没有令她抓狂，相反，她看到了一个向已经落魄的娘家人复仇的机会。

当初你如何对我，等我飞黄腾达，加倍奉还。

夫妇俩相信，等待是为了更快的奔跑，只需等来一个天下大乱的机会，就能在权力的阶梯上快速攀爬。

元载夫妇大概十分感谢安禄山，这个三百斤的大胖子撞碎了长安，也将一个起跑的机会送给了元载。

把江山玩脱的玄宗被迫当太上皇。太子即位，是为肃宗。新皇帝急需网罗信得过的人才，元载作为被李林甫冷落的人物，身世清白，值得提拔。

蛰伏十多年，心思圆融的元载，把肃宗哄得十分开心。但元载一点也不开心，他发现有一个人更能使肃宗快乐，他叫李泌。

当年长安城的小道士，变成了中年道士，但与肃宗情谊不减。肃宗晚上加餐，亲手烤熟两个梨子，送到李泌嘴边，说先生你老是辟谷绝食，瘦得我心疼，多少吃一点吧。李泌就推辞。肃宗的三个兄弟一看跑来抢，肃宗一瞪眼：滚！

备受宠信的李泌于是发愿：我要做宰相，为了天下百姓。元载盯着李泌，心里同时发愿：我也要做宰相，为了我自己。

为了战胜李泌，元载找到盟友，大太监李辅国。李公公的娘子也姓元（是的，你没有看错），和元载是本家，两个人于是很亲昵。元载说，我有智慧，您有权势，我们联手，天下无双。

李公公的权势大到什么地步呢，他自作主张，把玄宗从住了一辈子的兴庆宫轰走，却让肃宗背了不孝的锅。肃宗要发作，想想李公公手里的军队，这气我就忍了。

对手过分凶残，斗不过的李泌，只好离开长安城，退避到衡山修道。元载十分开心，金光闪闪的宰相宝座，看上去唾手可得。

但形势突然一转，肃宗病重死了，李公公杀掉其他皇子，扶助代宗即位。作为一个有追求的太监，李公公对新皇帝说，老奴我也想做宰相。元载差点昏厥：大哥，不带这样玩的。

太监做宰相过分惊世骇俗，李公公没能梦想成真。他推荐元载做管理长安城的京兆尹，元载扭扭捏捏不肯答应，李公公恍然大悟，好吧，我做不成宰相，那就让本家你来做吧。

四十九岁那年，元载终于爬到了帝国的顶峰。

做了宰相夫人的王蕴秀，心满意足。当年屈身下嫁，如今证明是超群的眼光。压在心底十多年的愤懑，也可以对亲姐妹们稍稍宣泄了。

她寄去一首诗，诗名非常直白：我老公当宰相了，给你们说一声。其中有两句是“笄年解笑鸣机妇，耻见苏秦富贵时。”我成亲时被你们爱答不理，如今发达了，就要你们高攀不起。

宰相元载却没有娘子的闲情雅致，他看透了长安就是场持续一生的长跑，即便是最后一百米，一旦落后，就会失去所有。

权势滔天的李公公，成了新的障碍。代宗讨厌李公公，因为李公公居然说：皇上你就坐在宫里玩耍，朝廷的事让我操心就好了。冷眼旁观的元载立刻献上忠心：皇上，我能帮你灭了他。

被皇帝与元载联手算计的李公公，很快被踢出长安城。念在往日情分，皇帝没有杀他。元载十分尊重代宗的感情，于是自己雇人，割了李公公的脑袋。

李公公死前隔空高喊，为什么你要出卖我？元载冷冷地回答：长安虽大，也容不下两个权臣。

竞争还在继续，另一个大太监鱼朝恩挡住前路。鱼公公有一次公开侮辱宰相们，其他宰相气得全身发抖，只有元载谈笑自若。忐忑不安的鱼公公匆匆退回家，对亲信说，受辱发怒才是常情啊，元载的心机太深不可测。鱼公公果然死在了元载手中。

元载跑赢了所有的对手，终于站到长安的终点。居高俯瞰，元载想，李林甫当年看到的长安，就是这个样子啊。

这一年，他五十七岁。

失去信念的人，都将被长安吞噬。元载与王蕴秀却很享受被吞噬带来的快感。

停下脚步的元载，所作所为都在竭力模仿偶像李林甫，他比李林甫更贪，更毒，更张扬。王蕴秀还保持着一丝清醒，她写诗劝诫元载，也是劝诫自己：“公孙开阁招嘉客，知道浮云不久长。”

这泼天的富贵，不可一世的权势，总有烟消云散的一天。但那一天来到之前，有谁会真的拒绝沉溺其中呢？

将复仇进行到底的王蕴秀，请落魄的娘家人来相府做客，尽兴展示老两口的穷奢极欲。她用特别平淡的口气对兄弟姐妹们说：我们这两个当年的乞儿，现在总算也能穿几件粗布衣裳了。

元载建了一座比皇宫更奢华的芸辉堂，每日沉迷在宠妾薛瑶英的舞姿里。府外是排成长龙的朝臣，他们提着重礼，只有先见过元载，才有机会入宫面圣。

他在高处坐得太久了，以致一个书生送他一首诗，“城南路长无宿处，荻花纷纷如柳絮；海燕衔泥欲作窠，空屋无人却飞去。”读完元载落下一滴泪，他知道盛极而衰的道理，却根本不想回头。

直到有一天，老对头李泌回到了长安。元载重燃斗志，但已经没人想陪他继续跑下去。对他忍无可忍的代宗对李泌说，先生且在外地躲一阵，等我除掉元载，你再回来。

一身玄衣，仙风道骨的李泌，看了眼鬓髯尽白的元载，叹一口气，飘然而去。

元载是进宫时被收捕的，对结局已有所料，临死前，他只请求刽子手动作放麻利些。不耐烦的刽子手脱下他的袜子，堵住嘴，随后勒死了他。这一年，元载六十四岁。

他的娘子王蕴秀本可以不死，但这个以狠戾张扬闻名长安的老太太，不肯接受入宫为奴的侮辱，扬声高喊：王家十二娘子，二十年太原节度使女，十六年宰相妻，死亦幸矣，坚不从命。于是被乱棍打死。

两个人与长安的漫长奔跑，就此结束。清代的时候，一个无聊的秀才乱点鸳鸯谱，他觉得骄纵的王蕴秀更该嫁给一心修道的李泌，这样才性格中和，人生长久。

元载的三个儿子，随后也全被处死，从小出家为尼的女儿，被收入宫中为奴。直到很多年后，她才知道父母早已死去。

元载死后，聚敛的家产全部充公。从他府中拉出的胡椒堆成一座小山，足足有六十多吨。从皇帝到百官，看过的人纷纷摇头叹息，想不明白这个出身贫苦的权相，一生在心头究竟挖下了多深的欲壑。

只有长安城冷漠地旁观这一切，它见多了形形色色的奔跑者，而元载与他的娘子，也不会是最后一位。

06 李泌·拿什么拯救你，我的太子

李泌与太子在长安城惜别时，已经是三十余岁的男子了。比他年长十一岁的太子李亨，蓄着优雅的髭须，眼神满是难舍与不安。

李泌指指天穹，又指指鞋子，对太子拱手一揖，白衣拂尘，飘然而去。

太子身边的内侍李辅国也是一脸愁容，将李亨扶入马车，悄声说：如今右相李林甫风烛残年，国舅杨国忠气焰正盛，殿下被两边交攻，李翰林又被逼走，未来不可不慎啊。

太子叹一口气，默然不语。只是揭开帘布，看远处早已消失不见的李泌车驾。心中想：长源，我明白你的意思，让我莫要逆天行事，等着你自己走回来那天。

在路的另一边，已经缓缓出了长安城的李泌，忍不住回身凝视这座充满荣耀与陷阱的城市。他能感到多年修持的道心在动摇，正被常年宫廷权斗滋生的野心填满。

他回想这些年在长安出生入死的作为，为了完成一个使命，可以在十二个时辰里牺牲自己，牺牲别人，牺牲一切，从不曾半分犹豫。

“为了一个正确的目的选择不择手段，是对是错？”李泌不想回答这个问题，他只能解释自己终归是个道士，实现经国济世的理想的那天，便是回山修道的日子。

李泌可以想象，自己这么拧巴地辩解时，那个朔风一般爽利的死囚，又会用一只独眼盯着自己嘲笑。李泌叹口气，“终究跳不出这个凡间啊。”

李泌本来是有机会飞天成仙的。

七岁以神童之名，受玄宗接见，斗诗赢了宰相张说，成为太子李亨的布衣之交，又被另一位宰相张九龄器重宠爱，长安城最瑰丽的一面，小李泌早早看到并得到。

神童之外，更是仙童。出生前就有异人告诉李泌娘亲，这孩子未来是帝王师。小小年纪，没练过轻功，已经身轻如燕，能在屏风矗立，笼上行走。

一个云游道士要带他走，被李泌父母拦下：我们儿子可不是哪吒。道士吓唬家长：十五岁，你家李泌就要白日升天。

一场天人争夺战爆发了，每一年八月十五，李泌家窗外必然仙乐飘飘，异香浮动，神仙公然要来拐带李泌。李泌父母带上一族亲戚，站到院子里，一边往天上泼蒜末，一边破口大骂，招架不住的神仙，连续挨骂几年，只好放弃。

被留在人间的李泌，留下了一个后遗症，爱读书，不爱吃肉，精通《易经》，喜欢往深山里跑。体格长大些后，终年游走在嵩山、华山与终南间，遍访世外高人，学神仙不死之术。

有一天，李泌突然回了家，趴在桌角，认认真真写文章，父母都很惊讶，这孩子莫非要转性？结果还真是，李泌给玄宗写了一篇《复明堂九鼎议》，内容不重要，重要的是李泌要玄宗回忆起自己，“我想出山做官。”

玄宗果然接见了他，请他讲《老子》，听得玄宗和贵妃频频点头，玄宗发话：“好吧，你就来做待诏翰林，去东宫给太子讲课吧。”（李白吐槽：这个套路跟我一模一样，我怎么就不成功。）

李泌去了东宫，久候的太子握住他的手，眼泪汪汪，从此只以先生称李泌。太子问：“先生醉心修道，为何会来辅佐本王？”

李泌看着太子，一张认真脸：就不告诉你。

事情要回到在山中学道时。李泌被盗匪伏击，从山崖摔了下去。主角掉崖一定是不会死的，还会有奇遇。李泌果然遇到了神仙。

神仙授他长生、炼丹、飞天之法，但告诉他别着急，你这一生负有特别的使命，要五起五落，要拯救三位太子，要两次挽救大唐江山，任务完成了，才允许你成仙。

于是李泌出山回到了太子身边。看着太子欣喜不已的脸，心说：好吧，来都来了。但李泌能从李林甫手中保下太子，却架不住杨国忠与李林甫两面夹击。

杨国忠向妹夫玄宗告状：李泌写诗骂我，我是国舅，我妹妹是杨贵妃啊，不可以骂我的！这个理由好强大，李泌被赶出了长安城。

最后又望了几眼长安，李泌乘着马车，去了杨国忠为他安排的湖北蕲春。他当然不肯老老实实待罪，抓住机会就溜进深山密林。长安留给他一身喧嚣，终于可以用清风明月清洗一番。

天宝十四年，玩脱了的玄宗带着一大票皇亲国戚，流落到马嵬驿。一个名叫张小敬的前死囚一马当先，一箭射杀了杨国忠。

趁着天下大乱，太子终于脱离了慈父玄宗的掌控，一路奔到宁夏灵武，登基称帝，是为肃宗。

肃宗坐在简陋的厅堂上，看身边草台班子，满打满算不超过三十人，内心忍不住悲苦：长源啊长源，你现在哪里呢？

李泌就推开门帘，带着风餐露宿积下的一身风尘，笑着说：皇上，我回来了。

从此肃宗与李泌出则并辔，寝则对榻，当地军民们看到这对基友，就指着喊：黄袍子的是圣人，白袍子的是山人。肃宗恍然大悟：不行，我要让先生做宰相，这可是先生捉狼卫时就怀有的志向呢。

李泌却推辞，说我现在思想发生了新变化，只要能为天下人做一点实事，名利于我如浮云。肃宗久久凝视他：先生，你变了。

人变得更仙儿的李泌，教给肃宗一整套平定天下的策略，说这就是我跟你的隆中对，照着做，大唐复兴有望。

性急的肃宗没有全部照办，只收复了长安与洛阳，但叛军仍在肆虐。肃宗与李泌并肩骑马回到了长安，天子扬鞭指着这座城：先生当年被迫离开，以后再也不要走了。

李泌唯有苦笑，他想起仙人赠予他的五起五落的预言，就肃容对天子：我于长安只是一个过客，做完了我要做的事，就会离开这里。肃宗笑了：万一到时候你舍不得呢？

立下不世奇功，却辞掉高官厚禄，李泌让肃宗很不安，肃宗问他：我要如何答谢先生呢？李泌说：我现在绝粒辟谷，尘世的荣华没有意义，陛下一定要报答，就让我枕着你的膝盖睡一晚吧。

这一天，司天监的道士大惊失色，边跑边喊：不好了，有客星入侵紫微星。皇帝揉着膝盖，喊住了道士：别嚷嚷，大惊小怪的。

日子滋润的李泌，麻烦还是找上门。新太子火急火燎地冲进来，大喊先生救我。看着肃宗已经成人的儿子，李泌感到有种轮回叫命运。

这一次肃宗扮演起慈父玄宗的角色，总疑心儿子越优秀，弑父指数就越高。他先杀掉了一位出色的皇子，又把心思对准了太子广平王。张贵妃与大太监李辅国在一边为他疯狂助攻，皇上加油，不要手软。

李泌于是对肃宗念了一首诗，“种瓜黄台下，瓜熟子离离。一摘使瓜好，再摘令瓜稀，三摘犹尚可，四摘抱蔓归！”说这是你们老李家的前辈李贤写给他母亲武后的诗，一共就四个儿子，你不能都杀了吧。

李泌说，皇上啊，你已经摘了一个瓜，太子这个瓜真的要摘吗？只是为了让吃瓜群众开开心？肃宗想一想，感谢李泌：先生说得对，我不能学我爹。

自感完成使命的李泌，向肃宗告辞离开，当然更急迫的原因是，张贵妃与李太监一起对付他，李泌想，我堂堂修仙之体，怎能折在你们手里，必须遁走。

挽留不得的肃宗，与李泌洒泪而别，两个总角结交的朋友，在鬓髯霜雪之年，就此诀别。

李泌在山林没有悠游几年，新天子即位，他被召回了长安城。步入大明宫，依然太液芙蓉未央柳，却换了人间。

新天子代宗器重加感激，又请他出任宰相，李泌还是推辞：做道士还能主笔国策，这是李太白的理想啊，我很知足。

但代宗不死心，设下一个圈套。端午节那天，王公大臣都来给天子送礼，只有李泌没被通知，两手空空来了。代宗就逼问：先生不打算送我什么吗？李泌苦着脸说：我一个道士，除了这具躯体，全身穿戴不都是陛下您给的。

代宗哈哈大笑，我就要你的身体哦。李泌拜倒在地：皇上想干吗您明说，别吓唬老道。

于是单身四十六年，不爱吃肉的李泌，被迫娶了媳妇，置了宅子，生养了几个儿女，顿顿有肉，还在朝中做了高官。仍习惯穿一领白衣的李泌，看着这一切，仰首长叹：我的苍天啊。

但苦乐参半的日子总是短暂，磨难才是人间永恒的主题。备受恩宠的李泌被宰相元载盯上了，只得降职外放。没几年，元载作死了，李泌归来，又被新宰相羡慕嫉妒恨，再次逐出了长安。

这一次离开，李泌头也不回，心中盘算，这一生已经四起四落，终于快熬到头了。

代宗没等到李泌再次归来就死了，新继位的德宗皇帝自视甚高，不喜欢看起来装神弄鬼的李泌。如此过了几年，德宗得罪了一票骄兵悍将，大伙一拥而上，将德宗赶出长安，自己住下来。

无家可归的德宗，在大唐面临新一次危亡时，终于想起李泌的好，立刻派人去请。昔日面容清秀的小道士，再次归来，已是鹤发苍颜。

李泌带给德宗一片有缺口的桐叶，告诉他，你现在和那些叛军就像这叶子，不可能复合，咬紧牙怼到底吧。

发狠的唐军，终于灭了叛军。德宗与李泌回到了长安，德宗说：当年在灵武，宰相的位子就该是你的，这一次，一定不要推辞。六十五岁的李泌，默默同意了。

想到李泌一生大起大落，遭过多少权臣迫害，德宗很不安，就劝解他：你是宰相了，不要想着复仇，报恩的事，我来代劳。

李泌稽首回礼，表情很平淡：我内心一直是个道士，只想做点功业，从不与人结仇。害过我的人，如今都死了。帮过我的人，现在不是显达，就是零落了。恩与仇，我都无可为报。

无欲无求的宰相李泌，为一团乱麻的国事耗尽心神，修仙之体也终于撑不住了。但他有一个预感，自己人生最后一件大事仍没有完成：再一次，救太子。

李泌没等太久，德宗就找他，说我想废掉病恹恹的太子，换成我威武英俊的侄子舒王。舒王发誓，以后会把王位还给太子的儿子。

李泌心说，皇上，这种鬼话你也能信，你想想赵匡胤和赵光义！啊，你不会穿越，这个例子不能举。

李泌就只好苦苦奉劝德宗，这个操作是不对的。德宗怒了，威胁李泌：这是我们帝王家事，你敢掺和，不顾子孙后代了？

李泌说：我都掺和一辈子了，这一生都在救太子。今天你杀了你儿子，明天后悔了，想起李泌没有好好劝解，你把我儿子全杀了泄愤怎么办？所以今天我必须劝。

宰相与天子争执拉锯了数十次，神经快崩断的李泌，终于拉回了德宗。又过了一些时日，回过神的德宗哭着跑来找李泌，说我发现还是亲儿子孝顺啊，谢谢你，没让我做错事。

油尽灯枯的李泌，就那么静静坐着，再也不想为老李家的事情多说一个字。

过了一些天，夜观天象的李泌，看完星空，静静地回到家里，召集全家人，说，我快死了。这一生五起五落，救了三位太子，两次大唐，活得不亏。

李泌去世时，六十八岁。不久一个回长安的太监在秦岭遇到李泌，问相公你要去哪？李泌呵呵一笑，说我打算去衡山住一阵子。等这个太监回到长安，才知道李泌已经死去月余。

这就是神仙宰相李泌的一生。

07

李益·渣男是怎样炼成的

七十岁的李益，用两只颤巍巍的手举着新鲜出炉的《霍小玉传》，浑浊的双眼读得异常吃力，但他不肯让身边的小厮替他诵读。

看完这篇新近红遍长安的爆款扒文，作为当事男主角，李益面色羞恼，心头却一阵阵无力。他知道，直至末世降临，自己将永远与那个多情的少女绑在一起，以大唐最不堪的渣男之名。

只因那篇绝妙的文章里，藏着一个太过凄艳的故事。

故事发生在五十年前。二十岁的进士李益，从洛阳来到长安，等待参加吏部就业考试。门第高贵，才华横溢，单身寂寞的一个男青年，正好借机看尽长安花。李益拜托风月场的老阿姨：请尽心帮我找一个好姑娘。

好姑娘就是霍小玉。

大唐的艺妓，为了抬高身价，都会给自己安一个显赫的出身。霍小玉自称是霍王的小女，也就是大唐王室的后裔。只因为母亲郑氏是个婢女，霍王一死，母女俩就被赶出王府，沦落风尘。

理论上，霍小玉应该从父姓李，或者从母姓郑，但居然选择姓霍王的霍，拉大旗作虎皮的意图，过分昭昭。身为欢场菜鸟，李益相信自己的判断。这也为后来他的一系列操作埋下了伏笔。

志在猎艳的李益，与小玉的初见不算完美。小玉出场，李益但觉一室之中，若琼林玉树，美得过分惊艳。小玉却像线下见到网友真容，有点失望：哥哥你太不英俊啦，没你写的诗一半美。

长相不行兜里还没钱的才子，嘴巴一定很甜。李益是这么说动小玉的：小娘子爱才，鄙人爱色，咱俩加一起，就是男才女貌。

李益接着又吟了一遍自己的诗：开帘风动竹，疑是故人来。姑娘一下就动心了。

动心的小玉，和李益住在了一块，吃住都算自己的。人美心善的名妓，死心塌地爱上一位书生，这种不理智的行为，古往今来都没好结果。小玉不是不懂，但理智还是一步步被沦陷。

李益起初找小玉，是才子风流，长安寂寞，需要美人陪衬。小玉属意李益，不要他一分资财，也未尝没有借才子名气抬高身价的打算。只是，欢场男女，动心就是原罪。

小玉起初把持得住。刚住一起，小玉就知道两个人不能长久，但李益正情热，取过笔墨，用自己无边的才华写下爱的誓言，引谕山河，指诚日月，句句恳切，闻之动人。

小玉就把誓词收好，两个人蜜里调油地过了两年。吏部终于给李益安排了工作编制，去赴任之前，李益打算先回老家洛阳报喜。此时，小玉拿出了那封誓词。

小玉说，我知道你才名远播，门第高贵，这次一回家，家人一定给你安排亲事。我配不上你，所以这份誓词感动归感动，但咱俩都不要当真。

但不当真是嘴上的，心里还是有些认真了。所以小玉给了一个方案：我今年十八岁，你今年二十二岁，我们再厮守八年，然后你去娶名门妻，我去剃度做尼姑。

这方案怎么看都是李益占尽便宜，三十岁的单身男子，在大唐一抓一大把，白居易就三十七岁才成的亲。

但这方案实际也是一个爱情陷阱。明智的渣男一定能看明白，小玉是动心动情了，真再厮守八年，只会更夹缠不清。

所以渣男的上策，是把皮球踢给对方。用痛哭流涕来卖惨：我很爱你，但不为世俗所容，抚养我长大的寡母也要气死了，爱孝两难全，我该怎么办？小玉自然不忍，会主动提出分手。从此两个人怀着对对方美好的遗憾，一别两宽。

渣男的中策，是先安抚住小玉，再慢慢用冷淡的方式让小玉明白，咱俩缘分尽了。小玉会悲苦，会绝望，但最终会接受，从此天涯陌路，只是提起渣男还会意难平。

而渣男的下策，是发誓要娶这个姑娘，给她无尽的希望，再慢慢折磨死她。很不幸，李益就是这么做的。

李益不是天然的渣，他发誓要娶小玉的时候，一定是真心的。只是他始终不肯正视，他的胆怯与自私，要远远超过他的道德感与情爱。

回到老家的李益，母亲果然为他定了名门妻。李益盘算，与母亲开撕是不孝，娶名妓是不德，拒绝名门女是不智，左思右想，只有放弃霍小玉对自己最有利。

但道德感让他不能面对自己是个渣男的事实，于是李益选择不对话、不见面、不认账的鸵鸟战术，企图让小玉知难而退。

已经被李益沦陷掉的小玉，当然回不了头了，整整两年，她散尽了存款，四处托人寻找李益，但两个同住在长安天空下的男女，就是见不到。

小玉快病死与李益是渣男的流言，像两桶伏火雷，彻底烧掉了李益想好好维护的名声。引起公愤的李益，如果起初不见小玉是愧疚，现在则变成恼恨对方不识时务的报复。

有一天，李益在崇敬寺玩赏牡丹花，心情好到没边。他的好朋友韦夏卿就气愤了，心想我的女儿韦丛将来一定不能嫁给这种渣男。他劝李益，小玉快病死了，做人不能太绝，你去见见吧。

李益当然不肯，但一个黄衫少年听到了对话，就带人挟持了李益，送到小玉面前。病入膏肓的小玉盛装出席，她将一杯酒浇在地上，对这个逃了两年的负心汉，发下了凄厉的诅咒：

我为女子，薄命如斯！君是丈夫，负心若此！韶颜稚齿，饮恨而终。慈母在堂，不能供养。绮罗弦管，从此永休。徵痛黄泉，皆君所致。李君李君，今当永诀！我死之后，必为厉鬼，使君妻妾，终日不安！

小玉死了。她至死也没报复李益，而要拿李益的妻妾出气。是因为还爱着李益吗？我想，她只是最懂该如何让李益加倍痛苦。

七十岁的李益悠悠回过神来，当年的回忆与此刻的羞恼交织在内心，让他无所适从。

《新唐书》与《旧唐书》后来都记载了李益一件事，这个中唐最负盛名的边塞诗人，有一件人所共知的隐疾：总疑心自己的妻妾在偷人。

于是全大唐的男人，就把这种绿帽心结，冠名为“李益疾”。李益后来当了礼部尚书，大家就称他“妒痴尚书李十郎”。

《霍小玉传》是这么描述“李益疾”的。小玉死后，李益如愿娶了卢氏女，婚后不久，就恍惚看见有青年男子藏在妻子的帷帐，更从妻子怀里翻出个荷包，里面装着同心结与春药。李益痛打了妻子一通，把她休了。

后来李益又婚娶两次，都没长久。他有很多美妾，因为疑心偷汉，被他打杀许多。最变态的时候，他每次出门，都会用浴盆将最喜欢的一个妾扣在床上。

如果小玉真是鬼魂有灵，这就是对李益最残酷的报复。

而故事之外的李益，对这篇文学水平高得令人发指的八卦文，一筹莫展。他不知道要如何解释，才能让人相信，小说里的渣男李益，和现实官居三品的他，不是一个人。

他可以控诉这是政敌对自己无耻的构陷，是造谣污蔑。但这世间最致命的谎言，恰恰是用事实砌出来的。

霍小玉的父亲霍王是真的，李益早年的生平是真的，“李益疾”是真的，那么世间有过小玉这样一位痴心坎坷的女子，会是假的吗?

李益的辩白大概没有成功，他在生前就看到了这篇《霍小玉传》，要十年后才去世。但一直到今天，提到李益，大家即便不懂他的诗如何好，也能懂他对霍小玉如何渣。

唐朝好渣男，风流传千载。

不过按后人的推测，《霍小玉传》可能真是政敌的构陷。作者是不到三十岁的蒋防，文章背后却是四十二岁的宰相元稹。理由也很粗暴：只有渣男最能创造一个渣男。

李益和元稹的矛盾牵扯到牛李党争，事情不赘述，总之元稹做宰相，和“锄禾日当午”的作者李绅一起，攻击政敌李益。而毁掉一个敌人最有效的法子，就是从道德上泼脏水。

元稹出策划，李绅做文指，小文案蒋防执笔撰写的《霍小玉传》，有两大名家支着，必须经典永流传。

最重要的是元稹对渣男角色创作的精确把握，没有丰富的实操经验，根本无法将一个如此立体丰富的渣男李益给立起来。

《霍小玉传》与元稹的《莺莺传》有许多巧妙的呼应。

小玉最爱李益的一句诗：开帘风动竹，疑是故人来。

莺莺则也给化身张生的元稹写过一句相似的：拂墙花影动，疑是玉人来。

元稹抛弃莺莺，选择了渣男的中策，先安抚，慢慢冷淡，让对方死心。等对方死心嫁人了，再去撩一把，万一还能鸳梦重续呢。

但元稹更聪明，为免女方把事情抖搂出来，害自己被动，就抢先人肆声张，告诉所有人，我元稹能挥泪割舍这么动人的红颜祸水，知错就改，是个做大事的。相比李益伤人心，害人命的渣男行径，不知道有多高明。

甚至在故事里友情出镜，为小玉仗义执言的韦夏卿，正是把女儿韦丛嫁给元稹的岳父大人。

细节完美，情感到位，人物真实，故事凄美，一篇《霍小玉》，洒尽天下痴情泪，骂完人间薄情郎。

元稹后来做了宰相，但很快就倒台了，李益熬到自己一派重新得势，在八十余岁上以礼部尚书的高位辞世。元载没能扳倒他，但抹在他脸上的灰，一千年也擦不掉。

李益是不是真的无辜，不好说。后来发现的李益夫妇的墓志铭，证明李益的夫人确实是卢氏，但两人婚姻和美，这位夫人死后，李益为她写的墓志，极尽溢美之词。

之后李益又结过一次婚。不过娶第一任妻子时，李益已经四十九岁了。即使在风气开放的大唐，这也不是一个正常的婚龄。

无从得知，李益在之前四十九年的人生里，是否还隐藏着一段必须要隐去的婚姻。而这段难以启齿的婚姻，是不是就是霍小玉存在的土壤，也是李益后来无论如何辩解都不成功的原因。

而《霍小玉传》之所以令李益的渣男形象深入人心，也是因为他是个太过出色的诗人。他能写出第一流的边塞诗，“回乐峰前沙似雪，受降城外月如霜。不知何处吹芦管，一夜征人尽望乡”，放在盛唐也是不逊色的句子。

更要紧的是，李益实在太懂女人心，“嫁得瞿塘贾，朝朝误妾期。早知潮有信，嫁与弄潮儿。”仅凭这一首，就令世人相信，让任何一个霍小玉为之死心塌地，李益都有这个本事。

08

皇帝与养鸡少年

少年出生在开元元年，年轻的玄宗皇帝刚满二十七岁。三年前，少年的父亲作为皇帝陛下的卫士，端着一根长竿，紧随当时还是王爷的玄宗杀入深宫。

少年久久难忘父亲初次对他讲述那场宫廷政变时的激动战栗。韦后、安乐公主、上官婉儿，往日烜赫到不可仰视的大人物，首级被一颗颗丢在地上，只有皇帝陛下高大的身躯，在满殿拜倒的人丛间拉出一道长长的影子。

少年的父亲因为从龙之功，被恩准举家搬入大明宫的外城东云龙门居住。少年在大明宫巍峨宫墙的注视下，一大大长大。做宫廷亲卫的父亲，希望他能继承自己的衣钵，但少年另有理想。

也许是生于鸡年的缘故，皇帝陛下做皇子时，就喜欢在自己的府邸摆弄斗鸡的游戏。等成了大唐天子，一人的喜好变成了举国的狂欢。

整座长安城到处可见扎堆斗鸡的人群，王侯将相，公主驸马，富商巨贾，市井游侠，人们痴迷在斗鸡的快乐里，一掷千金万金，许多人为之倾家荡产。没钱挤进游戏的穷人，也摆弄着木制的假鸡，不肯落在风潮之外。

所有人心照不宣地默契，这是皇帝陛下热爱的游戏，也许通过它，能让自己交上好运。

但好运只落在了少年一个人的头上。七岁的少年在宫城下摆弄着木头假鸡，皇帝骑着高大的御马回宫，看到了少年娴熟的手艺，心头微微一动，就下旨将少年编入自己的斗鸡卫队。

七岁即步入职场的少年，一脚踏入了自己的命运。皇帝陛下喜欢神童，这些天才少年让治下的大唐更添气象。几年后皇帝还接见了一个叫李泌的七岁小儿，宰相张九龄预言他将继承自己的衣钵。

少年自问没有那样的才能，他只对养鸡有发自本能的热爱。这热爱将他推到皇帝的身边，与皇帝牢牢羁绊在一起。

皇帝陛下在打猎专用的雕坊、鹘坊、鹰坊、鹞坊、狗坊之外，新添了一个鸡坊，从禁卫军中精挑细选出五百位俊美慧黠的少年，专心驯养从天下各州郡百般求索得到的上千只雄鸡。

少年在五百人中很快脱颖而出，掌管鸡坊的太监目瞪口呆，他看着三尺高的七岁少年走进鸡群，这些拥有金色尾羽和锋锐利爪的鸡中之王瞬时俯首帖耳，少年令它们吃就吃，令它们走就走，指挥若定的风范，跟大唐的名将李靖、李世勣、薛仁贵一模一样。

皇帝陛下在宫廷观看了少年的表演，大加赞赏。皇帝问，你成功的秘诀是五千时辰定律吗？少年很老实地说：我就是和鸡群自来熟，它们不知为何总爱听我的话。

有博学的大太监对皇帝讲，当年太宗朝玄奘法师西游，据说中途曾得到昴日星官的帮助，这是贞观之治才有的异象。今天这神奇的少年为陛下养鸡，说明我们开元也要盛世了。

皇帝陛下龙颜大悦，立刻提拔少年做五百人养鸡卫队的领袖，他越看少年越顺眼，每天变着法将金银珠宝、锦绣丝绸赏赐到少年家里。

少年父亲坐在一堆御赐礼物间，难以置信：我把头拴在裤腰上随陛下打江山，可孩子养养鸡，就比我出息多了。

皇帝陛下的声望与大唐一起蒸蒸日上。少年在鸡坊为皇帝精心调教着千只雄鸡，而姚崇、宋璟、张说、张九龄这些变来变去的宰相们，则呕心为皇帝打理着江山。

少年十三岁那年，皇帝率领着百官、亲贵与诸国首领，一起从东都去泰山封禅。少年与五百人养鸡卫队挑着三百只鸡笼，走在浩浩荡荡的队伍之中，随时在旅途间歇为皇帝奉上斗鸡表演。

皇帝在泰山之顶再一次感受到人生巅峰的美妙，少年却遭遇了丧父之痛。从泰山归葬长安路途漫长，即使一个中层官员也难以承担费用。但皇帝发了慈悲，少年的父亲遗体被地方官妥善安置，派专人一路送归。

从此少年对皇帝陛下更加崇敬。

已经步入中年的皇帝，十多年兢兢业业的工作磨损着他的热情与意志。眼看帝国之内海晏河清，仓廪丰足，帝国之外王忠嗣、高仙芝、封常清这些将军们不断开疆拓土，皇帝忽然生出了一丝寂寞。

在兴庆宫新建好的花萼相辉楼上，皇帝陛下久久凝视着一墙之隔的市井街巷，他想象着楼下聚集的大唐万民，对他如天神一般顶礼膜拜，这令他短暂兴奋，随即重新萧索。

皇帝陛下开始在清明节、上元节，和庆祝自己生日的千秋节那天，举办比以往更加盛大夸张的表演。从四海诸国而来的使节，与大唐最显赫的贵族，一起坐在花萼相辉楼里，看大唐最顶尖的文艺表演，楼外则是人头攒动着的长安百姓。

少年穿上华丽的斗鸡服，带着他雄赳赳的斗鸡队伍隆重出场，每一次都能变成全场最瞩目的焦点，令皇帝忍不住开怀而笑。

斗鸡是皇帝陛下从年少时持续至今的仅剩喜好，让他得以短暂回味因沉溺权力而日渐稀薄的人世温情。他连续杀掉了三个儿子，只有养鸡的少年始终得他宠爱。

少年“神鸡童”的名气开始在天下流传，人们羡慕他的幸运，给他写了一首诗：“生儿不用识文字，斗鸡走马胜读书。贾家小儿年十三，富贵荣华代不如。”

少年名叫贾昌，他听着这首关于自己的诗，内心百感交集，一时竟是痴了。

当皇帝陛下每年的十月，都要留在骊山的华清宫过冬时，少年也已经成家立业。皇帝从梨园能歌善舞的女子中挑选出一位，亲自为少年安排了婚礼。

大唐强盛太久了，文采风流的皇帝陛下将国政交给了新宰相李林甫，开始花更多时间研究文艺。梨园有的是歌喉舞姿俱佳的女子，艺人云集的翰林院更是卧虎藏龙，少年的竞争者空前强大。

新一年千秋节的盛大表演，如期在花萼相辉楼开始。抖擞精神的少年带着他的斗鸡部队出场，他一手摇铃，一手持拂尘，上百只雄鸡排成整齐的两列，抖擞着鲜艳的羽毛，安在鸡爪上的芒刺闪着银光。

少年一发令，两队斗鸡立刻厮杀在一块，随着少年的指挥不断变换阵型，或群攻，或单挑，一下打出了千军万马的气魄。围观的人群紧张到指甲掐入掌心，又热血澎湃到恨不得背一千遍岑参的边塞诗。

战斗完毕的鸡群与少年一起退场，胜者在前，败者居后，走成一道笔直的长线。接下来准备表演摔跤、杂耍、爬竿、蹋球的艺人们面面相觑：这也太变态了，没脸上台啊。

少年并不外露得意，皇帝陛下最欣赏的便是他的忠厚。他眼神一撇，看到皇帝陛下一如既往的满意开心，而坐在皇帝不远处的一个三百斤大胖子，还冲他友好一笑。

身后一嗓子清丽的歌声却将少年定住了，他从未听过如此美妙的仙音，直至一曲唱完，才缓缓转过身来，是李龟年。歌声仍绕梁，一片剑光又惊得满场狂呼，来如雷霆收震怒，罢如江海凝清光，雨消风歇处，持剑的人，是公孙大娘。

整座花萼相辉楼要被万千人海的声潮冲碎了。皇帝陛下一样兴奋，只有他治下的盛唐，才有这般瑰丽的表演。最后一位出场的，居然是刚刚册封贵妃的杨太真，舞曲一动，满场已是惊呼：霓裳羽衣舞。

胜负已经没有悬念，少年带着他的斗鸡们悄然离开，他路过一个醉醺醺的汉子，汉子念念有词：云想衣裳花想容，春风拂槛露华浓。少年认出他是李白，也在翰林院供职，算是自己的同事。

李白明显不想跟少年说话，少年冲他点点头，走了。他只是疑惑，一个诗人明明得皇帝宠信，为什么还要饮酒苦闷呢。

少年远远又看了皇帝一眼，他发现有了新贵妃的皇帝陛下，那股难以掩饰的寂寞不见了，但人似乎老了一截，和许多年前那个年轻神武的皇帝，有点对不上模样。

少年出生那年，皇帝陛下正登基不久，少年四十三岁时，皇帝统御大唐也已经四十四个年头。两个人被命运深深联起的羁绊，却被三百斤的大胖子安禄山斩断了。

那个将社稷万民握在掌心，如神明一般的皇帝陛下，在安禄山杀来时，居然落荒而逃。少年听到消息，顾不上妻儿，跑出城门追皇帝，伤了脚，再也走不动。他看着雍容大气的长安一下露出慌张，人们毫无方向地惊叫乱窜，少年的心碎了。

安禄山悬赏千金，捉拿少年来为他养鸡。少年避入佛寺，削发为僧，每天扫地敲钟，隐姓埋名。只在每个月应该向皇帝献鸡表演的日子，少年找一个没人的地方，无声大哭一场。

有一天，哭完的少年刚回来，一个衣衫褴褛的瘦削男子进寺讨水喝，男子喝了水，并不急走，和少年攀谈起来，少年发现这面黄肌瘦的男人与他出生在同一年，悄悄潜出长安，准备去投奔新皇帝肃宗。

少年愕然，此时才知道皇帝已经变成太上皇，几十年往事历历眼前，那个自己耗尽一生追随的人，却与他的江山一起倒下了。

男人走了，落下一片纸，少年在寺院颇学得几个字，看上面写着：少陵野老吞声哭，春日潜行曲江曲。江头宫殿锁千门，细柳新蒲为谁绿?

以后少年在青灯古佛前加倍用功，翻开的佛经过眼入心，慢慢佛祖的形象在心头越长越大，皇帝的身影渐渐模糊下去。

终于，叛军败逃，长安光复，肃宗迎老皇帝回到了兴庆宫。闻讯的少年也回了长安，他先回自己的家，妻儿无踪，被乱兵劫掠过的屋子空无一物。一身破衣的少年在兴庆宫外日日守候，但失去权柄的老皇帝，再也无权接见这位旧人。

痛失贵妃的皇帝陛下，成了一只困在笼中的老斗鸡，只等待最后命运的到来。少年又在宫外站了三天，冲着皇帝寝宫磕了三个头，转过身，一路出了长安。

佛祖仿佛同一天要少年割断所有的羁绊，在路边，少年遇到失去音讯多年的妻子孩子。孩子背着柴，妻子一身褴褛，穿着的仍是杨贵妃当年赏赐的棉衣。一家人在道路中间抱头痛哭，妻子说，回家吧。少年看着她，目光逐渐坚定。

少年重新上路，在心里使狠劲忘记了身后的一家人，他不想再回头，只觉得过去的人生，都烧光烧净，成了时间的灰烬。

少年活到九十多岁，他追随的高僧圆寂了，少年烧掉师父的尸体，将舍利子安放在长安东门外镇国寺旁的塔中，手植百株松柏，给自己盖了一个小房子，从此再不去别的地方。

两个孩子挺有出息，长大后来看他，少年不理不睬，几次之后，父子彻底断了音讯。他始终没问妻子的下落，儿子们什么也没说。

少年很老了，但耳聪目明，丝毫不显老态。他穿着粗陋的麻衣，每天仅吃粥一杯，饮水一升，后来上位的几个皇帝，赏赐给佛寺的钱帛，都被他悉数用来供佛。

少年坐在东门外，看长安城与自己一起，一天天变老、变颓，再不复年轻时的生猛。他偶尔会和到访的客人聊聊过去，有人给他念“寥落古行宫，宫花寂寞红。白头宫女在，闲坐说玄宗。”他也只笑，不多讲。

直到有天客人带来一卷《长恨歌》，少年读完之后，久久不能放下。诗里说贵妃如何被老皇帝宠爱，“姊妹弟兄皆列土，可怜光彩生门户。遂令天下父母心，不重生男重生女。”

少年想起曾经那首有关神鸡童的诗，“生儿不用识文字，斗鸡走马胜读书。贾家小儿年十三，富贵荣华代不如。”那是很久很远的事情了，他一度忘却，谁知一直搁在心头。

少年送客，洗手，焚香，礼佛，在微暗的灯火下，诵读经书。往昔经文带来的内心平静，却一时失去，少年感到与佛祖有了一些疏离，他有些惊慌，却也并不很在意。

少年出了屋子，长安城的东门距兴庆宫不很远，他第一次认真向那个方向凝望，自那年兴庆宫外拜别老皇帝，少年再也没认真打量过那里。

“我，贵妃，还有许许多多被皇帝陛下赐予一生命运的人，无论死掉还是活着，一直都是皇帝陛下的影子啊。”少年忽然顿悟，从老皇帝仓皇逃离长安，少年的一生就已经结束了，他漫长的余生，只是皇帝陛下遗留人间的一份遗迹。

少年转过身，慢慢走回屋子。远处不知是哪里有鸡鸣声传来，少年忽然惊觉，五十多年过去了，他再也不曾养过鸡。

09

玄宗与贵妃的爱情注脚·长恨歌

白居易写出《长恨歌》那一年，三十五岁，刚辞别元稹，在长安城远郊的盩厔（今西安市周至县）做县尉。

公务之余，他会念起和二十七岁的元稹在永崇里一起租房备考的日子。元稹考了第一名，去皇帝身边担任左拾遗，白居易能想象元九在朝堂上意气风发针砭时弊的模样。而他却要在僻远的郊县熬着日子。

长安的风情万种与长安的元稹一样令人难舍。白居易从不是一个拒绝享乐的人，相反，他像热衷写诗一般流连一切声色旖旎。元稹对他讲过曾与一个名叫莺莺的姑娘发生的纠葛，他也告诉元稹有位叫湘灵的姑娘曾在他心底引起的遐思。当此时，明月如霜，好风如水，良伴如酒。

想得入神，有朋友喊醒了白居易，是周至当地两位新结交的诗人，一个叫陈鸿，一个叫王质夫。十二月的寒风凛冽里，三个人沿着冻硬的黑河，踏入仙游寺打发时间。此时距安史之乱已过去五十年，天下仍不太平。不知谁先开口提到了玄宗与贵妃娘娘，话匣子一下打开，三个人畅聊起前朝秘史，听得侍立一旁的小沙弥头皮发麻。

往前追溯玄宗败国毁身的原因，李林甫，安禄山，杨国忠，一个个人名被放过去，三个人把话题聚在了马嵬驿。在那里，大唐最有权势的人被迫向命运低头，交出了他挚爱女人的性命，却永远也没能挽回大唐与自己人生的败局。

“红颜祸国，好恨好恨啊！”陈鸿悲叹一声。白居易翻了翻白眼，没有言语。三个情绪激动的人决定干一件文人最擅长的事：把这件大唐恨事落在纸上。白居易文采最好，负责写成诗，陈鸿最气愤，负责写一篇传奇来警世。

陈鸿很快写好了，起名《长恨歌传》，他很不隐晦地将玄宗与贵妃的私生活抖搂干净，灵活运用了红颜祸水这一甩锅大法，表示我这篇传奇小说就是要“惩尤物，窒乱阶，垂于将来。”伸着脖子读完的白居易又翻了翻白眼，写得好一般。

两个朋友将目光投向白居易。白居易说，我要酝酿一下，不要着急。他慢慢在仙游寺冷寂的院子里踱着方步，心头忽得又想起了元稹：微之，微之，再也找不到一位如你的朋友啊。

唐玄宗比杨贵妃大三十四岁。马嵬驿身死那一年，杨贵妃三十八岁。六年后，七十八岁的玄宗在孤寒的冷宫里死去，与他一起死去的，还有大唐的盛世华梦。

从将十八岁的杨太真召入后宫，到马嵬驿死别，两人一起生活了将近二十年。

白居易发现他无法运笔将大唐的国败归于贵妃一人身上。这个女人曾一身负起后宫三千宠爱，但一个帝国的重量，不该她一个人的肩去扛。

玄宗去世十年后，白居易出生。最初的记忆里，充满一家人为躲避兵火而流散各地的苦涩。十五岁时孤身前往长安游历，顾况称赞他的“离离原上草”如何得好，白居易却会想起常年游宦外地的父亲，如果天下太平，一家人相聚融融，他又何必背井离乡寻求出路。

说到底，玄宗与贵妃的一场情事，波及了白居易的人生。

但白居易还是不想单纯地用批判的语调讲述这段故事。他是此时大唐最锋利的诗人，未来他的讽喻诗会刺痛满朝文武，但眼下，这个“英明的君王因为沉溺倾国倾城的美人，于是带给王国灾殃”的题材，白居易觉得有一些特别的情致在触动他。

这个奢华的爱情故事里，当事人后来都没得到命运的原谅。半生英明的玄宗在晚年失去了权柄与声誉，在悔恨间度过残生。万千宠爱万千风华的贵妃，发现自己不过是历代历朝宫廷宠后的影子，被珍惜与被舍弃都全不由己。

爱情故事里的其他人，杨国忠死于贪婪，安禄山死于欲望，曾炙手可热的虢国夫人割裂了自己的喉咙，在潮湿的牢房里慢慢死去。在马嵬驿充当那只隐秘推手的肃宗，夺走父皇挚爱的权力与女人之后，与玄宗在同一年死去。

连为贵妃写出“云想衣裳花想容”的李白，也被拉入一场莫须有的谋逆，人生的最后时光过得毫不洒然。

白居易放下笔，这个故事太过冷硬，让他无法下笔。

本质上，白居易是一个喜欢享乐的人。他爱风月与美人，爱诗篇与明月，更爱传奇与人间烟火。

作为有追求的新科进士，他要用批判的诗歌，去铺开青云前途。作为一个热爱生活的诗人，他怎么可以拒绝歌唱爱情。

但玄宗与贵妃爱情的终局方式，是他难以规避的死结。

二十年长相厮守，九州列国都知玄宗独宠贵妃。按史书说法，“玄宗凡有游幸，贵妃无不随侍，乘马则高力士执辔授鞭。”后宫有七百位衣匠为她一人织锦刺绣，更遑论一骑红尘妃子笑，何人知是荔枝来。

但在马嵬驿，兵变的御林军杀死杨国忠父子，围住玄宗一行，给他两个选择：杀掉贵妃，护你逃命；不杀贵妃，一起送命。

史书只用简洁的一笔，给出了玄宗的选择，“上即命力士赐贵妃自尽。”三十八岁的贵妃是缢死的，最后是自己动手还是别人动手，史书没有说。

史书还没有说的，是贵妃被赐死的时候，前夫寿王李瑁也在马嵬驿逃亡的队列里。

白居易摇摇头，他想起四面楚歌里的西楚霸王，虞姬自刎，霸王突围，能渡江却选择赴死。项羽当然不是为虞姬殉情，但那种一起生一起死的气概，荡气回肠。

甚至焦仲卿与刘兰芝，也有一种凄惨的圆满。

伟大爱情的一方，屈服于外力的胁迫，用另一半的死换求生机，这样的情爱还算情爱吗？即使它发生在最不可能存在爱情的皇家。

在更早的天宝四载那一年，女道士杨太真被册封为贵妃。同年还有两位玄宗的外孙女，被封为静乐公主与宜芳公主，出嫁给契丹与奚族的头领。太真被册封贵妃一个月后，契丹与奚族同时起兵反叛，两位公主作为祭品被杀死。

在皇家的天平上，华丽的含情脉脉与心如铁石的牺牲，从来都是暗香浮动，杀机四伏。

白居易是个头脑灵活的人，当无法用真实的往事写就一篇传世歌谣的时候，他决定用架空的手法，半真半假地讲述一段皇家情爱。

白居易很快写下了《长恨歌》的第一句：汉皇重色思倾国，御宇多年求不得。

他点出了玄宗晚年贪恋美色的真相，罔顾了玄宗身畔从不乏宠妃陪伴的事实。伟大爱情的第一步，就是要双方都处于情爱的空白期。

接下来，白居易为贵妃重新安排了身世：杨家有女初长成，养在深闺人未识。天生丽质难自弃，一朝选在君王侧。

公媳的身份尴尬被消解，变成了一段待字闺中的天注姻缘。事实当然更离奇，玄宗心爱的武惠妃死了，为了填补她离去带来的心灵空缺，于是看中了惠妃亲儿子李瑁的妻子。

白居易想象一对痴缠男女在深宫的醉生梦死。他把不可描述的八百字写得香艳四溢：

春寒赐浴华清池，温泉水滑洗凝脂。侍儿扶起娇无力，始是新承恩泽时……春宵苦短日高起，从此君王不早朝。

正经的宋儒们看不得这个调调，严肃批评白居易同学：秽亵，庸俗，不忍直视。

但白居易心里说，我本来就是写给市井百姓看的啊。一首九百六十个字的《长恨歌》，就像一部八点档的豪门大戏：男欢女爱，恨海情天，乱世别离，今宵欢乐多。

在白居易的故事里，玄宗是身不由己的多情帝王，贵妃是至情至真的绝代艳后，两个人恣意妄为的情爱掀翻了江山，他们引来了祸乱，也被祸乱吞噬，但彼此心底永远住着对方。

马嵬驿的一幕，白居易给了一个更能被接受的设定：六军不发无奈何，宛转蛾眉马前死……君王掩面救不得，回看血泪相和流。不是将贵妃推出去牺牲，而是身不由己，保护不了自己的女人。

于是余生里的玄宗，孤灯挑尽，翡翠衾寒，长恨至死。

这是人间之恨，真实的世界通常在这里停步，但白居易不做停留，继续写下去，他要造一个天人之恨。于是临邛道士出场，他上穷碧落下黄泉，为玄宗寻觅苦苦思念的贵妃。

贵妃当然不会死的，她那么美，只能是天上的仙子。在海上仙山，同样玉容寂寞的贵妃托道士转寄爱情信物，并让他带去一句话：七月七日长生殿，夜半无人私语时。在天愿作比翼鸟，在地愿为连理枝。

他们在一起时穷奢极欲，极端自私，对不起天下的人，但对得起彼此。

白居易放下笔，知道自己写出了一个世人喜欢的爆款，同时他绕过真相，写出了超越爱情的永恒之死。

一年后，被提拔为翰林学士的白居易，回到了长安城。

白居易走在熟悉的长安街道上，感到无上的满足与愉悦。《长恨歌》已是这一年大唐传唱最高的诗篇。皇帝读罢也没说什么，爷爷辈的阴私要八卦就八卦吧，谁教写得这么热闹好看呢。

他看到有歌妓对客人夸耀，我能背诵白学士的《长恨歌》，岂能和别人一个价，加钱！

他看到新罗、扶桑的商人将长恨歌的诗句小心抄写在绢帛上，准备跨洋带回故乡。

他隐隐约约地感到有一只妖异的黑猫一直跟踪他，黑猫闪烁的眼神仿佛说，你写得不对，真相不是这样的。

但真相从不是人心最需要的，人心一直要的，是那个更动人的故事。

白居易给了玄宗与贵妃最美的一个故事。全诗只用了一个典故，通篇白描，他就是要他的长恨歌老妪能读，天下传唱。他是个热爱生活的人，喜欢热闹与团圆，喜欢男欢女爱的一切。

不过，回到长安的三十六岁单身青年白居易，此刻最急于做的，是给辞职回家为母亲守孝的元稹赶紧写一封信，并附上好朋友最需要的生活费。

此刻，他毫不为未来担心。他是诗魔，他很乐天。

10 李白·一腔诗意喂了狗

长安城闹狼卫的时候，李白正坐在平康坊喧闹的花楼上喝闷酒。

李白想不明白，我好端端一诗仙，怎么就锅从天上来，变成各方集中吐槽的靶子？

小道士李泌说服一个死囚为自己办事，好处给足人家就行了，为什么要拿我受过的窝囊气举例子？脸面不要吗我？

元载想攀高枝往上爬，理解，但为什么要奚落我怨妇心态？我一离家出走就好几年，喝醉了就把钱财散尽，娘子的数落你以为吃得少？

最坏的就是韩朝宗，“生不用封万户侯，但愿一识韩荆州”，瞧瞧这金句。你一个普通权贵，要不是沾我光，后代谁能记你？不提拔就算了，还给太子吐槽我败事有余。

所有这些人，一边念着我的诗，一边嘲讽我的人。

李白一仰头又是三杯下肚，内心飘过四个大字：没有天理。

正痛饮的空隙，眼睛往边一斜，发现两个小太监噔噔噔爬上楼来，李白很不耐烦地摆摆手，“今儿喝多了，不见天子，不作诗。”

小太监赔着笑，脸褶子里都是敷衍：“李翰林啊，是太真仙子和高公公问您话，长安城今天乱，您不是嚷嚷要走吗，几时动身啊？”

李白举到半中的酒杯，顿住了。

四十三岁的李白总觉着，自己的人生拿错剧本了，到底是哪一步错，说不上来。

李白原来的设定是：万仞孤峰，一个孤高伟岸的身影负手望月，峰下等着皇帝、宰相、贵妃、文武百官，以及乌压压看不到边的人群，大家一起作揖恳请，“先生快下山吧。先生不出，苍生咋整？”

于是他翩然出世，谈笑间樯橹灰飞烟灭，使大唐寰宇大定，海晏河清。等了却君王天下事，自己就拍一拍衣袖走人，名山修真，坐等飞仙。

即便不能这样爽，至少也该掌诸葛之权，立张良之功，获苏秦之誉，享范蠡携手西施归隐之美。

可是，他想多了。

神游归来的李白，又是三杯酒下肚，酒杯重重按在桌上，惊得伴酒的姑娘赶紧压低嗓子劝慰：“十二郎今日切莫造次，据说今日有歹人要不利右相，平康坊严查得紧，莫给自己惹事。”

李白扭过头，遥瞰远处的相府，依稀能看到阔气的府门前攒动着的车马冠盖。鼻子里闷哼一声，便命姑娘继续添酒。

“听说李林甫在家中也常念我的《乌夜啼》，停梭怅然忆远人，独宿孤房泪如雨。这厮深得圣眷，皇上爱他爱的儿子都不想要了，还生什么怨妇心态？”

但他也明白，这壮美的长安城，看似雍容和气，可每一个想在这留一点印迹的人，都已拼尽了全力。

小道士李泌在拼，一手遮天的李林甫在拼，见缝插针的元载在拼，甚至那个闹得半个长安不消停的死囚也在拼。

李白有点困惑地看着杯中晃晃悠悠的影，问自己，我拼了吗？

李白是拼过的。

不管出身是待罪的皇家远亲也好，是西域归来的胡商也好，总之，李白自己弃绝了科考仕进这条路。中唐以后，考而优则仕是白居易这样的学霸唯一的上升路径，但在盛唐，科考之外天地大有可为。

李白就知道一条更快也更仙儿的路，终南捷径。

李白想，我十岁通诗书，十五能杀人，三十成文章，大家看着我闹哄哄的，都当我缺心眼，但我真的很门清啊。

我李十二早看明白了，这天下最大的是天子，天子最爱的是道教。不仅自己爱，还支持妹妹玉真公主出家，把科举考试改成道家题目，甚至将儿媳妇变成了女道士。

所以，假如有一个仙风道骨，诗写得天下第一棒的修道之士，出现在天子面前，你说天子会不会激动，会不会当场下旨要他做宰相？

李白就是这么操作的。五岳寻仙不辞远，一生好入名山游。他结识了大唐最有名的一群道士，彼此谈玄说理，诗酒唱和。

他给好道友元丹丘写劝酒诗，“岑夫子，丹丘生，将进酒，杯莫停……古来圣贤皆寂寞，惟有饮者留其名。”这么好的诗，这么深沉的哀怨，皇上你听听啊皇上。

他与深受天子仰慕的好道友吴筠结伴潜修，还被堪比袁天罡、李淳风的大道士司马承祯商业吹捧：“李白啊，有仙风道骨，可与神游八极之表。”多么中肯的评价，皇上你听听啊皇上。

除此之外，他追随着天子的足迹，天子去洛阳，他赶去献上《明堂赋》，天子去游猎，他赶去献上《大猎赋》。可惜，石沉大海。

至于遍谒王侯，比如韩朝宗之流，写下大量捧对方更捧自己的自荐书，不过是有备无患，万一能成呢。

李白所有筹谋，只是求一个与天子面试的机会，他相信，只要给他五分钟，宰相这份工作，一定跑不掉。

这条路，他走了十二年，中间自然有焦虑与愤懑，但名气也像滚雪球越滚越大。天宝元年，李白携无上光环，被男女道士们多方举荐，入宫面圣。他成功了。

成功的一刻，便是失败的开始。

李白的偶像是范蠡、张良，平生的志向是做帝王师，为万世开太平。但玄宗只想要一个词臣，一个能为他与太真道姑的甜蜜日子加点佐料的艺人。至于这个大唐，老有李林甫，小有李泌，不劳你操心。

定位错了，将就只能痛苦。李白所在的翰林院，像 个皇家文工团，同事有绘画的、医药的、弹琴的、围棋的，甚至杂戏的，你有一技之长，就能陪玄宗一起玩耍。

李白不要做林夕，不想写古风歌词，但无计可施。他有点嫉妒那个怎么看都假正经的王维，一个信佛的人，居然就攀上信道的玉真公主，中进士，做大官，顺风顺水，关键还不务正业。

他更羡慕那个小道士李泌，大家的策略是一样的，走终南捷径。凭什么我走了十二年，才能坐下来和你饮一杯茶。而你七岁就能入宫，让玄宗与宰相们为你着迷，后来只在山里随便修修道，就能被请回来做太子的讲师与玩伴。

条条大路通长安，而有人就住在长安。

在长安两年，他得罪了太真道姑，得罪了高力士，不讨李林甫欢心，玄宗对他也越来越冷淡，但这能怎么办呢，你给不了我想要的，我就压制不住我的天性。

我是谪仙人，嗜酒放诞，胡作非为是我的本色，在平康坊喝到斗转星移，天子呼来不上船，是故意的，你当我是弄臣，弄臣就有拒绝的权力。

李白在长安结交了很多朋友，三教九流，公卿走卒都有。后来他把自己喝酒的丰功伟绩讲给新结交的小朋友，小朋友居然写出一篇《饮中八仙歌》，把他们说得好似神仙。

可李白苦笑，哪有什么神仙啊，在长安最好的朋友们，都是长安失意客。贺监要告老回乡了，崔宗之被贬官，焦遂好像被狼卫给杀了，其他人，不提也罢。

而此时，在酒楼上醉花眼的李白，又想起接到皇帝召见诏书时的兴奋，想起他最初作为一名宫廷词臣，用心为皇帝与太真写诗的样子。

“日晚却理残妆，御前闲舞霓裳。谁道腰肢窈窕，折旋笑得君王。”这是他以太真视角写下的宫廷生活，确实像李泌说的，很轻浮，很冶艳，很折辱。

李白终于醉了。

天宝三年，李白离开了长安。此刻的长安城已经回复了往日的平静，狼卫、刺客与阴谋，就像从未发生过。

玄宗赐给他厚重的礼物，答谢他两年来为宫廷服务。通常朝廷官员离开长安，只有升迁、贬谪、退休三个选择，唯有他是“赐金放还”。

他怀着做帝师宰相的理想来到长安，带着宫廷弄臣的屈辱扬长而去。李白似乎从未想过，真让他为大唐秉笔国策，执掌相权，自己是否拎得起?

当年玄宗初次在金銮殿召见他，规格不可谓不高，还像刘备见诸葛一样，与他论当世事。这是他孜孜以求的面试机会，李白畅谈胸中所学，洋洋洒洒写成一篇奏疏。史书记载的玄宗反应，很微妙。“帝赐食，亲为调羹，有诏供奉翰林。”

作为大唐最高级别的人力资源主管，玄宗本要面试的是职业经理人，结果发现这个人去文艺部更合适。老年的玄宗耽于酒色，但用人眼光还在，大言不惭之书生与经纶世务之栋梁，他有判断。

但李白不会接受玄宗给他的标签。他带着满腹哀伤与酒水离开长安。从此这里成为他频频相思的理想国，“卷帷望月空长叹，美人如花隔云端。”

天宝十四年的安史之乱，给所有不安于现状的人们一次机会。元载牢牢抓住，从此青云直上。李白也以为他的机会来了。

他一生迷恋自己世外高人的人设，向往战国时那些纵横策士，指点王公，纵横捭阖，只手定天下。乱世让他以为时机已到，李白选择了永王李璘。

永王后来谋叛，本就是太上皇玄宗有意放纵，唆使他与太子争权。李白一脚踏入宫斗的旋涡，不管是否自知，都下错了注。他一生最后一次宰相梦，彻底破碎。

没过几年，李白死了，据说是喝醉了下江捞月而死，死法很李白。一个人在自己真正的才能之外，总对某种并不具备的能力报以超高期待，是个人痛苦的源泉。而李白的痛苦是那么天真，当倾泻到诗中时，又成就了一个诗仙。

李白奋斗失败的同时，被他视为竞争对手的道士李泌，迎来了人生真正的契机。肃宗在灵武刚刚继位，身边无人可用，正恓惶不安，李泌白衣如雪，从山中翩然而来。

他受任于败军之际，奉命于危难之间，为平叛出谋划策，与肃宗形影不离。身为白衣，却权逾宰相。李白梦想中的那个自己，李泌轻易实现了。

拒绝继续填词的李白，如果看到李泌，心境大概只能用另一个小李的歌形容：想得却不可得，你奈人生何。

唐朝的浮光与掠影

图书在版编目（CIP）数据

唐朝的浮光与掠影 / 青菀著 . -- 北京 : 人民交通出版社股份有限公司 , 2020.8

ISBN 978-7-114-16513-9

Ⅰ . ①唐…　Ⅱ . ①青…　Ⅲ . ①散文集—中国—当代
Ⅳ . ① I267

中国版本图书馆 CIP 数据核字 (2020) 第 075164 号

TANGCHAO DE FUGUANG YU LVEYING

书　　名：唐朝的浮光与掠影
著 作 者：青　菀
监　　制：邵　江
策　　划：花　生
营　　销：吴　迪　赵闻恺　李梦霁　苗　苗
责任编辑：陈力维　刘楚馨
责任校对：孙国靖　席少楠
责任印制：刘高彤
出　　版：人民交通出版社股份有限公司
地　　址：（100011）北京市朝阳区安定门外外馆斜街 3 号
网　　址：http://www.ccpcl.com.cn
销售电话：（010）59636983
总 经 销：北京有容书邦文化传媒有限公司
经　　销：各地新华书店
印　　刷：北京盛通印刷股份有限公司
开　　本：710 × 1000　1/16
印　　张：17
版　　次：2020 年 8 月　第 1 版
印　　次：2020 年 8 月　第 2 次印刷
书　　号：ISBN 978-7-114-16513-9
定　　价：49.80 元